KB180968

풀 파워

풀 파워

고기와 우유보다 당신을 건강하게 해줄 자연식물식

초판 1쇄 2021년 5월 3일

지은이 김동현

출판책임 박성규
편집주간 선우미정
편집진행 김혜민
디자인진행 김정호
편집 이동하·이수연
디자인 한채린
마케팅 전병우
경영지원 김은주·장경선
제작관리 구법모
물류관리 엄철용

펴낸이 이정원
펴낸곳 도서출판 들녘
등록일자 1987년 12월 12일
등록번호 10-156

주소 경기도 파주시 회동길 198
전화 031-955-7374 (대표)
031-955-7376 (편집)
팩스 031-955-7393
이메일 dulnyouk@dulnyouk.co.kr
홈페이지 www.dulnyouk.co.kr

ISBN 979-11-5925-635-6 (03810)

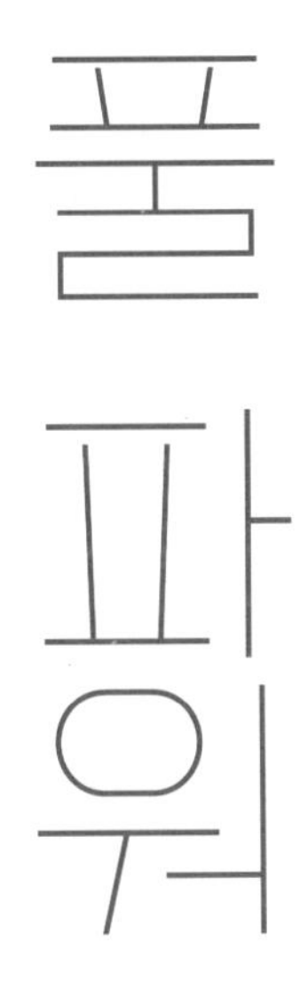

김동현 지음

고기와 우유보다
당신을 건강하게 해줄
자연식물식

들녘

목차

들어가며_ 건강을 위한 나의 투자, 7년 극한 식단 7

1부: 먹더라도 알고 먹자

1장 극한식단은 무엇일까 15
2장 7년 동안 같은 식단 25
3장 내가 당신을 설득할 수 없는 이유 32
4장 그럼에도 불구하고 시작된 변화 37
5장 거창한 이유가 없어도 54
6장 나라는 인간 62
7장 자연식물식의 정의 68
8장 무엇을 먹고 무엇을 먹지 말아야 하는가 80
– **평범하지만 평범하지 않은 에피소드** 134

2부: 나의 여정

9장 첫 번째 변화, 1일 2식을 시작하다 141
10장 두 번째 변화, 외식과 고기를 끊다 147
11장 탄수화물은 나쁘지 않다 153
12장 방송의 문제 176
13장 어떤 연구들이 있는가 182
14장 한계에도 불구하고 187

15장 역학연구의 그랑프리, 중국연구 202
16장 동물을 먹으면 안 좋은 10가지 이유 208
17장 단백질은 적당히 먹으면 된다 222
18장 세 번째 그리고 네 번째 변화,
계란, 생선, 유제품과의 결별.
그리고 기름에 안녕을 고하다 232
– **평범하지만 평범하지 않은 에피소드** 245

3부 : 그럼에도 불구하고 선택한 자연식물식

19장 변화의 시작 253
20장 딜레마 267
21장 사회생활이 가능하냐고요? 276
22장 식사를 위한 시간 283
23장 '여자'와 '요리 289
24장 '여자'와 '몸무게' 295
25장 돈 302
– **평범하지만 평범하지 않은 에피소드** 310

마치며_ 우리의 건강 그리고 인간과 동물의 상생을 바라며 314
미주 · 참고자료 320

들어가며_ 건강을 위한 나의 투자, 7년 극한 식단

주위 사람들은 종종 내게 "건강관리를 열심히 하네요"라고 말한다. 그러나 정작 나는 건강을 크게 신경쓰지 않는다. 건강을 위한 최선의 선택으로 '자연식물식'을 실천하고 있기 때문이다. 건강해지기 위해 특별히 더 해야 할 일이 없어서 그런지 요즘은 크게 건강관리를 의식하지 않는다. 목숨을 하늘에 맡긴 마음이랄까? 자연식물식은 내 마음에 자리잡고 있던 걱정과 불안을 없애주었다. 평소 먹던 익숙한 것들을 빼야 한다는 점에서 자연식물식은 어떻게 보면 '뺄셈의 식단'이라고 정의할 수도 있겠다.

식단을 바꾼 지도 7년을 넘어 이제 8년을 향해 가고 있다. 처음에는 살을 빼기 위해 식단을 바꾸고 1일 2식을 했다. 물로 배를 채우고 껌으로 허기를 잊는 과도기를 거쳐 간헐적 단식을 하게 되었고, 그 뒤로 요리와 설거지가 귀찮아 식단에서 우선 고기를 빼고 나서 생선도 제외했다. 이렇게 하다 보니 나는 어느새 채식주의자가 되어 있었다.

원했던 만큼 살을 빼고 나니 건강 문제가 눈에 들어왔다. 일본 NHK 취재팀이 쓴 『암, 생과 사의 수수께끼에 도전하다』라는 책을 접하고 나서부터였다. 아직 걸리지도 않은 병에 걸리면 어쩌나 막연한 두려움이 앞섰고 미래에 내 자산을 좀먹을지도 모를 병원비 걱정으로 여러 자료를 찾아보았다. 병을 피하는 식단에 대한 답은 의외로 간단했다. 동물성 식품을 먹지 않는 상태를 유지하면서 자연식물식의 몇 가지 규칙만 지키면 된다. 동물성 식품만 빼면 된다니, 생각보다 엄청 수월하지 않은가? 채소, 과일, 통곡물, 콩과 식물, 견과류를 자극적인 양념 없이 자유롭게 먹는 식단으로 구성하는 자연식물식은 적응하기도 쉬운 데다가 그전까지 먹었던 다른 음식들의 조합보다 내게 만족도가 높았다.

고기, 생선, 계란, 우유, 기름을 단계적으로 내 식단에서 빼 나가면서 나는 자연스레 건강에 해로울 수 있는 음식들과도 멀어졌다. 이 과정에서 삶의 가치도 함께 바뀌었다. 삶은 야채와 과일이 주메뉴가 된 후, 살림살이가 간소해지고 물건을 사는 빈도도 줄었다. 부엌에는 큰 밥그릇 1개와 3개의 우묵한 그릇 정도만 남았고, 조리용 도구들도 더는 종류별로 필요하지 않게 되었다. 그렇게 어느새 나는 물건을 최소한으로 줄여 생활하는 미니멀리스트Minimalist가 되었고, 동물과 환경을 간접적으로 보호하는 채식인이 됐다.

그러나 사람들에게 무작정 자연식물식을 강요하고 싶은 마음은 없다. 또 아픈 이들에게 '당신의 건강이 나쁜 건 자연식물식을 하지 않아서다'라는 비난의 말을 던지고 싶지도 않다. 모든 사람의 몸과 건강은 결코 똑같은 출발선상에 놓여 있지 않기 때문이다. 선천적으로 질병을 안고 살아가는 분들도 있고, 여건상 건강을 돌볼 여유가 없는 분들도 많다. 다만 내가 자연식물식을 너무 늦게 알았기에, 다른 분들은 나보다 조금이라도 빨리 알게 되기를 바라는 마음에서 이 책을 썼다.

자연식물식이 무병장수를 보장해주는 것은 아니다. 하지만 건강하게 살 수 있는 확률을 최대로 높여준다고는 단언할 수 있다. 자연식물식이 어떻게 건강할 확률을 높여주는지는 역으로 동물성 식품, 정제된 식품이 우리가 건강할 확률을 얼마나 '낮추는지'를 밝힌 연구들을 통해 증명하려고 한다. 학계의 주장과 다양한 연구 결과, 실제 사례들을 통해 내가 왜 자연식물식을 추천하는지 독자 여러분도 이해하실 수 있을 것이다.

우리의 몸과 건강 상태는 동일하지 않다. 하지만 식단을 바꾸는 것은 학력이나 재력과 같은 환경과 별로 상관이 없다. 대개 의지에 좌우되는 문제인 탓이다. 돈과 시간이 많이 들지 않는 자연식물식의 경우에는 더더욱 '노오오오력'만으로 변화를 일굴 수 있다. 자연식물식에는 비싼 고기나 생선이 필요 없다. 비건용이냐 아니냐 하면서 성분표를 따지지 않아도 된다. 적절한 가격의 신선한 야채, 과일, 통곡물, 콩과 식물만 있으면 된다. 운동에 비유하자면, 특별한 도구가 필요하고 훈련비가 많이 드는 데다가 장소 또한 제한적인 피겨스케이팅이나 승마가 아니라, 언제 어디서든 하고자 하는 마음만 있으면 가능한 '걷기'나 '요가'와 비슷하다.

우리의 몸은 식단에 아주 정직하게 반응한다. 식단은 상황에 따라 가치가 떨어질 수도 혹은 오를 수도 있는 주식이 아니라 최소한 저축한 만큼 돌려받을 수 있는 적금이다. 역으로 투자하지 않으면 아무 변화도 만들어낼 수 없다는 것을 의미하기도 한다. 물론 기름지고 자극적인 음식이 넘치는 세상에서 스님의 사찰음식 같은 자연식물식으로 식단을 구성하라는 말은 다소 황당하게 들릴 수도 있다.

하지만 한번 음식 본연의 맛에 눈을 뜨게 되면 곧 중독을 경험하게 될 것이다. 그 어떤 기름진 음식보다도 맛있으니까 말이다. 날마다 조금씩 고기와 유제품에서 멀어지고 야채와 과일에 가까워져보자. 음식 본연의 맛을 느끼며 몸에 투자하는 재미를 찾아보자.

대부분의 사람이 그러하듯 나 역시 식습관이 건강에 얼마나 큰 영향을 미치는지 딱히 신경쓰지 않고 살았다. 그런 내가 변했다. 이 변화의 과정이 여러분에게 조금이나마 건강한 자극이 되고 좋은 영향을 미칠 수 있다면 참 좋겠다.

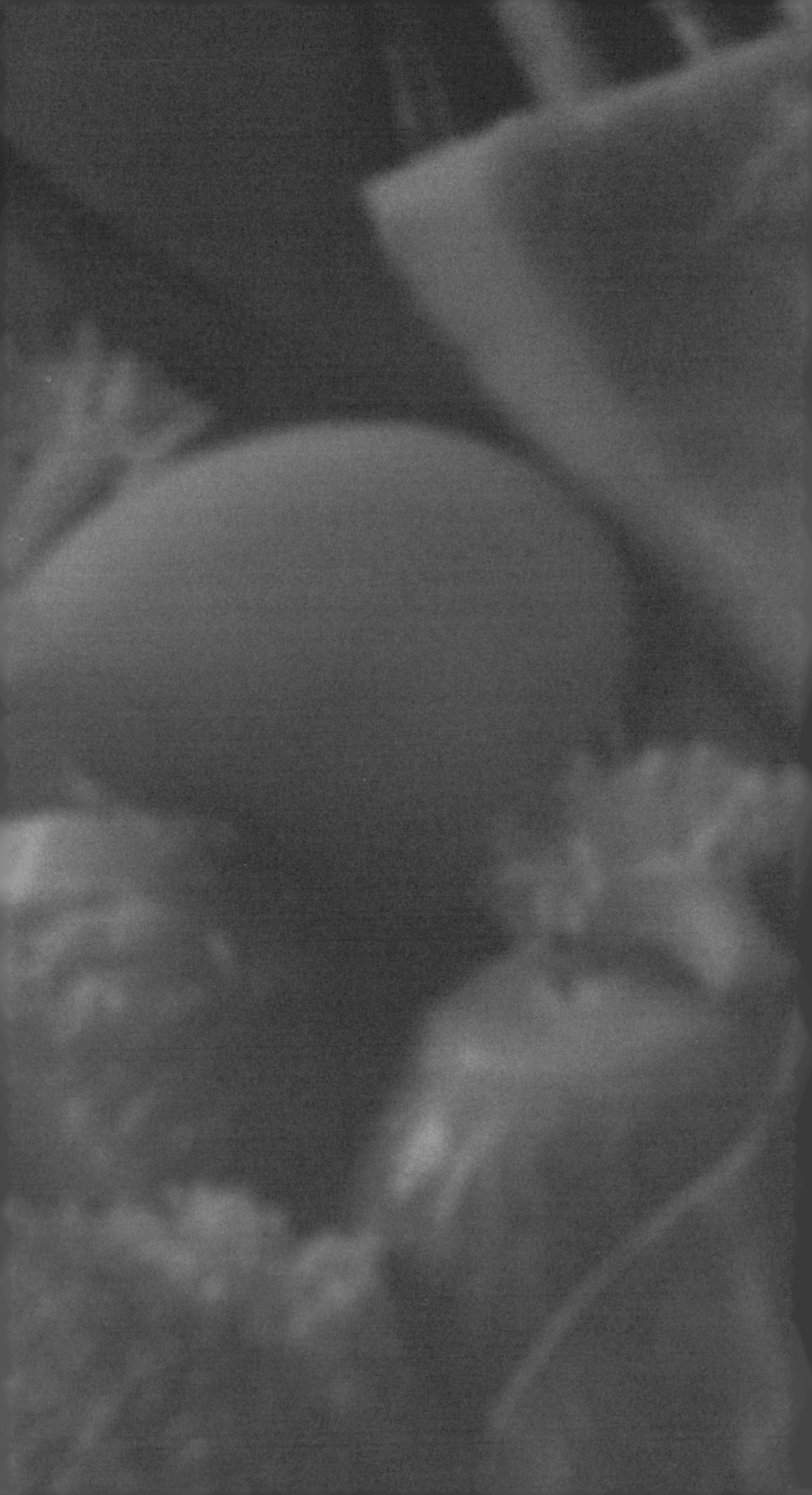

1부

먹더라도 알고 먹자

1장 극한식단은 무엇일까

나는 자연식물식을 한다.
나는 고기, 생선, 계란, 우유, 유제품을 먹지 않는다.
나는 날마다 똑같은 야채, 과일, 통곡물,
견과류를 먹는다.
나는 설탕, 소금, 기름을 사용하지 않는다.
나는 7년간 매일 1일 2식을 했다.
나는 3년간 매일 같은 식단을 유지했다.

내가 매일 하는 '자연식물식'은 여전히 많은 사람에게 생소한 식단이다. 자연식물식 이야기를 들은 사람은 대개 나의 영양 상태를 걱정하며 꼭 그렇게 극단적인 식단을 선택해야만 하는지 묻곤 한다. 야채와 과일을 주로 먹는, 정말이지 신선한 식물성 식품을 양껏 먹는 나의 식단이 극단적인 걸까? 이렇게 먹으면 정말 단백질 결핍이 오고 칼슘이 부족해져 건강을 해치게 될까? 아니다. 과학은 도리어 그 반대의 증거를 제시한다.

과학은 자연식물식이야말로 우리가 먹어야 하는 이상적인 식단이라고 말한다. 내가 자연식물식을 하기 전에 즐겨 먹었던 동물성 식품이야말로 건강을 해쳤던 주범임을 과학은 명확한 증거를 바탕으로 자연식물식을 긍정한다.

자연식물식을 시작하기 전에도 나는 물론 음식이 건강에 영향을 미치고 야채나 과일이 몸에 좋다는 사실을 대충 알고 있었다. 설탕과 소금이 많이 들어간 간이 센 음식은 가급적 피했다. 그러나 자연식물식은 우리가 어려서부터 주야장천 들었던 '고기, 밥, 반찬, 우유를 골고루 많이 먹어야 한다'라는 말이 잘못되었다고 반박한다. 오히려 그 반대다. '고기, 밥, 반찬, 우유를 피해야 한다'는 것이다.

놀랍게도 이 말은 사실이었다. 하루에도 몇 잔씩 열심히 마시던 우유는 전립선암과 관계 있었고,[1] 동물성 단백질을 성인 하루 권장 칼로리의 20% 이상 섭취하면 암이나 당뇨로 사망률이 4~5배 높아졌다(65세 이하에 해당).[2] 미국 질병통제예방센터 CDC Centers for Disease Control and Prevention의 데이터를 분석한 결과다. 무려 500,000여 명을 조사한 미국 국립보건원 NIH National Institute of Health의 연구는 붉은 고기와 베이컨 같은 가공육이 전체 사망률, 암 사망률, 심혈관질환 사망률을 높일 수 있다고 발표했다.[3] 또, 하버드 대학에서 실시한 대표적인 집단 연구cohort study인 HPFSHealth Professionals Follow Up Study와 NHSNurses' Health Study를 분석한 결과에서도 고기, 계란, 유제품은 사망 위험을 증가시키는 요인으로 드러났는데, 그중 대부분의 질병을 유발하는 데 가장 위험한 요인이 가공육으로 밝혀졌다.[4] 식물성 식품은 정반대였다. 심혈관질환으로 인한 사망률 및 전원인 사망률all-cause mortality을 낮추는 데 식물성 식품의 영향이 컸다.

다음 〈표1〉을 보자. 식사를 식물성 식품으로 전환함으로써 사망 위험률이 줄어들었음을 보여준다. 평소 먹던 동물성 단백질을 식물성 단백질로 바꾸었을 뿐인데 분명한 효과가 있었다.

표1 식품 내 단백질 전환에 따른 사망 위험률 감소 효과[5]

가공육을 식물성 단백질로 바꿀 경우	사망 위험 34% ⬇
계란을 식물성 단백질로 바꿀 경우	사망 위험 19% ⬇
붉은 고기를 식물성 단백질로 바꿀 경우	사망 위험 12% ⬇
유제품을 식물성 단백질로 바꿀 경우	사망 위험 8% ⬇
닭고기와 생선을 식물성 단백질로 바꿀 경우	사망 위험 6% ⬇

전체 칼로리의 3%를 동물성 단백질에서
식물성 단백질로 바꾸었을 때 사망 위험이 감소했다.

고기와 유제품은 대부분의 만성질환과 연관되어 있다. 이 식품들이 염증inflammation을 유발한다는 것이 그중 하나의 이유다. 염증은 몸에 문제가 생겼을 때 면역 시스템이 그 피해를 최소화하기 위해 일으키는 반응인데, 이러한 반응은 동물성 식품을 먹을 때도 나타난다. 염증은 동물성 식품 속 성분이 몸 안에 들어와 다른 성분으로 바뀐 후에 시작될 수도 있고,[6] 그런 과정 없이 동물 자체가 가지고 있는 성분으로 인해 촉발될 수도 있다.[7] 염증반응이 지속되면 혈관 건강에 문제가 생기고, 신체 기관의 기본 통로인 혈관이 상하면 각종 질환이 연쇄적으로 발생할 수밖에 없다. 그래서 전문가들은 염증반응을 일으키는 동물성 식품을 끊고, 염증 수치인 C반응성단백C-Reactive Protein을 낮추는 식물성 식품 위주의 식단으로 바꾸는 것이 만성질환을 예방할 수 있다고 강조한다.[8] C반응성단백 수치가 정상 범위 이상이면 염증을 의심해야 하는데, 이는 대부분의 건강검진에 포함되는 항목인 CRPC-Reactive Protein 검사를 통해 확인할 수 있다.

동물성 식품을 아예 먹지 않는 비건 식단은 미국심장협회American Heart Association에서 추천하는 식단보다 항염증 효과가 무려 32%나 높았다.[9] 물론 아마씨나 히비스커스가 고혈압에 도움이 더 되는 것처럼 각 질환 개선에 특화된 음식은 있겠지만, 그런 식품을 따져보기 전에 동물성 식품부터 제외하는 게 더 중요하다. 동물성 식품의 해악에 대해서는 뒤에서 더 자세히 다루겠다.

인류 역사상 요즘처럼 고혈압, 당뇨, 암, 심장병 등 만성질환이 이렇게 만연했던 적이 없었다. 나 역시 만성질환은 나이가 들면 당연히 생기는 것이라 여겼다. 흡연자가 아니니 폐암은 피할 수 있겠지만, 다른 암은 운에 맡겨야 할 거라고 생각했다. 암은 예방할 수 있는 병이 아니라는 짐작과 함께 조기에 발견해서 수술하고 항암치료를 해야 한다는 것이 내가 가진 암에 대한 정보의 전부였다. 그래서 동물성 식품만 먹지 않아도 병을 예방할 수 있다는 말을 듣고 많이 놀랐다. 전문가들은 여기서 더 나아가 자연식물식을 제시한다. 야채, 과일, 통곡물, 콩과[豆科]식물, 견과류를 칼로리 제한 없이 마음껏 먹으면 병의 진행도 막을 수 있다는 것이다. 그들은 몸에 칼을 대지 않고도, 약을 먹지 않아도, 식단만으로 암, 2형 당뇨, 죽상동맥경화증atherosclerotic vascular disease, 고혈압, 고지혈증, 천식, 크론병, 대장염, 류마티스관절염, 자가면역질환 등이 개선될 수 있다고 말한다.[10]

그렇다고 무작정 누군가에게 어떤 식단을 추천할 수는 없다. 특정 식단을 누군가에게 권하려면 조건을 갖추어야 한다. 누구한테든 이를 적용했을 때 어느 정도 비슷한 결과가 나오게끔 과학적으로 입증된 자료가 있어야 한다는 뜻이다. '누가 뭘 먹고 병이 다 나았다'는 개인적 사례가 아니라 충분한 인원을 대상으로 장기간 실험한 결과 그 효과가 증명된 식단이어야 한다. 전문가들은 큰 규모의 역학조사epidemiological study, 무작위 대조연구randomized control trial, 수년간 축적된 연구를 활용하여 재분석하는 메타분석meta analysis 등을 진행하면서 대중과 소통해왔다. 뒷부분에 더 많은 연구를 소개하겠지만 고기까지 다 먹는 집단, 고기를 제외하고 계란, 유제품, 생선을 먹는 집단, 완전 채식만 하는 집단으로 나눠서 음식이 질병에 끼친 영향을 장기간 추적한 연구들이 그런 예이다. 당연히 이런 연구들은 데이터를 분석할 때 운동, 흡연, 음주 여부 등이 결과로 도출된 수치에 영향을 미치지 않도록 통제한다. 생활습관과 체중이 비슷한 사람들의 데이터를 비교해서 음식과 질병의 관계를 파악하는 것이다.

몇십 년간 수많은 연구가 이루어졌고, 이들은 공통적으로 식물성 식품 위주의 식단, 즉 자연식물식이 병에 걸리지 않는 가장 효과적인 방법이라고 결론을 내렸다. 65,000명을 추적한 EPICEuropean Prospective Investigation Into Cancer and Nutrition 옥스퍼드 대학 연구에서는 모든 동물성 식품을 식단에서 제외한 비건 집단이 육식 집단보다 암 발병 위험이 19% 낮았고[11] 채식주의자는 비채식주의자에 비해 심질환을 앓을 위험이 32%

나 내려갔다.[12] EPIC 연구는 유럽 전역에 걸쳐 진행한 영양연구의 큰 틀로 이는 나라별, 학교별로 연구가 분화된다. 그중에서도 옥스퍼드 대학 프로그램은 다수의 채식주의자로 구성된 영국인 65,000명의 식습관과 암의 연관성을 조사했다. 96,000여 명을 관찰했던 재림교 건강 연구 2Adventist Health Study 2는 〈표2〉처럼 비건 그룹이 고혈압, 당뇨, 암, 심혈관질환 등 대부분의 질병 예방에 더 효과적임을 증명해주었다. 이들은 캘리포니아 로마린다 지역에 거주하는 신자들이다. 재림교 신자들은 '몸은 곧 하느님의 성전'이라고 여겨 건강, 특히 몸에 넣는 음식을 중요하게 생각한다. 그래서 대다수가 자연식물식에 가까운 채식을 하며, 일부는 저지방 유제품, 계란, 생선(연어), 적은 양의 특정 고기(소고기, 닭고기)를 허용하는 식단을 유지하고 있으므로 비건 그룹의 장점을 연구하기에 적합한 대상이 될 수 있다.

표2 재림교 건강 연구 2 육식그룹과 비교한 비건그룹 질병 발병 위험[13, 14, 15, 16]

고혈압	당뇨	암	심혈관질환	신장병
발병 위험 75% 감소	발병 위험 62% 감소	발병 위험 16% 감소	사망 위험 42% 감소 (비건 남성)	발병 위험 52% 감소 (채식그룹)

EPIC 연구나 재림교 건강 연구 같은 집단연구cohort study 7개를 모아 124,700여 명의 데이터를 분석한 메타연구 역시 비슷한 결과를 보여주었다. 채식 그룹을 비채식 그룹과 비교했더니 채식 그룹의 심질환 사망률이 29%, 암 발병률은 18% 감소했다.[17] 집단연구뿐 아니라 자연식물식을 참여자들에게 직접 실험한 연구들도 마찬가지다. 관상동맥질환 환자들에게 고기, 유제품, 기름, 생선을 끊게 한 콜드웰 에셀스틴Caldwell B. Esselstyn 박사의 연구[18]와 1년간 식물성 식품 중심 식단을 유지시킨 딘 오니쉬Dean Ornish 박사의 연구[19] 둘 다 성공적이었다. 에셀스틴 박사는 심장 전문의로 빌 클린턴 미국 전 대통령의 심장병을 수술 없이 식습관으로 개선한 의사로 유명하다. 딘 오니쉬 박사는 음식과 생활습관의 중요성을 전파한 선구자로 꼽힌다. 오니쉬 박사가 1990년에 진행한 위 연구는 식단이 치료제가 될 수 있다는 주장의 바이블로 통한다. 에셀스틴 박사 쪽은 전체 참여자의 72%, 딘 오니쉬 박사 쪽은 82%가 증상이 개선됐으며, 5년 후에 다시 확인했을 때도 식단을 바꾼 그룹이 일반식단을 한 그룹보다 심혈관질환 발생률이 현저히 낮았다. 특히 에셀스틴 박사의 연구는 막혀 있던 동맥이 다시 뚫린 조영사진으로 한 번 더 화제가 되었다. 딘 오니쉬 박사는 나중에 비슷한 식단을 가지고 전립선암 환자들의 PSAProstate-Specific Antigen 수치를 낮추기도 했다.[20] PSA는 전립선

특이항원을 의미하는데, 이 수치가 높으면 전립선 조직에 문제가 있을 가능성이 높다. 전립선암 환자의 경우, PSA 수치가 낮으면 암이 퍼지고 있지 않다는 것을 의미한다.

이런 많은 증거에도 불구하고 '연구는 어디까지나 연구일 뿐'이라고 말하는 사람들도 있다. 아주 틀린 말은 아니다. 식단을 조절하는 것뿐만 아니라 운동, 금연, 스트레스 관리, 수면과 같은 생활습관도 모두 중요하기 때문이다. 유전적인 요인도 무시할 수 없다. 하지만 운동을 아무리 규칙적으로 하고 잠을 잘 자도 매일 나쁜 음식을 먹는다면 근본적인 문제를 해결하지 못한다는 것이 자연식물식 전문가들의 공통적인 의견이다. 근본적인 문제를 해결하는 과정에서 자연식물식은 우리가 많은 병에 걸릴 확률을 최대한 낮춰주는 역할을 한다.

빌게이츠 재단에서 후원하는 세계질병부담연구Global burden of disease study는 전 세계 204개국을 대상으로 사망률과 질병, 외상의 위험요인과 관련된 데이터를 조사하고 분석하여 세계 인구의 건강과 관련된 현황을 보여주는 가장 권위 있는 프로그램이다. 이 세계질병부담연구에서도 역시 사망률을 높이는 여러 요인 중에서 음식을 가장 영향력이 큰 요인으로 봤다.[21] 통곡물과 과일을 충분히 섭취하지 않고 과하게 짠 음식을 먹으면 빨리 죽게 된다는 것이다.

고기와 우유를 많이 섭취하여 내 몸을 단백질 과잉 상태로 만들었던 이전의 식단이야말로 나의 건강을 극한의 상태로 만들어 병을 일으켰던 극한식단이었던 셈이다. 나는 왜 이렇게 늦게 이런 사실을 알게 되었을까? 자연식물식은 극한식단이 아니라 오히려 병을 치료할 수 있는 건강식단인데 왜 극한식단이라는 오해가 생겼을까?

2장 나의 극한식단

자연식물식은 자연 상태의 식물성 식품을 위주로 식단을 구성하여 먹는 것이다. 흔히 말하는 채식과 어떤 점이 다른지 의아해하는 분들도 있을 것이다. 자연식물식은 채식 중에서도 동물성 식품을 전혀 먹지 않는 비건vegan과 비슷하다. 자연식물식과 비건식 모두 고기, 계란, 유제품, 생선을 제한한다. 차이점이라면 비건식은 자연식물식처럼 식품이 '자연' 상태인지 아닌지에 큰 비중을 두지 않는다는 것뿐이다. 비건식은 식물성 식품이 가공되거나 정제되었는지 여부를 따지지 않고 그저 동물성 식품만 아니면 된다고 생각한다. 비건 식단에 밀가루로 만든 빵이나 과자, 단 음료, 흰 쌀밥, 튀김 같은 음식이 허용되는 배경이다. 심지어 하루 세끼 흰밥만 먹거나 콜라만 마셔도, 사전적 정의로만 따지면 비건 식단이라고 부를 수 있다. 최근에는 '비건'을 외치지만 가공 상태나 건강에 미치는 영향은 크게 고려하지 않고 일명 정크푸드로 비건을 실천하는 '정크푸드 비건'들도 등장했다. 문제는 이들이 먹는 비건 라벨이 달린 비건 버거, 비건 초코바, 비건 아이스크림 같은 초가공 식품이 고기, 계란, 유제품보다 몸에 좋지 않을 수 있다는 사실이다. 비거니즘을 실천했는데 건강이 나빠졌다는 사례들을 보면 대개 이런 극단적인 식단을 유지한 경우가 많다. 물론 비건식은 동물착취에 반대하는 비거니즘이라는 큰 철학의 한 방식이니까 내 건강을 희생하면서라도 정크푸드 비건식을 해야겠다면, 그 선택을 막을 수는 없다.

비건식과 다르게 자연식물식은 이 같은 사례를 원천 봉쇄한다. 정제되거나 가공된 식품 섭취를 최대한 자제하므로 가능한 이야기인데, 이런 점에서 자연식물식을 비건식의 업그레이드 버전이라고 봐도 무방하다. 이 책에서 소개하는 연구들은 자연식물식이 아닌 비건이나 채식 식단을 육식 위주의 식단과 비교한 경우가 많다. 아무래도 자연식물식 식단이 비건이나 채식 식단보다 조금 더 엄격한 면이 있기 때문인지 자연식물식에만 초점을 맞춘 연구는 상대적으로 적다. 따라서 앞으로 소개하는 내용에 비건과 채식이라는 두 단어가 혼용될 텐데, 이에 대해 독자 여러분께 미리 양해를 구한다.

일상생활에서 정제된 식품을 덜 먹으려면 우선 외식을 줄여야 한다. 또한 스스로 식단을 관리해야 해서 처음에는 자연식물식이 비건보다 더 어렵게 느껴질 수 있다. 기름지고 단 음식을 끊으면 자극적인 맛에 대한 금단현상이 온다. 나도 처음 식단에 변화를 주고 적응하는 데 몇 개월이나 걸렸다. 자연식물식을 하면 먹을 게 별로 없을 줄 알았는데, 세상에는 맛있는 야채, 과일, 통곡물, 콩과 식물, 견과류가 차고 넘쳤다. 또 자연식물식 레시피들을 알려주는 유튜브 채널들을 보며 식물성 식품과 최소한의 가공 재료만을 이용하여 각종 파스타, 빵, 샐러드, 아이스크림, 케이크 등을 쉽게 만들어볼 수 있다.[22] 그러니 자연식물식에 대해 먹을 게 별로 없다는 오해는 하지 않으면 좋겠다. 자연식물식은 결코 어렵지 않다. 자기 취향을 따르면 그만이다. 복잡하고 정교한 요리를 하는 게 좋으면 재료만 동물성 식품에서 식물성 식품으로 바꾸면 된다. 반대로 자연 상태의 식품 그대로를 먹겠다고 결심했다면 로푸드raw food, 즉 생식을 할 수도 있다. 아니면 이 두 가지를 절충해도 상관없다.

다양한 자연식물식 스타일 중에서도 내 식단은 단순하고 원시적인 축에 속한다. 아침에는 과일, 견과류, 치아씨드, 그래놀라를 먹고 저녁은 야채, 과일, 간식을 먹으면 끝이다. 내가 이 식단에 정착한 이유 역시 단순하다. 그냥 이렇게 간단하게 먹는 게 제일 맛있고 편해서다. 물론 요리하기 귀찮아하고 싫어하는 내 성향 탓도 있다.

나는 1일 2식을 하고 2식 중에서도 저녁만큼은 거하게 먹는다. 저녁 때 먹는 야채와 과일은 대충 이렇다. 거하다고는 해도 자연식물식을 하지 않는 사람들이 즐기는 저녁식사에 비하면 가히 수도자급이지만 말이다.

- **저녁식단 중 야채 :** 감자 1개, 그린빈(껍질콩) 한 움큼, 무 1~2조각, 호박 1~2조각, 양배추 1~2장, 양파 1/4개, 애호박 1/4개, 버섯 2~3개, 청경채 2~3장, 브로콜리 한 움큼, 가지 2조각. 모든 야채는 냄비 속 찜기에 시간차를 두고 쪄서 먹고, 설탕과 소금은 쓰지 않는다. 토마토와 찌지 않은 잎채소도 곁들인다.
- **저녁식단 중 과일 :** 배 1개, 오렌지 1개는 날마다 먹는 편이고 그 외 계절 따라 다른 과일 2~3종을 더한다. 요새는 배 1개, 오렌지 1개, 멜론 크게 1조각, 딸기 3~4개를 먹는다.
- **저녁간식 :** 얼린 바나나 1개, 시리얼 한두 움큼, 견과류

때에 따라 재료는 조금씩 바뀐다. 예를 들면 감자 대신 고구마를 먹거나, 양배추 대신 방울양배추brussel sprouts를 넣기도 한다. 브로콜리 말고 콜리플라워를 살 때도 있다. 식품 선택에 살짝 변화를 주면서도 지난 몇 년간 이 큰 틀에서는 벗

어난 적이 없다. 매일 같은 것을 먹었다고 봐도 무방할 정도로 나는 상당히 집요하게 이 식단을 지키는 편이다. 외식은 1년에 한두 번 손에 꼽을 정도고, 여행을 가는 경우에는 장을 봐서 비슷한 식단을 유지하거나 샐러드 전문점을 찾아 샐러드를 먹는다. 물론 자연식물식을 나같이 이렇게 외골수처럼 할 이유는 전혀 없다. 나는 이렇게 하는 것이 편하고 좋아 이렇게 하고 있을 뿐이다. 그때그때 본인의 사정과 형편에 따라 적절하게 응용하면 된다.

7년 전, 나는 하루 세끼를 외식으로 해결하던 생활에 변화를 주기 시작했다. 어느 순간 갑자기 자연식물식으로 확 바꾼 것은 아니다. 7년 동안 크게 4번 정도 식단에 변화를 주었으니, 장기간에 걸쳐 바꿔온 셈이다. 오랜 기간에 걸쳐 내 몸에 일종의 '실험'을 해왔다고 볼 수도 있다.

이 실험은 1일 3식에서 2식으로 바꾸는 것으로 시작되었다. 그러고 나서 외식과 고기를 끊었다. 다음으로는 식단에서 생선, 계란, 유제품을 제외했고, 마지막에는 기름 사용을 멈췄다. 최근 3년 동안은 온전히 찐 야채와 과일만 먹는 식단을 매일 유지하고 있다.

여기서, 여러 가지 의문이 들 수 있다. '생선은 그렇다 쳐도, 계란과 유제품은 왜 안 먹는 거지?' '식물성 기름은 써도 되는 거 아니야?' '근데 꼭 굳이 저렇게 매일 같은 걸 먹어야

해? 그렇게 살면서 사회생활이 가능한가?' '도대체 얼마나 대단한 일을 하겠다고 이렇게 독하게 먹는 거야?' 등등. 이러한 질문에 대해서는 차차 대답할 것이다.

나의 식단 바꾸기는 다이어트와 돈 절약이라는 단순한 이유로 시작되었다. 그런데 식단 변화는 내가 생각하지 못했던 방향으로 나의 삶을 이끌었다. 처음에는 살을 조금 빼고 나면 당연히 예전처럼 매끼니 고기를 먹는 생활로 돌아갈 것이라고 생각했다. 그런데 아니었다. 10년 전에는 나물 반찬에 질색하고 돈까스를 최애 음식으로 꼽았던 내가 이제는 야채와 과일만 먹고 기름을 멀리한다. 햄버거를 먹을 때면 양상추와 토마토, 피클을 빼고 고기 패티만 즐겨 먹던 내가 지금은 자연 재료 그대로의 맛을 즐기는 사람으로 변했다. 이 과정에서 나의 몸에 나타난 변화, 새롭게 알게 된 정보들에 대해서 더 많은 사람과 나누고 싶은 이야기가 생겼다. 한두 달, 혹은 1~2년 정도 식습관을 바꾼 시점이었다면 감히 글을 쓸 생각은 하지 않았을 것이다. 그 정도로는 우선 내 자신에게 확신이 들지 않기에 누군가를 설득할 자신도 없었을 것이다. 좋은 결과든 나쁜 결과든 변화는 어느 정도 시간을 축적한 후에야 선명하게 나타나는 법이다. 이제 7년이 지났다. 누군가 내게 "드디어 확신이 생겼냐?"라고 묻는다면 자신있게 대답할 수 있다. "네, 나는 확신합니다."

내가 누군가를 설득해서 그 사람의 식생활을 변화시킬 수 있을지는 잘 모르겠다. 다만 이 책을 읽는 분들이 나로 말미암아 자연식물식을 한번 시도해봤으면 하는 바람은 있다. 물론 누군가의 마음을 움직여 식단과 식생활을 바꾼다는 것, 이 문제는 그렇게 녹록하지 않다. 적어도 고기를 즐기고 외식을 좋아했던 내가 자연식물식을 하는 사람으로 180도 바뀐 만큼, 누군가에게 자연식물식을 '전도'해볼 수는 있지 않을까 생각한다.

3장 내가 당신을 전도할 수 없는 이유

무언가를 선택하는 과정은 의외로 비논리적이다. 신을 직접 만나거나 체험하지 못했어도 종교를 갖게 되는 경우처럼 말이다. 이를테면 크리스마스에 친구 따라 교회에 갔다가, 여행 중 들렀던 성당이 너무나 아름다워서, 깊은 숲속에서 발견한 사찰에 우연히 들어갔다가 매력을 느꼈다는 식이다. 사람들은 이렇듯 사소한 일로 감정이 촉발되어 경전을 읽고 기도를 바치면서 종교에 가까워진다. 그리고 '신이 있다'는 객관적인 증거를 찾거나 신을 영접하는 경험보다는 '있는 것 같은데'라는 느낌과 호감을 믿음으로 발전시킨다.

특정 식단을 결정하는 과정도 마찬가지다. 내 몸의 변화를 스스로 인지한다는 것은 종교처럼 미지의 영역으로 느껴지는 부분이 있다. 당장 통증을 느끼거나 혈압, 심박수, 체중을 측정하고 소변의 색을 살필 수는 있어도 실시간으로 내가 먹은 음식이 몸에 어떤 영향을 주는지, 장기적으로 몸에 어떤 영향을 끼칠지는 알기 어렵다. 물론 '기적'을 경험한 사람이 신을 적극적으로 받아들이는 것처럼, 어떤 음식을 통해 기적과 같은 놀라운 변화를 겪은 사람은 그 식단을 선택하는 데 어려움이 없을 것이다. 그러나 아쉽게도 나를 포함한 대다수 사람은 그런 강력한 경험을 하지 못한 채 이것저것 건드려본다. 건강을 주제로 한 TV 프로그램에 나온 의사가 추천하는 식단으로 바꿔보거나 연예인의 체험담을 따라 하기도 한다. 운 좋게 건강이 조금 나아지는 느낌이 들거나 몸에서 긍정적인 반응이 온다 싶으면 그 식단에 정착한다. 보고 느낀 대로 믿어버린다.

넘쳐나는 정보들 속에서 기적적인 체험담은 우리를 혹하게 만든다. 어떤 음식을 먹고 병이 나았다거나 처음 들어보는 음료를 마시고 살이 몇 kg 빠졌다는 그런 이야기들은 확실히 사람들의 마음을 유혹한다. 나는 특히 살을 뺄 때 별의별 방법을 다 써봤다. 누군가가 레몬즙에 고춧가루를 넣어서 3일 동안 마시면 온몸의 독소가 빠져나간다고 해서 디톡싱을 시도했다가 속이 쓰려 며칠을 채 해보지 못하고 포기한 적도 있다. 유명 건강 프로그램에 섭외되어 특정한 식단으로 살을 빼고 건강도 되찾았다는 일반인들의 '간증'을 보면 마치 그 음식은 내가 반드시 믿어야 할 신과 같은 존재로 보인다. 그래서 그 식단을 종교처럼 믿으며 따르고 싶어진다. 마찬가지로 이 책에서 자연식물식을 한 후 내 건강이 얼마나 어떻게 좋아졌는지를 중점적으로 소개한다면 설득이 쉬워질 것도 안다. 하지만 나는 이 책을 통해 자연식물식을 한 결과 혈압수치가 떨어졌다거나 병이 치유되었다고 자랑할 마음이 없다. '내가 이렇게 건강해졌습니다!' 하고 보여주기 위해 건강검진을 받을 계획도 없다. 내가 자연식물식을 고수하는 이유 중 하나가 암이나 다른 만성질환을 예방하기 위해서인 것은 맞다. 하지만 나의 '개인적 체험'이나 '나'의 건강 증진을 근거로 누군가에게 식단을 바꾸라고 강요하는 것은 바람직하지 않다고 본다.

가령, 내가 암에 걸렸다가 자연식물식을 한 후 암세포가 사라졌다고 치자. 이 경험을 토대로 '자연식물식으로 암을 치료할 수 있습니다'라는 글을 썼다고 가정해보자. 그런데 몇 년 후 암이 재발되었다면 어떻게 할까? 나의 주장과 글은 효력을 잃을 것이다.

또, 자연식물식으로 덕을 본 사람이 있으면 반대로 '자연식물식을 해서 건강이 악화되었다'고 주장하는 사람도 있을 것이며 '자연식물식을 하지 않아도 건강하게 장수한다'면서 자연식물식의 당위성을 부정하는 사람도 분명 존재할 것이다. '우리 할머니는 평생 고기, 치즈, 라면, 술 다 드시다가 암 한번 안 걸리고 100세 가까운 나이까지 건강하게 살다 가셨어'라든가 '술 담배 한번 하지 않고 매끼 건강하게 드시던 우리 삼촌은 일찍 돌아가셨다고' 혹은 '만날 삼시세끼 안성탕면만 드셨는데도 특별히 몸에 이상이 없었던 할아버지를 TV에서 봤는데?'라고 반문하는 사람도 있을 것이다. 이 모두가 개인의 체험과 경험을 바탕으로 한 일종의 의견이고 주장이다. 하나의 개별적인 체험은 언제든 또 다른 체험으로 대체 가능하기 때문이다. 그러므로 식생활이 어떠한 영향을 미치는지 유의미한 판단을 하려면 개인이 아닌 대규모 집단을 장기적으로 추적하는 연구를 수행하고 그 결과를 관찰해야 한다. 그리고 이러한 연구에서 다수의 사람에게 효과가 있었던 식단을 선택하는 길이 질병에 걸릴 확률을 최대한 낮춰줄 수 있는 최선의 답이 될 수 있다.

그렇다고 해서 이 책을 과학적 연구 결과를 분석하고 보고하는 내용으로 채울 생각은 없다. 그보다 나는 많은 사람이 인정하고 신뢰하는 전문가들의 주장을 뒷받침하는 다양한 연구를 소개하려고 한다. 영양학이나 통계학 전공자도 아닌 내가 이분들을 선택한 데엔 이유가 있다. 일단 그들은 영양학 분야의 선구자로 불리거나 유명 대학교에서 교수로 재직한다. 당연히 눈길이 갈 수밖에 없었다. 그러다가 여러 책과 인터뷰를 보면서 내가 잘못 알고 있었던 것들을 바로잡는 과정을 거쳤고, 거기서 신뢰할 수 있는 전문가를 더 냉철하게 선택하고 바라볼 수 있었다. 그렇게 몇 년이 흐르자 멀찌감치 떨어져서 숲을 볼 수 있는 관점이 키워진 듯하다. 다른 말로 하면 이제는 누가 옳은 말을 하고 누가 그른 말을 하는지 구분이 좀 된다고 할까? 결국 나는 양질의 증거를 갖고 주장을 펼치는 쪽이 옳다고 믿기로 했다. 동료 심사peer review를 거친 논문과 대중적인 논문 모두를 객관적으로 비판하는 엄격함, 그리고 기업으로부터 후원받은 연구를 비판할 수 있는 독립성을 갖추었기에 나는 그들을 지지한다.

그러니 내가 아무리 집단연구나 데이터를 강조해도, 이 책은 여전히 나의 선택과 믿음에 대한 글이다. 마찬가지로 나는 내가 선택한 자연식물식 영양학자나 의학박사들의 영향을 많이 받으니 중립적인 시각을 가졌다고 볼 수 없다. 하지만 그들은 모두 면밀한 과학의 창으로 문제를 들여다보는 전문가들임에 틀림없다. 그런 만큼 독자 여러분도 신뢰할 수 있을 것이다.

4장 그럼에도 불구하고 시작된 변화

식생활은 종교와 다르다. 어떤 신학자도 신의 존재를 보란 듯 증명하기는 어렵다. 그러나 음식에 대해서는 과학적으로 입증된 답과 다양한 연구 결과를 제시할 수 있다. 이제 그 연구들이 어떻게 진행되었는지, 누가 그런 연구를 지원했는지에 주목하여 차근차근 살펴보자. 논문이라고 해서 무조건 겁먹을 필요는 없다. 개인의 건강과 장수長壽에 관심이 증폭되면서 이제 누구나 영양 문제에 쉽게 다가설 수 있게끔 각 분야의 전문가들이 도움의 손길을 내밀었기 때문이다. 가장 좋은 매체는 전문가의 손으로 쉽게 풀어 쓴 책이다. 여러 가지 연구 사례와 결과, 그에 따른 증거를 깊이 있게 설명하는 데 지면만큼 신뢰성을 담보하는 매체는 없다. 하지만 책과 친하지 않은 사람이라면 영상매체를 먼저 보면 된다. 만일 자연식물식이라는 개념에 어느 정도 익숙한 상태라면 유튜브 채널을 구독하거나 전문가들의 강연을 찾아봐도 좋을 것이다. 〈NutritionFacts.org〉처럼 전문가들이 직접 운영하는 채널도 있고, 비영리 단체의 유튜브 채널인 〈The Real Truth About Health〉[23]나 〈Plant Based News〉[24]에는 자연식물식 전문가들의 강연이나 인터뷰가 많이 공개되어 있다. 학자와 일반인 사이에서 중간자 역할을 하는 〈Mic the Vegan〉이나 〈Rich Roll〉 같은 개인 유튜버들도 많다. 한국의 경우 〈이레네오〉나 〈황성수 힐링스쿨〉 같은 채널이 대표적이다. 황성수 박사는 2009년에 MBC 스페셜 「목숨 걸고 편식하다」에서 현미채식을 소개한 이래 유튜브 활동과 함께 힐링스쿨이라는 교육 프로그램을 함께 진행하고 있다. 2000년대의 한국은 채식에 별로 관심이 없던 나라였다. 지금과 비교하면 매우 척박한 수준이었다. 유튜버 이레네오는 엄청난 양의 자료를 수집하여 수백 개의 동영상을 만들었고, 라이브 방송을 통해 구독자들과 꾸준히 소통했다. 이레네오는 현재 새로운 콘텐츠를 업로드하지 않고 있지만, 과일식과 자연식물식을 한국에 전파하는 데엔 그의 공이 가장 크다.

이런 채널들의 장점은 정보의 신속성과 접근성이 뛰어나다는 것이다. 새로운 논문이나 기사가 나오면 즉각 소개하고, 논란이 되는 이슈가 있으면 다양한 자료를 통해 반박한다.

만약 자연식물식이 처음이라면 유튜브보다 다큐멘터리

를 먼저 권하고 싶다. 어떤 주제의 총론을 읽는 것처럼 전체적인 숲의 관점을 얻는 효과적인 출발점이 되어줄 것이다. 대개 1시간 반 정도의 러닝타임에 동물성 식품의 폐해와 부작용, 악영향의 은폐, 식물성 식품의 효능 등을 전반적으로 골고루 짚어준다. 자연식물식 분야에서 큰 반향을 일으켰던 다큐멘터리 중 「왓 더 헬스What the health」와 「포크 오버 나이브스Fork over knives」 두 편을 추천한다. 우선 「왓 더 헬스」의 내용을 소개한다.

환경운동가이자 감독인 킵 앤더슨Kip Andersen이 화자로 등장하는 「왓 더 헬스」는 WHOWorld Health Organization에서 고기를 발암물질로 지정한 이야기로 시작된다. 감독은 왜 자신이 그동안 이 사실을 알지 못했는가에 의문을 품는다. 그리고 이를 제일 먼저 사람들에게 알릴 의무가 있는 미국 암협회 웹사이트에 들어간다. 발암물질로 지정된 고기가 버젓이 해당 웹사이트의 건강 음식으로 추천된 것을 보고 그는 미국 암협회와 인터뷰를 시도하지만 바로 거절당한다. 이에 영양 전문가들과 의학박사들을 찾아다니기 시작한다. 콜드웰 에셀스틴Caldwell B. Esselstyn 박사, 마이클 그레거Michael Greger 박사, 가스 데이비스Garth Davis 박사, 닐 버나드Neal Barnard 박사, 마이클 클레이퍼Michael Klaper 박사, 존 맥두걸John McDougall 박사 등 여러 전문가가 인터뷰이로 등장한다. 그들은 입을 모아 우리에게 감춰진 사실이 있다고 말한다. '병이 유전 때문이 아니라 음식 때문인가?'라는 질문에 '그렇다'고 답한다. 암뿐만 아니라 대부분 만성질환의 원인이 되는 것은 바로 동물성 식품이라고 말한다.

다큐멘터리는 당뇨병, 심혈관질환 등을 하나하나 들여다보면서 우리가 상식이라고 생각했던 것들이 틀렸다고 이야기한다. 당뇨는 탄수화물을 많이 섭취해서 그런 것일까? 아니다. 2형 당뇨는 당이 아닌 지방이 인슐린 저항성insulin resistance을 높여서 생기기 때문에 포화지방산(이하 '포화지방'이라고 하겠다)이 많이 함유된 고기와 유제품을 삼가야 한다. 심혈관질환은 막을 수 없다? 아니다, 막을 수 있다. 고기 속 독소가 동맥을 망가뜨리는 염증을 일으킨다. 그러니 고기를 끊으면 된다. 닭고기는 건강하다? 아니다, 닭고기는 여타 고기들보다 발암물질인 헤테로사이클릭아민 HCAHeterocyclic Amine를 가장 많이 함유하고 있다. HCA는 가열할 때 나오는 것이라지만, 그렇다고 닭고기를 익히지 않고 날것으로 먹을 수는 없다. 계란이 건강식품이라고? 아니다. 계란은 고콜레스테롤에 포화지방 덩어리로 혈관 건강에 최악이다. 잠깐, 그런데 버터와 포화지방을 섭취해도 괜찮다고 〈타임〉지 표지에 나오지 않았나? '버터는 안전하다'는 루머의 진원지는 미국의 낙농업 협회National Dairy Council가 지원한 연구다. 낙농업 협회에서 지원한 연구에서 버터와 우유, 치즈가 위험식품이라는 결과가 나오기는 어렵다.

이제 우유와 치즈가 남았다. 우유와 치즈는 건강에 좋다? 아니다. 아시아인의 95%는 유당 불내증을 가지고 있다. 유당 불내증은 우유에 함유된 유당을 제대로 소화하지 못해 배탈이나 설사를 일으키는 증상을 말한다. 더군다나 유제품은 뼈를 강하게 하지도 않으며 남성의 전립선암, 여성의 유방암과도 상관관계가 높다. 뿐만 아니라 대부분의 동물성 식품은 인간이 배출할 수 없는 다이옥신 독소를 함유하고 있으며 암세포 성장을 돕는 IGF 1insulin-like growth factor 1 호르몬을 증가시킨다. IGF 1은 성장 호르몬으로 청소년기 이후 과잉 공급되면 암세포의 성장 또한 촉진하는 문제를 초래한다. 또한 사육동물에게 주입되는 각종 항생제와 호르몬제, 환경오염과 동물학대 문제는 말할 것도 없다.

그동안 드러나지 않았던 동물성 식품의 위험성을 드러내며 이 다큐멘터리는 동물성 식품업계의 로비에 주목했다. 영상에서는 육류기업, 낙농기업, 가공식품 기업들이 미국 암협회, 심장협회, 당뇨협회 등과 후원관계로 연결된 실태를 보여준다. 업계는 자신들에게 유리한 연구결과를 내도록 연구기관을 지원하고 미국 농무부가 내는 건강지침에도 고기와 유제품을 포함시켜 대중들을 헷갈리게 해왔는데, 이러한 만행은 지금도 계속되고 있다. 이는 식품업계뿐 아니라 제약업계도 마찬가지다. 그들은 음식으로 충분히 예방하고 고칠 수 있는 병조차도 '약'만이 유일한 해결책인 것처럼 대중을 교란시킨다.

다큐멘터리에서는 우리가 사실이라고 믿었던 것들이 계속 허위로 밝혀진다. 근육을 키우려면 고기를 먹어야 한다는 말은 대표적인 '상식'이었다. 그러나 다큐멘터리는 많은 운동선수들이 자연식물식이나 채식을 하면서도 근육 상태를 잘 유지했고 좋은 성적을 냈다고 전한다. 식물성 식품에서 충분한 양의 단백질을 얻을 수 있고, 굳이 고기를 먹어서 몸을 해칠 이유가 없다는 것이다. 콜드웰 에셀스틴 박사가 자연식물식 식단으로 심혈관질환을 앓던 환자들을 낫게 한 연구를 제시하면서 식물성 식품이 가져올 수 있는 치료 효과에 대한 이야기도 나온다. 에셀스틴 박사는 이 방식이 고혈압, 당뇨, 뇌졸중 등 다른 질병에도 적용될 수 있다고 하는데, 약 없이 음식만으로 2주 만에 변화를 가져올 수 있다고 단언한다.

「왓 더 헬스」의 웹사이트에는 다큐멘터리에 나왔던 모든 내용이 '팩트'임을 증명하는 자료들이 공개되어 있다.[25] 일례로 영상의 7분 16초에 나오는 주장을 뒷받침하는 증거 자료를 올려놓는 것처럼 말이다. 영상을 분초로 나누어 근거를 제시하는 엄격함이 내겐 참 대단하게 보였다.

여기서 주의해야 할 부분은 「왓 더 헬스」처럼 지극히 객관적인 탐사를 바탕으로 한 다큐멘터리가 있는 반면, 그렇지 못한 다큐멘터리도 있다는 점이다. 2017년에 나온 것으로 키토제닉 식단을 장려했던 「매직필Magic Pill」이라는 다큐멘터리가 그 예다.

「매직필」의 주제인 키토식단은 한국에도 잘 알려진 저탄수화물 고지방식이다. 고탄수화물 저지방식인 자연식물식과 정반대 개념이다. 키토식단은 고기, 기름, 계란, 유제품을 메인으로 하면서 야채를 곁들이는 구성인데 체중감량에 도움이 된다는 '간증'들이 퍼지면서 여전히 인기를 끌고 있다. 기름지고 맛있는 고기와 버터를 먹으면서 살을 뺄 수 있다니, 이를 마다하기란 힘들지 않겠는가? 어쨌든 이 고지방 식단의 핵심은 '케톤'에 있다. 케톤은 우리 몸에서 지방산이 분해될 때 생성된다. 키토식단을 추구하는 사람들은 케톤이 탄수화물인 포도당보다 몸에 좋은 대체에너지라고 여긴다. 그렇기에 탄수화물을 극도로 제한하는 식단 관리를 통해 탄수화물 대신 지방이 우리 몸의 주 연료가 되게끔 하자는 주장이다.

다큐멘터리 「매직필」은 키토식으로 건강이 개선되었다는 체험담으로 채워져 있다. 심지어 암을 고쳤다고 주장하는 사례도 나온다. 보통사람들이 멋모르고 이 다큐멘터리를 접한다면 키토식에 마음을 빼앗길 수밖에 없다. 문제는 이 다큐멘터리가 키토식단의 부작용을 전혀 언급하지 않았다는 점이다. 키토식단을 하고 싶다면 무엇보다 먼저 이 부분에 대한 사실 확인을 해야 한다. 그다음, 키토식단이 어디에서 유래했는지 파악해야 한다. 키토식단은 애당초 일반 성인을 위한 식단이 아니라 어린이 뇌전증 환자들을 위한 치료법으로 개발된 식단이다. 뇌전증은 발작이 반복적으로 발생하는 질환으로 키토식을 적용한 어린이들에게서 유의미한 증상 개선이 나타났다. 더불어 성인들 또한 이 식단을 적용했을 경우 단기간에 체중이 감량되는 양상이 두드러지면서 대중의 이목을 끌게 되었다. 그러나 체중 감량 효과 뒤에 감추어진 문제는 한두 가지가 아니다.

표3 키토식단 부작용[26]

산성혈증, 체중감소, 비정상적 성장, 급격한 산증, 고지혈증, 비타민/ 미량물질 결핍, 저혈당증, 과뇨산혈증, 나트륨/ 마그네슘 부족, 메스꺼움, 변비, 위식도 역류질환 악화, 급성 췌장염, 저단백혈증, 긴 QT 증후군, 신장결석증, 판코니 증후군, 탈수, 기저핵 변화, 혼수, 시신경병, 빈혈증, 다수의 멍, 백혈구 감소증, 골절, 감염 민감성, 뼈, 근육, 간의 미분류 증상

키토식단을 지속할 시 〈표3〉처럼 탈수증, 저혈당증, 산성혈증, 신장결석, 변비 등 30여 가지 부작용이 생길 수 있다. 어린이 뇌전증 환자는 키토식단을 실천할 때 이 같은 부작용을

최소화하기 위한 처방을 함께 받는다. 그러나 일반인들은 이 사실을 알지 못한다. 뇌전증을 앓고 있던 아이들이 이 식단으로 치료를 마쳤을 때, 면역에 중요한 역할을 하는 장내 미생물 수와 종류가 모두 줄었다는 사실도[27] 알려지지 않았다. 영양소와 섬유질이 부족해지면서 수반되는 당연한 결과다.

그러나 정말 심각한 문제는 따로 있다. 뇌전증에 걸리지 않은 일반 사람들이 키토식단을 할 경우, 키토식단이 그를 더 일찍 사망할 위험에 놓이도록 한다는 점이다. 17개의 연구를 분석했을 때 저탄수화물 식단은 사망률을 31%나 높였다.[28] 여기서 이야기하는 사망률은 해당 기간동안 발생한 사망건수를 보여주는 모든 원인의 사망률all-cause mortality, 즉 전원인 사망률을 일컫는다. 하버드 대학의 집단연구cohort study들을 분석한 결과에서도 심근경색을 한번 겪은 사람이 저탄수화물 식단을 하면 사망할 위험이 53% 올라갔다.[29] 4주 동안 과체중 여성들에게 저탄수화물 고지방식을 하게 한 실험에서는 이 식단에 배정된 그룹만 염증 관련 C반응성단백C-Reactive Protein수치가 25% 뛰었다.[30] 이런 연구들을 무시한 채 키토식단이 대사작용에 좋다느니, 뇌의 원료는 포도당이 아닌 케톤으로 충분하다느니 하는 논쟁은 비생산적이다. 죽는 것보다 대사율이 더 중요하다고 주장할 사람은 없을 테니 말이다. 굳이 확인을 해보자면 일단 동물성 단백질인 돼지고기를 먹었을 때

식물성 단백질인 콩을 먹었을 때보다 대사율이 2% 정도 올라가긴 한다.[31] 그래도 여전히 대사율이 중요하다고 주장하고 싶은가? 고작 20kcal 정도를 더 태우려고 이렇게 많은 부작용을 감수하겠다니, 나는 말리고 싶다.

그렇다면 장기적이 아닌 반짝 체중 관리를 위해서 단기간 시행하는 키토식단은 괜찮지 않을까? 이 질문에 답을 찾아보자. 키토식단의 장점으로 꼽는 '체중 감량'에 초점을 맞춘 연구가 진행되었다. 6주 동안 한 집단은 60%의 지방과 5%의 탄수화물로 구성된 키토식단을, 그리고 다른 한 집단은 탄수화물의 비중을 늘려 40%의 탄수화물과 30%의 지방으로 구성된 비키토식단을 섭취하게 했다. 결과는 어땠을까? 두 그룹의 체중 감량률에는 큰 차이가 없었다. 오히려 키토식단을 시행한 집단 내 구성원들의 대사 효과에 부정적인 영향이 있는 것을 확인할 수 있었다.[32] 과체중인 남성 집단에게 처음 4주는 일반식, 나머지 4주는 키토식을 하게 한 경우, 두 구간 내에서 모두 몸무게가 줄었지만, 키토식 구간에서는 일반식 구간보다 체지방 감소 속도가 느리게 나타났다.[33] 사실 이런 비교는 큰 의미가 없다. 왜냐하면 탄수화물과 지방, 단백질의 비율이 체중 감소에 중요한 역할을 하지 않는다고 밝혀진 지 오래되었기 때문이다. 811명의 과체중 환자에게 각 영양소의 비율을 다르게 조정한 4가지 식단을 섭취하게 한 후 2년간 변화를 추적한 프랭크 삭스Frank M. Sacks 박사는 연구 결과 비율에 관계없이 칼로리를 줄인 식단만이 체중 감량에 유의미한 효과가 있다고 결론지었다.[34] 그러니까 키토식단을 하고 몸무게가 줄었다면, 그것은 키톤체가 일으키는 식욕감소 효과[35]에 의해 섭취한 총 칼로리가 줄어서 그런 것이지 동물성 식품 위주의 식단이 마법을 일으킨 것이 아니라는 뜻이다.

키토식단 초반에는 탄수화물이 몸에 들어오지 않으므로 우리 몸은 신체 내에 저장해두었던 글리코겐을 사용할 수밖에 없다. 이때 글리코겐과 같이 있던 수분이 빠져나가면서 몸무게가 줄어든다. 그러니 이 현상은 흔히 말하는 '물살'이 빠진 것일 뿐, 결코 키토식단의 마법이 아니다.

그렇다면 다큐멘터리에 등장한 사람들이 키토식단으로 바꾸고 나서 건강이 나아졌다고 주장한 이유는 무엇일까? 다큐멘터리의 주요 출연자들이 평소 먹던 음식을 보면 답이 절로 나온다. 그들은 평소에 냉동식품과 가공식품을 많이 먹었다. 이러한 식단을 '신선한 고기'로 대체하여 더 나쁜 것을 덜 나쁜 것으로 바꿨으니 상대적으로 건강지표가 좋아진 것이다. 사실 콜레스테롤 수치가 나아진 것도 키토식단 덕이라고 볼 수 없다. 보통 몸무게가 1kg 빠질 때마다 총 콜레스테롤이 2mg/dL 정도씩 내려간다.[36] 그러니 살이 빠져서 콜레스테롤 수치가 나아진 것을 두고 '키토식단은 몸에 좋다'고 한다면 매우 성급한 결론이다. 만일 나쁜 콜레스테롤인 LDL이 같이 내려갔다면 효과가 있었다고 볼 수 있겠지만, 반드시 그렇지만도 않다. 1,255명을 포함한 12개의 무작위 대조연구randomized control trial를 분석했을 때 키토식단 그룹은 저지방식단 그룹보다 LDL 콜레스테롤 수치가 높게 나왔다.[37] 2형 당뇨 관련 수치도 마찬가지다. 저탄수화물 고지방식인 키토식을 하면 탄수화물을 거의 먹지 않으니 혈당, 공복 혈당, 당화혈색소 A1c, 중성지방 수치까지 다 내려갈 수 있다. 하지만 이런 낮은 수치들은 어찌 보면 눈속임이다. 결정적으로 2형 당뇨가 나아졌다는 것을 알려면 탄수화물 테스트에서 인슐린과 혈당이 급격히 올라가지 않아야 한다. 즉 인슐린 민감도insulin sensitivity가 높아져야 하는데 미국 국립보건원 NIHNational Institute of Health 연구팀이 진행한 실험에서 키토식단은 도리어 인슐린 민감도를 떨어뜨렸다.[38] 빼내야 하는 지방을 우리 몸에 들이부었으니 어찌 보면 당연한 결과가 아닐까?

결정적인 결과가 더 있다. 키토식단을 구성하는 동물성 식품은 딱히 인슐린 수치를 낮추지 않는다. 식품마다 섭취 후(240kcal 기준) 얼마만큼의 인슐린이 분비되는지를 보여주는 인슐린 지수를 보면 소고기는 현미밥, 치즈는 밀가루로 만든 파스타, 생선은 곡물빵과 비슷한 양의 인슐린을 분비했다.[39]

동물성 식품이 혈당 수치를 낮출 수는 있지만, 인슐린은 탄수화물을 먹었을 때와 거의 같은 수준으로 만들었다. 당뇨와 관련해서는 '탄수화물은 나쁘지 않다' 장에서 더 자세히 다루겠다.

동물성 식품은 지금까지 이야기한 키토식단의 부작용들과 관련이 깊다. 이 부분 역시 1부 후반부터 자세히 언급하겠지만, 나는 다큐멘터리 「매직필」의 결론이 '무조건 고기!'인 점이 매우 안타깝다. 땅콩버터, 견과류, 통곡물 등 지방을 함유한 식물성 식품으로 고지방식을 하면 사망률을 18%나 낮춘다는 연구[40]가 있음에도 불구하고, 다큐멘터리 어디에도 식물성 식품으로 식단을 구성하여 키토식을 실천할 수 있다는 언급은 없다.

문제는 다큐멘터리를 시청하는 대다수가 영상에 오류가 있는지 없는지 낱낱이 따지지 않고 보이는 대로 수용한다는 점이다. 사실 일반인들이 먼저 나서서 전문적인 정보를 찾아보는 경우는 드물다. 설령 찾아본다고 해도 원하는 정보를 얻기 어렵다. 이런 경우, 앞서 언급했던 유튜버의 역할이 빛을 발한다. 유튜브에는 키토식단의 위험성에 대해 경고하는 전문가들의 인터뷰가 이미 많이 업로드되어 있다. 그들은 논쟁거리의 오류를 곧바로 잡아내준다. 유튜버 Mic the Vegan은 「매직필」 다큐멘터리가 주장하는 내용에 대해 30여 개의 자료를 인용해서 만든 25분짜리 반박 비디오를 올렸고[41] Happy Healthy Vegan도 비슷한 콘텐츠를 업로드했다.[42]

유튜버나 전문가들이 많은 연구 결과를 가져와 설득한다 해도 반박의 여지는 늘 존재한다. 세상에는 다양한 연구들이 넘쳐나기 때문에 누군가가 '○○을 많이 섭취한 사람들은 ○○암, ○○질환의 위험이 ○○퍼센트나 낮다'는 연구 결과를 제시하면 다른 쪽은 반대의 연구 결과를 찾아낼 수 있다. 그러나 분명한 것은 '좋은 연구'와 '나쁜 연구'가 있다는 점이다. 잘 설계된 연구들은 대부분 동물성 식품이 아닌 식물성 식품을 먹어야 한다고 말한다. 중간자 역할을 하는 유튜브, 언론, 전문가들이 이 점을 계속 상기시켜주겠지만, 우리 스스로 연구의 기본적인 부분들을 이해하고 옥석玉石을 가려내는 눈을 길러야 한다. 일반인이 이런 정보를 받아들일 때 갖춰야 하는 기준에 대해서는 2부에서 하나씩 짚어보겠다.

나는 키토식단이 효과가 없다고 생각하지 않는다.
앞서 적었듯 키토식단은 뇌전증 환자들을 치료하는 목적으로도 쓰였고, 최근에는 장수, 수명과 관련된 많은 리서치 결과들이 키토식단에 주목하고 있다. 캘리포니아 대학교 데이비스에서 분자생물학을 연구하는 존 램지Jon Ramsey 박사와 미국 버크 노화연구소Buck Institute of Research &Aging를 이끄는 에릭 버딘Eric Verdin 박사 연구팀 둘 다 키토식을 한 쥐들의 수명과 기억력이 개선된 것을 확인했다. 에릭 버딘 박사는 키토식을 할 때 생성되는 베타-하이드록시뷰티레이트 BHBβ-Hydroxybutyrate에 주목하여 베타-하이드록시뷰티레이트가 노화와 관련된 히스톤탈아세틸화효소 HDACHistone Deacetylase를 억제하는 역할을 한다고 보았다.
하지만 쥐 실험은 쥐 실험일 뿐이다. 실험을 통해 쥐의 수명이 늘어나고 기억력이 좋아졌다는 결과가 도출되었다고 해서 이를 사람에게도 적용할 수 있다고 보기는 어렵다. 이 실험에는 치명적인 맹점이 있다. 연구 과정에서는 쥐가 죽을 때까지 계속 기름만 먹게 했다. 사람이 매일 기름만 먹고 살 수 있을까? 사람에게 매일 같은 종류, 같은 양의 기름만 죽을 때까지 먹게 하는 것은 불가능한 일이다. 물론 식물성 식품의 지방들을 잘 조합해서 저탄수화물 고지방식을 하면 특정 질병에 도움이 될 수 있으며 그런 류의 임상시험도 존재한다. 장수 리서치에서 영향력 있는 발터 롱고Valter Longo 박사 연구팀도 단기 키토식단이 다발성 경화증multiple sclerosis

치료에 효과가 있는 것을 발견했다. 하지만 발터 롱고 박사는 실제로 전 세계 장수 지역을 봤을 때 유사 키토식단을 실천한 곳은 단 한 곳도 없다는 것을 강조하며 키토식단을 추천하지 않는다. 대신 그는 식물성 식품 위주로 식단을 구성하고 거기다가 생선을 추가하라고 한다. 간혹 키토식단이 암 치료에 효과가 있다고 말하는 토마스 시프리드Thomas Seyfried 박사와 같은 학자도 있지만, 키톤체가 오히려 종양 성장을 촉진한다는 연구도 많으니 활용에 있어서는 신중할 필요가 있다.

장수 리서치에서는 키토식단보다는 단식에 더 관심이 많다. 단식이 노화를 가장 효과적으로 늦추는 방법이기 때문인데, 그야말로 잘 설계된 단식은 손상된 세포들을 새로운 세포로 바꿔서 몸을 초기화할 수 있다. 사실 단식이 키토시스ketosis 상태, 즉 탄수화물 대신 지방이 몸의 주원료가 되는 상태를 추구한다는 점에서는 키토식과 비슷하다. 하지만 키토시스 상태는 우리가 식량을 구할 수 없던 때에 몸이 생존을 위해 적응한 임시방편적인 방식일 뿐, 장기간 지속할 수 있는 성질의 것이 아니다. 그래서 아무나 장기 단식을 하지 않는다. 중증 환자들의 경우 의사의 지도하에 이 치료법을 적용해볼 수 있겠지만, 일반적인 상태의 보통사람들은 간헐적 단식을 택하는 편이 더 적절하다. 키토식을 하면서 키토시스 상태를 오래 유지하는 게 얼마나 위험한지에 대해서는 이미 어린이 뇌전증 환자들이 겪는 증상들을 통해 살펴봤다.

요즘 음식을 아예 끊는 단식 말고 단식과 비슷한 효과를 내는 FMDFasting Mimicking Diet 식단인 '단식 모방 식단'에 대한 연구가 활발하게 진행 중이다. FMD 식단은 간단히 말해 며칠 동안 저칼로리 식단으로 버티면서 동물성 단백질을 제한하는 방법이다. 여기서 동물성 단백질을 줄이는 이유는 노화와 관련된 mTORmammalian target of rapamycin 경로와 IGF 1insulin-like growth factor 1 경로의 활성화를 막기 위해서다. mTOR는 세포 안에 있는 일종의 '신호 단백질'이고 IGF 1은 단백질 '호르몬'이다. 이 물질 둘 다 세포를 분열해서 수를 늘리고 성장시키는 물질로, 동물성 단백질의 과다섭취가 이 둘을 지속적으로 자극하게 되면 노화가 앞당겨진다. '빨리 삭았다'라는 표현을 떠올리면 이해하기 쉬울 것이다.
발터 롱코 박사가 건강한 실험 참여자에게 적용한 FMD 식단을 보면, 하루 총 칼로리는 720kcal에 단백질은 9%, 탄수화물은 47%(설탕 소량), 지방은 44%(불포화 지방 위주)였다. 이 FMD 식단을 1달에 5일씩, 3개월간 3번 했을 때 체질량 지수인 BMI, 혈압, IGF 1, 콜레스테롤, 염증 수치 등 많은 지표가 개선되었으며, FMD 식단을 끝낸 후에도 효과가 일정 기간 유지됐다. 발터 롱고 박사는 FMD 식단에서 지방과 탄수화물의 비율을 엇비슷하게 맞췄는데, 아직까지도 지방 비율을 높게 해야 하는지 아니면 탄수화물 비율을 높게 해야 하는지에 대해서는 해당 연구 분야 내에서도 의견이 갈리는 것 같다. 그러나 분명히 고단백질이 mTOR, IGF 1을 자극하는 결정적 요인이기 때문에 대부분의 단식 연구에서는 단백질을 제한한다. 이런 이유에서 나는 고기로 하는 키토식단을 권하지 않는다.[43, 44, 45, 46, 47, 48]

5장 거창한 이유가 없어도

모두가 무언가를 먹고 있는 점심시간에 아무것도 먹지 않는 내 모습을 보고 사람들은 '뭔가 있나 봐' '극적인 계기가 있었나 봐' 하고 추측한다. 다큐멘터리 「왓 더 헬스」와 「포크 오버 나이브스」가 자연식물식에 확신을 갖는 데 도움을 주긴 했지만, 어떤 대단한 깨달음 덕분에 식생활에 변화를 준 것은 아니다. 자연식물식을 시작한 이후 나는 주변 사람들에게 계속해서 내 결심과 식단을 설명해야 했고, 자연식물식을 궁금해하는 사람들이 던지는 질문에 꾸준히 대답해야 했는데 양쪽 다 비슷한 내용들이라 답변은 어느 순간 일종의 매뉴얼이 되어버렸다.

Q: 왜 지금 점심 안 먹어요?

A: 저는 자연식물식을 하기 때문에 밖에서 사 먹을 수 있

는 음식이 별로 없어요. 채식주의자들을 위한 메뉴가 있기는 한데, 제가 음식을 익힐 때 기름을 쓰지 않고 소금도 안 넣거든요. 음식점에서는 이 조건에 맞는 음식들을 찾기 힘들어요.

Q: 자연식물식을 하면 점심을 굶어야 하나요?

A: 아니에요. 1일 5식을 해도 상관없어요. 저는 자연식물식을 하기 전부터 1일 2식을 해서 그게 습관이 되었고요. 점심 때 주문할 음식이 마땅히 없기도 해서 계속 점심을 안 먹는 것뿐이에요.

Q: 샐러드를 주문하면 되잖아요?

A: 몇 가지 문제가 있어요. 저는 고기와 치즈 둘 다 먹지 않거든요. 한동안 치킨이 들어 있는 샐러드가 유행이더니, 요새는 대부분 치즈가 들어 있더라고요. 무엇보다 사서 먹는 샐러드는 양이 너무 적어요. 샐러드를 2개 주문해서 먹는 방법도 있지만, 기본적으로 들어가는 재료들이 너무 부실해요. 가격에 비해서도 그렇고요. 이제는 1일 2식에 몸이 익숙해져서 점심때 배가 고프지도 않아요. 퇴근하고 집에 가서 좋아하는 음식을 양껏 먹는 게 낫습니다.

Q: 도시락을 싸 와도 될 텐데. 중간에 정말로 아무것도

안 먹나요?

A: 아무것도 안 먹지는 않아요! 과일은 쉽게 가져올 수 있으니 중간에 정말 배고프면 귤도 까먹고 말린 대추 같은 것도 먹어요. 문제는 야채예요. 저는 야채를 쪄먹는데, 아침에 야채를 쪄와서 점심때쯤 되면 야채가 눅눅해져 맛이 떨어져요. 찌든 굽든 익힌 음식은 바로바로 먹어야 맛있으니까요.

Q: 그러면 평소에 야채를 도대체 몇 가지나 먹나요?

A: 보통 11가지 정도 먹어요. 감자나 고구마, 그린빈이라고 불리기도 하는 껍질콩, 무, 단호박, 양배추, 양파, 애호박, 버섯, 청경채, 브로콜리, 가지. 거기다가 과일도 한 네다섯 종류를 같이 먹어요.

Q: 왜 그렇게까지 하나요?

A: 저는 그냥 이렇게 먹는 게 제일 맛있고 좋아요.

보통 이 정도 이야기하면 사람들은 고개를 끄덕인다. 굳이 나는 이 대화에서 매일 같은 것을 먹는다는 점은 강조하지 않는다. 너무 유별나게 비치고 싶지 않은 마음도 있고, 타인이 매일 무엇을 먹는지 딱히 알고 싶지 않을 것 같아서다. 가까운 지인이나 동료들은 내가 매일 같은 음식을 먹는다는 사실을 결국 알게 되는데, 반응은 크게 두 가지로 나뉘었다. 어떤 사람들은 '매일 같은 음식'의 '매일'에 반응을 보였다. 똑같은 것을 반복적으로 먹는 게 신기하다는 반응이다. 친구들은 '너 진짜 독하다'라면서 '건강 관련 다큐멘터리에 나가서 인터뷰해'라는 말도 했고, 심지어 엄마는 '그렇게 피곤하게 살지 말라'고 충고 아닌 충고도 하셨다. 또 어떤 사람들은 '매일 같은 음식'에서 '매일'보다 '음식'에 주목한다. 이 관심은 '채식'으로 이어졌다. 내가 고기, 계란, 유제품을 끊은 배경에 '동물을 너무 사랑해서' 아니면 '지구 환경을 보호하기 위해서'와 같은 '심오한' 이유가 있는지 궁금해하면서 말이다. 사실 그런 이유로 채식하는 분들도 많다. 과거와는 다르게 우리가 먹는 '식용' 동물의 기준과 길러지는 과정, 도축의 방식 등에 대해 다양한 반성의 목소리가 나오면서 동물 복지에 관심이 많아진 덕분이다. 가축이 배출하는 메탄가스가 지구 온난화에 끼치는 영향에 대한 문제의식도 물론 한몫했다. 나 역시 이런 문제에 관심이 많아졌다. 그래서 동물과 환경을 생각하는 이타심 때문에 자연식물식을 하게 된 거라고 이야기하고 싶을 때도 있다. 그러나 내가 자연식물식을 하게 된 최초의 계기는 아주 단순했다. '살은 빼고 싶지만 건강이 걱정되고, 돈을 아끼고 싶지만 직접 해먹기는 싫어!' 이 같은 지극히 개인적인 이유로 나는 식단을 바꾸었고, 식단을 유지한 지 어느새 7년이 넘었다.

남들보다 내가 도덕적으로 뛰어나서, 혹은 생명 감수성이 높아서, 또는 특별한 환경에서 자라서 이런 식단을 선택한 게 아니라는 점을 고백하고 싶다. 나는 여러분과 크게 다르지 않은 학창시절과 평균에서 벗어나지 않는 식생활로 매일을 보냈다. 학교 급식은 초등학교 고학년 때부터 시작했다. 아침은 우유에 시리얼, 토스트, 계란, 냉동만두처럼 간단히 먹을 수 있는 음식으로, 그리고 점심과 저녁은 학교 급식을 먹는 패턴이 고등학교 때까지 자연스레 이어졌다. 스스로 음식에 대한 선택권을 가질 수 있었던 대학 시절에는 외식이 일상이었다. 학교 근처 중국집, 백반집부터 번화가에 있는 돈까스집, 샤브샤브집, 고깃집, 피자집, 무한리필 음식점까지 여러 식당을 돌았고, 구내 학생 식당에 갈 때에는 스파게티며 순두부찌개, 뚝배기불고기, 제육볶음을 먹었다.

엄마가 다니는 직장은 결코 여유 있는 곳이 아니었지만, 엄마는 주말이면 각종 고기며 생선을 재료 삼아 요리를 해주셨다. 냉장고에는 항상 우유가 있었다. 당시 엄마들 사이에서는 아인슈타인 우유가 대유행이었다. 자녀들이 다 아인슈타인처럼 똑똑해지길 바라서였는지 엄마들은 녹색 우유팩을 냉장고 문의 안쪽 첫째칸에 꼬박꼬박 채워두곤 했다. 학교에서는 매일 200ml짜리 서울 우유가 나왔다. '우유=보약'이라는 믿음 덕분에 우유는 '성장기 아이들이라면 꼭 다 마셔야 하는 어떤 것'이 되었다. 우유를 마시면 키가 크고 뼈가 튼튼해질 거라고 믿었다. 흰우유가 맛 없다고 칭얼대는 아이에게는 초코맛이나 딸기맛이 나는 '네스퀵'과 '제티'를 타서라도 억지로 먹이는 것이 당시 풍습이었다.

나와 내 또래 친구들은 고기반찬과 우유가 영양 보충에 반드시 필요한 것인 줄로만 알았다. 그래서 하루 세끼 빼먹지 않고 꼭 먹어야 한다고 생각했다. 즐기는 음식을 보면 성향을 파악할 수 있다고 하지만, 솔직히 나는 20대 후반까지 먹는 것들에 대해 깊이 생각해본 적이 없다. 고기나 우유에 부작용이 있을 거라고는 상상도 못 했다. 물론 당시에는 유튜브 같은 매체도 없었지만, 기본적으로 음식이나 식단, 영양에 대한 적절한 교육이 이루어지지 않았다. 의사들도 영양학을 배우지 않고 졸업하는데 일반인은 오죽할까? 그만큼 우리 모두 지식에 노출될 기회가 너무 적었다.

지금은 상황이 다르다. 정보는 넘쳐나고 정보에 대한 접근성도 좋아졌다. 나처럼 건강에 관심이 있거나 살을 빼고 싶다는 동기만으로도 충분히 식생활을 바꿀 수 있다. '동물사랑' '환경보호' 같은 거창한 이유가 없어도 된다. 영양에 관한 정보에 관심을 가지고 한두 가지라도 내게 맞는 것을 찾아보는 것부터 출발하면 된다.

물론 조심해야 할 점이 있다. 정보의 양이 많아진 만큼 걸러내야 할 나쁜 정보도 많다는 것이다. 그러나 매일 고기를 먹었던 나 같은 육식주의자도 자연식물식에 설득되었으니 여러분도 한번 도전해볼 만하지 않을까? 정보가 너무 많아서, 혹은 정보의 내용이 서로 달라서 답답하고 길이 보이지 않는 것 같을 때도 있을 것이다. 그럴 때엔 육식파와 자연식물식파가 어떻게 서로를 공격하는지를 그냥 지켜보라. 거리를 좀 두고 구경해도 좋다. 그러고 나서 스스로 심판이 되어 어느 쪽의 손을 들어줄지 마음을 결정하면 된다. 나는 이런 순간에 여러분에게 도움을 드릴 수 있다. 비전문가로서의 내 시선이 '너무 잘 아는' 사람의 훈수보다 요긴할 때가 더 많으니까 말이다. 나 역시 여러분처럼 '자연식물식이 뭐야?'로부터 시작해서 '뭘 먹어야 하나?' '어떻게 먹어야 할지 헷갈려' 등등 같은 길을 지나왔기 때문이다. 어디가 가려운지 잘 안다는 뜻이다.

내게 도움을 주었던 자료들을 1부의 마지막 2장에 집중하여 소개하려 한다. 그리고 개인적인 이야기, 예를 들어 자연식물식의 어려운 점이라든가 내가 희생해야 했던 것들, 자연식물식을 하면서 가졌던 의심 등에 대해서는 3부에 적었다.

자연식물식을 할 때 나처럼 매일 같은 것을 먹으라고 추천하기는 어렵다. 이렇게 똑같은 것을 먹는 것은 요리하기 싫어하는 내 성향도 반영되었고, 또 꾸준한 습관에 대한 내 개인의 집착인 탓도 있다. 우리 엄마처럼 나에게 "너 정말 골때린다!"고 말해도 별 수 없다. 그러나 양극단에 있는 사람이 만났을 때 의외로 서로에게 주는 영향이 클 수 있듯이, 내 식단을 한쪽 끝에 있는 극한식단이라고 여긴다면 여러분과의 접점을 찾기가 도리어 쉬울지도 모른다. 내가 매일 같은 자연식물식을 먹기까지 그 지난한 과정 속에서 여러분이 공감할 만한 요소가 많이 발견되기를 바란다.

6장 나라는 인간

나만의 자연식물식 식단을 이야기할 때 일찌감치 예상되는 반응들이 있다.

너는 한국에서 직장생활을 하지 않으니까
가능한 거야.
너는 싱글이기 때문에 가능하지.
결혼하고 아이 낳아 봐, 그게 되겠니?
너는 남들보다 참을성이 정말 많은가 보다.
나는 먹는 건 못 참아!

당연히 나올 수 있는 반응들이다. 나도 고민하는 문제다. 내가 외국에서 직장생활을 하다 보니 한국의 회식 문화에서 자유로운 것도 사실이고, 부양가족이 없기에 시도해보고 싶은 일을 바로 할 수 있는 환경에 놓여 있는 것도 맞다. 만약 내가 한국으로 직장을 옮기거나 결혼해서 아이가 있다면 이 습관을 유지할 수 있을까? 모르겠다. 이렇게 몇 년을 살아온 데는 환경적 특수성뿐 아니라 나의 유별난 성격도 한몫 톡톡히 했다. 한번 꽂히면 끝까지 밀어붙이는 성격 말이다.

하지만 환경이나 성격을 차치하고 곰곰 생각해보면, 이 모든 일의 출발은 '돈'이었던 것 같다. 앞에서도 말했듯이 나는 살을 빼고 싶었다. 그런데 건강이 걱정되었다. 돈을 아끼고 싶었지만, 직접 이것저것 요리하기는 싫었다. 내게는 그중 돈과 건강이 가장 큰 계기로 작용했다. 사람은 누구나 건강하게 살고 싶어 한다. 본능적으로 고통을 피하고 가급적 최소화하려고 한다. 그러나 나는 아프면 돈이 드니까, 돈 나가는 것이 두려워서 건강을 지켜야 한다고 생각했다. '건강함'이라는 이상적인 상태를 추구한다기보다 돈폭탄 맞을 일만은 피해야 한다는 생각이 더 들었다. 여기엔 내가 살고 있는 환경의 탓이 컸다.

나는 한국에서 대학을 마치고 미국에서 대학원을 다녔는데, 이때부터 일종의 건강 염려증이 생겼다. 미국의 보험제도는 한국과 달라 응급실 한 번만 가도 치료비가 엄청나게 청구된다. 조금만 골절되어도 병원비 몇백만 원이 기본으로 지출되기에 나는 위험한 행동은 웬만하면 하지 않았다. 몸에 가해질 수 있는 외부 충격을 최소화하려고 늘 몸을 사리고 조심했다. 그러다 보니 몸 '내부의 건강'까지도 염려하게 되었고, 이 생각은 꼬리에 꼬리를 물고 이어졌다. 암에 대한 막연한 두려움도 갖게 되었는데 급기야 '나는 반드시 암에 걸릴 것 같아'라는 생각마저 하게 되었다. 정체 없는 불안감이 내면화한 것이다. 염려증은 '암에 걸리면 수술비는 어쩌지?' '일을 쉬게 되면 그동안 돈도 못 버는데 큰일이다!' 등등으로 계속 이어졌다. 그때는 암을 조기에 발견하는 것만이 이런 걱정을 덜어줄 최선의 방법이라고 여겼다. 병을 빨리 발견할수록 병원비가 싸지고 치료기간도 짧아질 테니까. 그래서 암에 걸리지 않았는데도 조기에 발견하려고 할 수 있는 시도를 다 해보았다. 목이 아프면 갑상선암을 의심해 병원에 갔고, 겨드랑이 밑에 멍울이 생긴 느낌이 들면 유방암이 아닐까 불안해하면서 전문의에게 달려갔다. 하지만 내 몸에서는 아무것도 발견되지 않았다.

시간이 지나면서 불안감에 사로잡힌 채 이런 식으로 계속 살 수는 없지 않은가, 라는 생각이 들었다. 그래서 많은 자료를 찾고 또 찾아 읽으면서 과학적 증거들을 이해하려고 노력하고 그 내용을 최대한 숙지했다. 그 결과, 지난 몇 년 동안 내가 두려워했던 많은 병을 자연식물식으로 예방할 수 있다는 것을 알게 됐다. 걱정했던 유방암은 유제품과 관련이 있었다.[49] 매일 마시던 우유를 두유로 바꾸기만 해도 유방암 위험성이 현저히 떨어졌다. 이는 53,000여 명의 여성을 7~9년 조사했던 재림교 건강 연구 2Adventist Health Study 2 프로젝트에서 나온 결과다. 이렇게 알게 된 증거들이 외식, 고기, 생선, 계란, 우유, 기름을 끊는 데 영향을 주었다. 그러나 솔직하게 말하자면 그때까지도 나의 가장 큰 동력은 돈에 대한 두려움이었다. '고기를 먹으면 병에 걸릴 확률이 높아지고, 병에 걸리면 돈이 많이 들겠지? 돈을 아끼려면 식단에서 고기를 빼자'라는 생각 말이다.

'나는 지금 건강하니까 지레 겁먹지 말자!'고 마음먹게 된 것은 자연식물식이 질병 예방에 최적화된 식단이라는 증거들을 머리로 이해하고 몸으로 체득한 후부터다. 그때부터 나는 돈보다 건강에 온전히 집중하게 되었다. 매일 내가 할 수 있는 최선의 선택을 하고 있다고 확신하니 돈에 대한 걱정도 병에 대한 두려움도 사라졌다. 언젠가 나이가 들어 내가 그토록 두려워했던 병에 걸릴지도 모르지만 그렇다면 그것은 내 이전 식생활이나 스트레스, 혹은 유전적 요인이 원인으로 작용했음이 분명하다. 7년 동안 지켜온 자연식물식은 병의 경과를 늦추면 늦췄지 결코 병을 키우는 역할은 하지 않을 것이다.

'어차피 결국 모두 죽는 게 인생, 나는 먹고 싶은 것 실컷 먹다 가겠다'는 사람도 있을 것이다. 대개 젊은 사람들이 이런 생각을 많이 한다. 하지만 지금 내가 젊고 몸에 문제가 없다고 해서 건강에 무관심해도 되는 걸까? 주변을 둘러보면 늙어가는 나의 엄마, 아빠, 할머니, 할아버지가 있다. 지병으로 고생하는 사람들의 이야기도 흔히 듣는다. 그러니 예전의 나처럼 무턱대고 건강 염려증을 가질 필요도 없지만, 건강에 너무 무관심해서도 안 될 일이다. 건강을 잃으면 건강한 상태일 때보다 조심하거나 내려놓아야 할 것들이 늘어난다. 경제력과 권력을 한손에 쥐었더라도 내 몸이 건강하지 못하면 나머지는 무의미해진다. 건강함이 우리 삶의 기본 전제다. 그래야만 더욱 풍요로운 삶, 주도적인 삶, 다른 이를 돌아볼 수 있는 여유로운 삶도 가능하다.

이 책에 나오는 여러 질병은 몇 달 만에 갑자기 생기는 것이 아니다. 대개 오랜 시간 쌓이다가 터지는 것들이다. 하지만 여러분은 대수롭게 여기지 않을 것이다. 많은 사람이 그렇듯 당장 눈앞에 보이는 문제가 아니면 우리 마음이 크게 동요하지 않는 탓이다. 혹은 동물성 식품을 주로 섭취했는데도 건강의 문제가 별로 없었던 가족을 떠올리며 유전자의 힘을 믿어버릴 수도 있다. 물론 행운이라 할 만큼 특별한 유전자를 지닌 사람도 있다. 예를 들어 PCSK9Proprotein convertase subtilisin/kexin type9 유전자가 있으면 어떤 음식을 섭취하든 관상동맥질환이 올 가능성이 적다.[50] 이 유전자가 LDL 콜레스테롤을 억제하기 때문이다. 그러나 이런 경우는 극소수다. 대부분의 질병은 우연히 발생하지 않는다. 여러분에게 겁을 주려고 하는 이야기가 아니다. 나는 다만 이 책을 집어든 여러분이 자연식물식에 기꺼이 배팅하여 이기는 게임을 하게 되길 바랄 뿐이다. 어떤 이유로 선택하든 자연식물식은 도움이 된다. 더 나아가 자연식물식은 건강에 대한 패러다임을 180도 바꿔줄 것이다.

7장 자연식물식의 정의

자연식물식을 영어로 표현하면 홀-푸드 플랜트-베이스드 다이어트whole-foods plant-based diet이다. 홀-푸드whole-foods는 '자연에서 나온 무첨가 식품'을 말하고 플랜트-베이스드plant-based는 '식물성 식품 위주'를 뜻한다. 이는 줄여서 WFPB라고도 한다. 자연식물식이 식물성 식품 '위주'라고는 했지만, 대체로 고기, 계란, 생선, 우유, 치즈 등의 동물성 식품은 배제하는 편이다. 대신 가공하지 않은 야채, 과일, 통곡물, 콩과 식물, 견과류 등은 제약 없이 허용한다. 어떻게 보면 자연식물식은 식물성 식품을 마음껏 먹어도 된다는 점에서 매우 간편한 식단이기도 하다.

단, 정제된 식물성 식품과 가공식품에 대해서는 주의할 부분이 있다. 자연식물식에서는 기본적으로 정제 탄수화물인 백미, 밀가루로 만든 빵, 과자, 케이크, 단 음료, 정제 설탕,

정제 기름을 제외한다. 식품의 가공 여부를 가볍게 넘기면 안 되는 이유에 대해서는 이미 여러 연구들을 통해 그 이유가 밝혀진 바 있다. 하버드 대학의 집단연구cohort study인 HPFSHealth Professionals Follow Up Study와 NHSNurses' Health Study를 분석한 연구가 좋은 예다. 연구팀은 식물성 식품 섭취에 따른 관상성 심장병의 위험을 연구했다. 관상성 심장병coronary heart disease은 심장에 혈액을 공급하는 동맥이 좁아지는 동맥경화에 의해 일어나는 질환인데, 연구 분석 결과 가공하지 않은 식물성 식품을 먹은 그룹은 관상성 심장병의 위험이 줄었다. 그러나 주스, 정제된 곡물, 튀김 등 가공된 식물성 식품을 식단에 포함한 그룹은 관상성 심장병의 위험성이 32%나 올라갔다.[51]

여기서 의문이 하나 생길 수 있다. '자연식물식을 하되 고기를 조금 곁들여 먹으면 안 되나?' 하는 문제다. 좋은 질문이다. 그리스 이카리아섬 사람들은 평균수명이 긴 블루존으로 유명하다. 이카리아섬 주민들은 고기는 아니지만 생선을 먹었고 올리브 오일도 즐겼다. 그런데도 오래 살지 않았던가? 이와 비슷한 사례들은 꽤 있지만, 이런 종류의 질문에 정확한 답을 내놓을 수 있는 사람은 아직까지 없다. 앞으로도 없을지 모른다. 왜냐하면 정석대로 자연식물식을 하는 사람만 모아서 매일 소량의 고기를 곁들여 먹게 한 다음, 그게 고기를 아예 안 먹었을 때와 어떤 차이가 있는지를 몇십 년 동안 관찰하는 실험을 수행하기란 너무나 어려운 일이기 때문이다. 결국 부분적인 답을 주는 연구 결과들을 취합하여 답을 유추할 수밖에 없다. 23,350여 명의 그리스인들을 조사한 EPICEuropean Prospective Investigation into Cancer and nutrition 연구는 생선 섭취가 사망률을 줄이는 데 큰 영향을 끼치지 않았고, 그보다는 식물성 식품이 사망 위험을 줄이는 요인이라고 발표했다.[52] 대규모 임상 영양 연구 PREDIMEDPrevencion con DietaMediterrana의 결과에 따르면 식단에 식물성 식품을 늘리면서 동물성 식품 가짓수를 줄여갈수록 사망 위험이 점점 낮아졌다.[53] 이 연구에서는 동물성 식품에 고기, 계란, 생선, 유제품을 포함했고 식물성 식품에는 야채, 과일, 견과류, 시리얼, 콩과 식물, 올리브 오일, 감자를 포함했다. 많은 연구에서 사망 위험을 줄이는 요인이 식물성 식품을 많이 섭취하는 것이었다, 라는 결론이 나왔다면 '자연식물식을 하되 고기를 조금 곁들이면 안 되나?'에 대한 답은 "안 돼요"가 된다. 사실 개인적으로는 식물성 식품 '위주'의 식단을 철저히 유지한다면 '조금'의 고기, 계란, 유제품은 괜찮을 거라 생각한다. 사람마다 '위주'와 '조금'의 정도가 천차만별인 게 문제겠지만 말이다.

자연식물식에 대한 지침은 학자마다 의학박사마다 차이가 있다. 나는 자연식물식 분야에서 유명한 콜드웰 에셀스틴 박사, 콜린 캠벨 박사, 마이클 그레거 박사, 가스 데이비스 박사, 조엘 푸르만 박사, 닐 버나드 박사, 존 맥두걸 박사 등이 추천한 방식을 따르는 편이다(이하 이들을 '전문가'라고 하겠다). 물론 전 세계 다양한 학자들의 의견을 더 많이 고려하면 좋겠지만, 내가 언급하는 전문가들은 미국인들이다. 미국에는 다양한 나라, 다양한 인종의 사람들이 살고 있으며 적어도 아시아권 국가보다는 식생활 변화의 필요성에 대한 토론이 편견 없이 활발하다는 점을 고려하면 좋겠다.

전문가들마다 추천하는 식물성 식품이 조금씩 다르고, 각 식품의 하루 권장량도 다르다. 예를 들면 어떤 학자는 과일을 하루에 3개 이상 먹지 말라고 하고, 또 다른 학자는 3개 이상 먹어도 된다고 한다. 존 맥두걸 박사는 녹말 음식을 많이 추천하는 반면, 조엘 푸르만 박사는 녹말 음식의 영양소가 야채나 통곡물보다 상대적으로 부족하다고 지적한다. 어떤 쪽은 견과류를 자제하라고 하고, 어떤 쪽은 권장한다. 헷갈릴 수 있겠지만 전문가들이 강조하여 소개하는 식물성 식품의 종류가 다를 뿐, 동물성 식품을 제외해야 한다는 점과 신선한 식물성 식품을 많이 먹어야 한다는 큰 틀은 같다.

두루두루 여러 의견을 살펴보면서 받아들일 건 받아들이고, 받아들이기 싫은 것은 거부하면 되지 않을까? 지나치게 원칙에 얽매이면 행동하기도 전에 피곤해지기 쉽다. 예를 들어, 나는 먹고 싶은 야채와 과일을 다 먹는 식단을 유지하면서 버섯을 먹는다. 버섯은 균류니까 제외해야지 왜 먹느냐고 따지는 건 큰 의미가 없다. 자연식물식이라는 기조를 유지하면서 내 입맛에 맞는 식물성 식품을 마음껏 먹으면 된다. 그래도 정확한 지침을 선호하는 성향이라면 마이클 그레거 박사가 만든 앱을 추천한다. 매일 먹어야 하는 12가지 식품과 각각의 섭취량에 대한 정보가 자세히 제공된다.[54]

만성질환자인데 자연식물식을 하고 싶다면 식단 구성에 보다 세심하게 주의를 기울여야 한다. 콜드웰 에셀스틴 박사가 심장병 환자들에게 적용한 자연식물식 식단의 구성을 보면 지방 비율이 현저히 낮다. 자연식물식이 비만, 심장질환, 당뇨 환자에게 어떤 영향을 끼치는지 연구했던 더 브로드 스터디The BROAD Study에서는 음식을 4가지로 분류해서 '빨강' 카테고리에 들어간 음식은 식단에서 제외할 것을 권했다. 이 식단 역시 지방을 상당히 엄격하게 제한했는데, 다음 〈표4〉를 통해 살펴볼 수 있다. '진초록'에 포함된 식재료는 매끼 섭취를 권장하는 식품, '초록'은 매일 섭취해도 좋은 식품, '주황'은 가끔씩 섭취해야 하는 식품, '빨강'은 식단에서 제외해야 할 식품을 나타낸다. 다소 빠듯해 보이지만, 참여자들은 통곡물, 야채, 과일, 감자, 빵, 파스타, 시리얼 같은 음식은 마음껏 먹을 수 있었다.

표4 **브로드 스터디에서 참여자들에게 제공한 신호등 식단**[55]

진초록 Ultra Green	초록 Green	주황 Orange	빨강 Red
매일, 매끼 섭취	매일 섭취	가끔 섭취	식단에서 제외
– 시금치 – 근대silverbeet – 케일 – 청경채 – 브로콜리 – 비트 – 냉이 – 허브와 향신료 ※ 가장 영양가 높으면서 칼로리가 낮은 음식	– 야채 – 과일 – 통곡물 – 기름이 들어가지 않은 소스와 양념	– 소금 – 설탕 같은 감미료 – 정제된 밀가루 – 템페와 두부 (고지방) – 두유, 아몬드 우유, 귀리 우유 – 카페인과 술	– 고기, 생선, 계란 – 유제품 – 기름 – 견과류와 씨, 타히니(고지방) – 아보카도와 코코넛(고지방) – 코코넛 우유 (고지방) ※ 아마씨 및 치아씨드 허용

다음 장에서는 식물성 식품과 동물성 식품을 하나씩 들여다보면서 음식마다 어떤 특징이 있는지 살필 것이다. 내용의 상당 부분이 동물성 식품을 왜 먹으면 안 되는지에 집중한다. 식물성 식품의 장점을 나열하는 것보다 우선 고기, 계란, 유제품이 왜 안 좋은지를 이해하는 게 식단을 바꾸는 데 더 큰 동기부여가 될 것이라고 생각해서다. 식물성 식품의 장점에 대해서는 많이 알고 있으므로 여기서 간단하게 몇 가지만 언급하겠다.

우선 야채, 과일, 통곡물에 있는 비타민, 무기질, 섬유질, 식물성 화학물질인 피토케미컬phytochemical, 항산화제antioxidant 등은 전체적으로 항암, 항염, 항균 작용을 돕는다. 피토케미컬은 식물성 식품의 색, 맛, 냄새를 만드는 물질인데, 잘 알려진 예로는 빨간 토마토나 주황색 당근의 카로티노이드carotenoid, 블루베리나 사과 속 플라보노이드flavonoid가 있다. 5,000개가 넘는 피토케미컬이 있는 것으로 추산되며 이들의 효과 역시 활발히 연구 중이다.[56] 또, 항산화제는 몸속에 활성산소free radical가 많아지는 산화스트레스oxidative stress 상태를 막는 데 중요한 역할을 한다. 산화스트레스가 심해지면 노화뿐 아니라 심혈관질환과 암에도 영향을 끼칠 수 있다.[57] 활성산소는 특별한 경우에만 생기는 게 아니라 운동을 할 때나 먹은 것을 소화시킬 때도 생성되기에 끼니마다 항산화 성분이 많은 음식을 섭취하여 활성산소의 증가를 막아야 한다.[58] 이는 결국 매끼 식물성 식품이 반드시 필요하다는 뜻이다. 동물성 식품은 항산화 작용을 별로 하지 않는다. 3,100개의 식품을 분석했을 때 식물성 식품의 항산화 성분 평균 함량은 동물성 식품에 비해 무려 64배나 되었다.[59]

노화를 가속화하고 싶은가? 그러면 동물성 식품을 많이 먹으면 된다. 개중에는 항산화 기능에 관여하는 대표적인 성분인 비타민 E를 동물성 식품과 함께 먹으면 괜찮지 않을까, 생각하는 분들도 있을 것이다. 하지만 이런 보충제는 큰 효과가 없다는 사실이 이미 밝혀졌다.[60] 일각에서는 비타민 E가

산화스트레스를 줄여줄 거라고 예측하여 실험과 연구를 수행했지만 실제 임상적인 유용성으로 이어지지 않았다. 이 말은 곧 비타민 E가 산화스트레스를 줄여주지 않을뿐더러 심혈관 질환 발병률을 낮추어주거나 사망률을 감소시키지 않는다는 의미다. 게다가 고기나 생선에는 동물성 철분인 헴철heme iron이 함유되어 있다. 헴철에 대해서는 뒤에서 자세히 다루겠지만 헴철은 산화스트레스와 직접적으로 관련이 있는 성분이어서[61] 피하는 게 상책이다. 간혹 임산부 중에 헴철 철분제를 복용하는 경우가 있는데, 헴철 철분제의 원료가 가축이기 때문에 이것을 임신기간 내 복용하면 성장호르몬과 항생제가 야기하는 부작용에 시달릴 수 있다. 따라서 철분제를 복용하고자 한다면 성분을 꼼꼼히 따져 안전한 비헴철non heme iron 철분제를 선택해야 한다.[62] 비헴철은 우리 몸이 스스로 양을 조절할 수 있기 때문에 철분 과잉 문제를 걱정할 필요가 없다. 평소에는 심근경색의 예방에 도움을 되는 총항산화능력total antioxidant capacity을 가진 야채, 과일, 통곡물을 마음 편하게 충분히 먹으면 그만이다.[63]

섬유질도 식물성 식품에만 있는 중요한 성분이다. 나는 섬유질이 변비에나 도움이 되는 줄로 알았는데, 의외로 섬유질이 하는 일은 굉장히 많았다. 물을 흡수하는 성질 때문에 포만감을 주는 것은 기본이고, 소장이 당을 흡수하는 속도를 늦춰서 혈당이 치솟는 것을 막아주기도 한다. 콜레스테롤을 낮춰주고, 암을 유발하는 물질인 담즙산bile acid을 몸 밖으로 배출하는 작용도 한다. 섬유질이 대장에 다다라 장내 유익균에 의해 발효되면 단사슬 지방산short chain fatty acids으로 바뀐다. 이 지방산은 대장의 pH 농도를 낮추고 항염, 항암 작용까지 일으킨다.[64,65] 섬유질은 수용성인지 불용성인지에 따라 하는 일이 나뉘는데, 핵심을 정리하면 다음과 같다.

실제 섬유질이 질병에 어떤 영향을 끼치는지는 많은 사람을 오랫동안 관찰한 집단연구 결과로 알 수 있다. 미국 국립보건원 NIHNational Institute of Health에서는 AARP 연구를 통해 섬유질을 많이 섭취한 경우에 사망 위험이 최대 22%까지 내려가는 것을 발견했고,[66] 하버드 대학의 집단연구들을 분석했을 때는 섬유질을 섭취하는 것이 2형 당뇨, 심장병, 유방암의 위험을 줄이는 문제와 관련이 있는 것으로 나왔다.[67,68,69] 섬유질은 장내미생물군gut microbiome이 최적화된 상태를 유지하는데 중요한 역할을 하기 때문에 단사슬 지방산과 마찬가지로 대장암 예방과도 연결된다.[70] 유럽 EPICEuropean Prospective Investigation Into Cancer and Nutrition 연구에서는 섬유질을 많이 먹은 집단이 가장 적게 먹은 집단보다 대장암 발병 위험이 42%나 낮게 나타났으며,[71] 탄수화물의 한 종류인 저항성 전분resistant starch도 섬유질과 비슷한 방법으로 대장암 진행을 막는 데 도움을 준다는 결과가 도출되기도 했다.[72] 한편 섬유질이 대장암의 보호작용에 관여하지 않는다는 의견도 있다. 대장암 발병률이 유독 낮은 남아프리카 공화국 사람들을 조사해보니 이들의 섬유질 섭취량은 특별히 높지 않았다. 이 연구팀은 섬유질보다는 동물성 단백질과 지방을 뺀 것이 대장암 발병을 줄인 결정적 요인이라고 보았다.[73] 붉은 고기, 가공육과 대장암의 관계는 여러 연구를 통해 이미 규명된 바[74]가 있으므로 이 분석은 꽤 유의미하다. 고기를 줄이지 않고서는 섬유질이 많은 음식을 아무리 먹어봤자 소용이 없을 수도 있다는 뜻이니, 동물성 식품을 줄일 합리적인 이유가 하나 더 늘은 셈이다.

미국 영양학회American Nutrition and Dietetics 기준으로 보통 남성은 하루 최소 38g, 여성은 25g의 섬유질 섭취가 권장된다. 섬유질과 대장암의 관계를 연구했던 데니스 버키트Denis Burkitt 박사는 하루에 섬유질을 50g 이상 먹어야 암을 예방할 수 있다고 했다.[75] 38g이든 50g이든 동물성 식품 위주의 식단만으로 그 양을 채우기란 쉽지 않다. 동물성 식품은 말 그대로 섬유질이 0g이기 때문이다. 섬유질 양을 정리한 〈표5〉에서 볼 수 있듯이 콩과 식물에 섬유질이 제일 많고 그 뒤를 과일과 통곡물이 잇는다. 얼핏 하루에 과일 한두 개만 먹으면 섬유질을 충분히 얻겠거니 싶을 수 있지만, 사과로만 섬유질 일일 권장량을 채우려면 사과를 6개 먹어야 한다. 이 사실을 알고

부터 나는 콩 제품을 챙겨 먹는다.

어떤 음식에는 수용성 섬유질이 많고, 어떤 음식에는 불용성 섬유질이 많으니 야채, 과일, 통곡물, 견과류를 골고루 식단에 포함하는 게 좋다. 단 식물성 식품을 잘 안 먹다가 갑자기 섬유질이 많이 들어간 음식을 늘리면 방귀가 많이 나오고 설사를 할 수 있으니 천천히 양을 늘려갈 것을 권한다.

표5 **섬유질 양**[76]

음식	섬유질(g)
콩과 식물(1컵)	10.0~20.0
블루베리(1컵)	4.0
사과(1개)	3.7
통밀빵(1쪽)	2.0
모든 고기, 유제품	0

마지막으로 식물성 식품은 영양소 밀도nutrient density가 높다. 영양소 밀도가 높다는 것은 같은 부피 안에 미량영양소micronutrient가 많이 들어갔다는 의미다. 칼로리당 들어 있는 영양소가 많다는 이야기도 될 수 있다. 딸기를 포장한 팩에는 기재되지 않았지만 딸기 하나에만도 다량의 영양소가 포함된다. 영양소 밀도에 관심이 있다면 조엘 푸르만 박사가 만든 ANDIAggregate Nutrient Density Index차트를 참조하면 된다.[77] ANDI 차

트는 어떤 식품이 가장 많은 영양소를 함유하고 있는지 순위를 매긴 것이다. ANDI 차트를 보면 점수가 '1'인 콜라부터 '1,000'으로 1등을 차지한 케일까지 다양한 식품의 영양소 수치를 비교할 수 있다. 1등인 케일은 여러 식품 중에서도 푸르만 박사가 정한 각종 비타민과 무기질, 섬유질을 가장 많이 포함하고 있다. 블루베리처럼 ANDI 차트에서는 중상위권이지만 강력한 항암작용을 하는 플라보노이드Flavonoid 성분을 특별히 가지고 있는 경우도 있으니 순위에만 너무 연연할 필요는 없다. 또 한 가지 주의할 점은 영양소 밀도가 높을수록 좋은 영양소들을 많이 내포하지만 영양소 밀도가 높은 한 가지 식품만을 먹기보다 다양한 식품을 섭취하는 편이 좋다는 사실이다. 예를 들어 양파에는 퀘르세틴Quercetin 성분이, 블루베리에는 비타민이, 콩에는 단백질이, 토마토에는 라이코펜Lycopene과 성분이 많은 것처럼 식품마다 들어 있는 영양소가 다르기 때문이다.

8장 무엇을 먹고 무엇을 먹지 말아야 하는가

이 장은 자연식물식에서 허용하는 음식과 자제하길 권하는 음식을 다룬다. 사실 어떤 음식이 특정 질병을 일으키는 직접적인 요인인지 아닌지를 완벽하게 확인하기는 어렵다. 실험에 참여한 이들에게 '충분한 기간' 동안 '특정 음식'을 '반복적으로' 섭취하게 하는 일은 불가능하다. 그러니 어떤 식품과 질병의 인과관계를 알아내는 것 역시 불가능할 수밖에 없다. 하지만 이 같은 한계에도 불구하고 다양한 요인들을 통제하면서 식품과 성분, 그리고 질병의 관계를 파악하려는 연구는 꾸준히 진행되었다. 그 결과 어떤 음식을 먹었을 때 어떤 수치가 높아지는지, 혹은 특정 질병에 더 잘 노출되는지를 다룬 연구 결과들이 축적되었고, 이 연구들은 대부분 비슷한 결론을 도출했다. 짐작하는 것처럼 일종의 반전이다. 즉, 영양소가 풍부하다고 생각해서 부지런히 챙겨 먹었던 음식

혹은 식품이 의외로 질병과 연관된 경우가 있었다, 라는 사실이다. 나도 예전에는 내가 아는 영양소가 포함되어 있으면 무조건 좋은 식품이라고 여겼다. 이 같은 판단이 얼마나 성급한 일반화에 해당하는지를 나는 건강에 관심을 갖게 되면서야 비로소 깨달았다. 어떤 식품이 아무리 좋은 영양소를 포함한다고 해도 음식으로 섭취할 경우 다른 성분을 만나 좋지 않은 반응을 일으킬 수 있다. 역으로 좀 나쁜 영양소를 함유하고 있더라도 인체의 메커니즘에 의해 부작용이 상쇄될 수도 있다. 특정 식재료에서 한두 가지 성분만을 추출해서 만든 비타민이 뚜렷한 효과가 없는[78] 이유는 음식이 가지고 있는 상호작용이 없기 때문이다. 음식은 유기체다. 이 관점을 견지하면서 자연식의 세계로 한발 더 들어가보자.

야채와 과일

무려 451,000여 명을 대상으로 음식 섭취와 암 발생에 대해 최대 18년 동안 조사했던 EPICEuropean Prospective Investigation Into Cancer and Nutrition 연구 결과, 과일과 야채 섭취량이 사망위험을 줄이는 데 관계 있음이 밝혀졌다.[79] 대부분의 자연식물식 전문가들 역시 야채와 과일을 마음껏 먹으라고 권한다. 야채는 입맛대로 고르면 된다. 감자, 고구마, 양파, 브로콜리, 콜리플라워, 호박, 당근, 잎채소 등 선택할 수 있는 야채는 얼마든지 많다. 물론 감자와 고구마는 칼륨을 다량 함유한 식품이어서 만성 콩팥병 환자들은 주의해야 한다는 의견도 있다.[80] 그러나 특정 음식을 '너무 많이' 섭취해서 생기는 부작용은 만성 질환이 없는 사람들에게도 종종 나타난다.

과일도 마찬가지다. 지나치게 먹을 경우 중성지방 함량이 높아질 수 있으니 일일 과일 섭취량을 제한해야 한다는 주장도 있다. 그러나 토론토 대학에서 하루에 먹는 과일의 양을 20회로 늘리고 체중, 혈압, 중성지방triglycerides을 측정하는 실험을 수행한 결과 부작용은 발견되지 않았다. 오히려 나쁜 콜레스테롤인 LDLlow-density lipoprotein 수치가 전반적으로 낮아졌다.[81] 과일의 당이 당뇨를 일으킨다느니 하는 말도 걱정할 필요가 없다. 혈당을 갑자기 올라가게 하는 것은 음료수 같은 가공식품의 과당에 해당하는 이야기지 과일에 있는 천연 과당fructose에 해당하는 이야기는 아니다. 그렇다고 하루 세끼 과일만 먹는 것은 추천하지 않는다. 과일과 다른 야채, 통곡물을 함께 먹어야 한다. 영양소의 균형 면에서도 먹는 즐거움을 위해서도 그렇다.[82]

이미 당뇨를 앓고 있는 경우라면 어떨까? 역시 과일 섭취에 유의해야 할까? 그 자신이 제1형 당뇨 환자인 사이러스 캄바타Cyrus Khambatta 박사는 당뇨 환자들이 자연식물식으로 식단을 바꿀 경우, 가장 초기에만 주의를 기울이면 된다고 한다. 단계별로 차차 과일 섭취량을 늘려가다가 이후로는 마음껏 먹어도 상관없다는 것이다.[83] 실제로 12주간 2형 당뇨환자들과 진행한 연구에서 하루 2회 이상 과일을 섭취하더라도 당화혈색소 수치인 A1c에 큰 변화가 없음이 확인되었다.[84] 하버드 대학에서 실시한 연구인 NHSNurses' Health Study의 데이터 분석 결과도 마찬가지였다. 과일은 혈당 조절에 도움이 되는 섬유질과 피토케미컬phytochemical이 풍부하므로 2형 당뇨에 도움이 되었다.[85] 참여자들을 대상으로 무작위로 진행한 연구randomized trial에서는 특히 베리과의 과일들이 당지수glycemic response를 안정시키는 데 효과적이었다.[86] 만약 과일을 먹고 싶은데 어떤 특별한 이유가 있어 과당 섭취를 주의하는 중이라면 과당이 적은 베리류, 키위, 오렌지, 멜론 등을 고르면 된다. 포도는 상대적으로 다른 과일에 비해 섬유질 비율이 낮아서 전문가들은 크게 추천하지는 않지만 나는 포도를 좋아해서 즐겨 먹는다.

단, 과일주스는 말 그대로 '주스'지 '과일'이 아니기 때문에 과일을 대체할 수 없다는 점을 명심하라. 일반적으로 판매되는 과일주스는 과일의 섬유질을 제거한 가공식품이기 때문에 혈당을 빨리 올리는 동시에 포만감은 적다. 과일을 음료 형태로 먹고 싶다면 과일주스보다는 갈아서 마시는 스무디가 낫다.[87] 스무디는 항산화 성분이 보존된다. 스무디에 들어가는 과일 종류에 따라서도 혈당을 올리는 정도가 달라진다. 혈당 곡선이 급격하게 올라가면 인슐린이 과다 분비되었다는 의미고, 곡선이 완만하면 인슐린이 적절하게 분비되고 있다는 뜻이다. 베리류는 갈아 먹든 그냥 먹든 혈당 곡선이 차분한 편이었다.[88] 사과는 스무디로 먹을 때가 씹어서 먹을 때보다 곡선 간극이 심했다.[89] 말린 과일은 콜라나 피자에 비해 훨씬 나은 선택이지만, 정제된 설탕이 추가된 식품은 피해야 한다. 말린 과일은 수분이 빠진 상태라 중량 대비 칼로리가 높고 당 함량이 높기 때문이다. 가장 좋은 과일 섭취 방법은 자연 상태 그대로의 과일을 천천히 씹어 먹는 것이다.

통곡물 먹기

야채, 과일과 더불어 통곡물도 자연식물식의 중추다. 현미, 퀴노아, 귀리, 옥수수, 통밀, 호밀 등 다양한 통곡물 중에서 원하는 것을 선택하여 백미와 밀가루 대신 섭취하면 된다. 백미나 밀가루도 식물성 식품이지만, 정제한 탄수화물이기에 혈당을 확 올려주어 인슐린 분비에 영향을 미친다. 과일주스에서 섬유질이 빠져나간 것처럼 정제 탄수화물엔 섬유질과 비타민, 미네랄이 깎여 있다. 각종 영양소를 가능한 한 그대로 섭취하고 싶다면 통곡물을 먹어야 한다.

나는 통곡물이 얼핏 쌀밥과 비슷해 보여서 건강에 크게 도움이 되지는 않을 거라고 생각했다. 그러나 45개의 연구를 분석해보니 하루 90g(빵 두 쪽에 시리얼 한 그릇 정도의 양)의 통곡물은 당뇨 위험을 51%, 심혈관질환과 호흡기질환 위험은 각각 22%씩 낮춰주었다.[90] 미국 국립보건원 NIH National Institute of Health-AARP 연구는 통곡물의 섬유질이 대장암 발병률을 낮춰준다고 보고했다.[91]

통곡물은 가공 정도에 따라서 이름이 달라진다. 가공을 전혀 하지 않은 귀리는 통귀리, 귀리를 찐 다음 압착하면 압착귀리 rolled oats, 여러 번 압착하고 쪄서 만들면 퀵 오트 quick oats라고 부른다. 전문가들은 가공이 덜 된 상태를 추천하지만, 가공된 통곡물이라도 어느 정도의 편의성을 생각하면 나쁘지 않다. 아무리 몸에 좋다고 해도 먹는 방법이 지나치게 번거롭다면 선택하기가 힘들다. 요즘에는 많은 사람이 귀리를 죽처럼 만든 '오트밀'을 즐겨 먹는다. 오트밀은 압착 귀리와 물 또는 두유를 냄비에 넣고 끓인 다음 기호에 따라 소금과 시나몬으로 양념하여 각종 과일이나 견과류를 얹어서 먹는 방식이 가장 일반적이다. 물을 끓이기가 어려운 상황이라거나 번거롭다면 뜨거운 물을 붓거나 전자레인지에 돌려서 바로 먹어도 된다. 퀵 오트나 오트밀 포리지 제품들을 이용할 수도 있다. 압착귀리와 견과류로 만든 그래놀라, 통곡물로 만든 시리얼도 아침 식사용으로 꽤 보편화되었다. 가급적 설탕이나 기름을 적게 사용한 것, 맛을 보았을 때 밍밍한 것을 선택하는 게 좋지만, 나는 안타깝게도 단맛이 나는 그래놀라만큼은 아직 포기하지 못했다.

만약 밥이 당긴다면 흰 쌀밥 대신 현미밥이나 귀리밥을 해 먹으면 된다. 현미나 귀리는 일반 쌀에 비해 알이 단단하기 때문에 조리 전에 충분히 물에 불려야 한다. 식감이 생소할 수도 있으니 처음에는 백미나 찹쌀을 적당량 섞다가 차츰 양을 늘려나가면 된다. 성격이 급한 사람에게는 퀴노아를 권한다. 냄비에 퀴노아와 그 두 배만큼의 물을 넣고 물이 흡수되면 냄비 뚜껑을 닫고 5분 동안 뜸을 들이면 끝이다. 포슬포슬한 쌀밥까지는 아니더라도 어느 정도 밥 느낌이 난다.

옥수수는 쪄서 먹으면 좋다. 옥수수 알이 치아 사이에 잘 낀다는 문제는 있어도 조리가 간편하고 맛도 좋아 식사 대용으로 괜찮다. 통밀이나 호밀 가루를 베이스로 한 빵이나 파스타 재료도 쿠팡이나 마켓컬리에서 손쉽게 구매할 수 있다. 더브레드블루나 밥브레드같은 빵집에서는 100% 통밀빵과 호밀빵을 만든다. 이러한 빵들은 처음에 먹었을 때에는 밍밍하게 느껴질 수도 있지만 먹다 보면 어느새 담백한 맛을 즐길 수 있다. 100% 통밀가루로 만든 빵은 탄수화물 대 섬유질 비율이 6:1 정도다.[92] 예를 들어 영양 성분표에 탄수화물이 30g, 섬유질이 2g이라고 적혀 있다면 이는 탄수화물 대 섬유질 비율이 15:1이라는 뜻이다. 그러니 이 통밀빵은 통밀 외에 다른 가루가 들어갔을 가능성이 크다. 번거롭더라도 원재료가 무엇인지, 얼마나 들어갔는지 파악해야 한다. 물론 가장 안전하게 먹는 방법은 직접 만들어 먹는 것이다. 유튜브에 보면 오일, 계란, 버터, 설탕 없이 만들 수 있는 건강한 통밀빵 레시피[93]가 많이 있으니 취향에 맞는 것을 찾아보자. 엄밀히 따지면 가루, 가루로 만든 빵, 위에서 언급한 오트밀이나 시리얼은 가공된 식품이니 홀-푸드whole-foods, 즉 자연 상태의 식품은 아니지만 주재료가 통곡물이고 첨가제가 많이 안 들어가면 자연식물식에서도 허용하는 분위기다.

과일과 통곡물 이야기를 하면서 정제 탄수화물과 가공 탄수화물을 가급적 줄이자고 말했다. 둘 다 나쁜 탄수화물이기 때문이다. 그 밖의 탄수화물은 대부분 좋은 탄수화물이라고 봐도 무방하다. 탄수화물은 분자구조에 따라 단순 탄수화물과 복합 탄수화물로 나누고, 복합 탄수화물을 더 좋은 탄수화물로 보기도 하지만, 나는 이 기준으로 좋은 탄수화물과 나쁜 탄수화물을 구분하는 데 매우 애를 먹었다. 왜냐하면 과일은 단순 탄수화물로 구분되므로 복합 탄수화물이 단순 탄수화물보다 무조건 좋다는 의견을 무작정 수용하기 힘들었다. 너무 어렵게 생각하지 말고 식품을 얼마만큼 정제하거나 가공했는지, 첨가물을 얼마나 넣었는지 유심히 살펴보도록 하자.

육류를 먹지 않는다?

나는 2016년 즈음부터 모든 동물성 식품을 먹지 않는다. '자연식물식'은 자연 '식물식'이니 동물성 식품을 자제하는 게 옳다. 그러나 플랜트-베이스드plant-based라는 말은 엄밀히 따져 '식물성 식품을 기반으로 한다'는 뜻이므로 100% 식물만 먹는 것을 의미하지는 않는다. 전문가들 중에는 붉은 고기, 가공육, 닭고기, 생선, 계란 등 어떤 종류의 동물성 식품이든 섭취하지 말라고 하는 사람도 있고, 닭고기나 생선 정도는 괜찮다는 의견을 내는 사람도 있다. 그러나 양쪽 다 붉은 고기와 가공육은 가급적 제외하라고 권한다. 세계보건기구WHOWorld Health Organization의 국제 암연구소 IRACInternational Agency for Research on Cancer 역시 붉은 고기를 2군 발암물질Group 2 carcinogen에 포함시켰고 소시지, 햄, 베이컨 같은 가공육은 1군 발암물질Group 1 carcinogen에 넣었다. 가공육의 경우 소시지나 햄에 색깔을

내기 위해 추가하는 아질산염nitrite이 발암물질인 니트로사민nitrosamine으로 변환되면서 DNA를 망가뜨리기 때문이다.[94] 혹 잎채소에 포함된 아질산염도 위험한 게 아니냐고 묻는 사람도 있겠지만, 그렇지 않다. 잎채소의 질산염nitrate이 우리 체내에서 아질산염으로 바뀌는 것은 맞는 이야기지만, 이때 아질산염은 발암물질인 니트로사민으로 변환되지 않는다. 채소가 가지고 있는 영양소가 변환을 막고[95] 도리어 혈액순환을 도와주는 산화질소인 나이트릭 옥사이드nitric oxide를 만들어내니 걱정하지 않아도 된다. 물론 발암물질을 먹는다고 해서 바로 암에 걸리지는 않는다. 유전적 요인도 중요하고 개인의 건강상태뿐만 아니라 그가 어떤 음식을 먹어왔는지, 얼마큼의 양을 얼마나 오랫동안 먹어왔는지에 따라서 결과는 천차만별 달라지니 말이다. 하지만 '이 정도 양으로는 암에 안 걸려'라고 무시해도 발암물질이 위험하다는 사실 자체는 변하지 않는다. 그러니 담배, 석면과 함께 1군 발암물질에 분류된 고기를 섭취할 이유가 없다.

붉은 고기와 가공육은 암뿐 아니라 전원인 사망률all-cause mortality 및 심혈관질환과 관계가 있다. 미국에서 남녀 120,000여 명을 20년 넘게 추적한 하버드 대학의 집단연구cohort study들을 분석해보면, 하루에 붉은 고기를 섭취하는 횟수를 1회(84g), 즉 대략 어른 손바닥의 1/3 크기 정도로 양을 늘릴 때마다 사망위험이 13%씩 증가했다. 가공육은 더 심각했다. 사망위험을 20%나 증가시켰다. 연구팀은 하루에 섭취하는 붉은 고기의 양을 반으로라도 줄였다면 전체 그룹의 8.5%에 해당하는 사망 건수를 막을 수 있었을 것으로 추산했다.[96] 스웨덴 남성 37,000여 명을 대상으로 한 연구에서도 가공육을 하루에 75g 이상 먹은 그룹이 25g 이하로 먹은 그룹보다 심부전이 발생할 확률이 28%나 높았다.[97]

그렇다면 닭고기는 안전할까? 닭고기는 붉은 고기의 위험성이 제기되면서 인기가 급반등했다. 성별과 연령을 초월하여 많은 사람에게 사랑받고, 단백질이 풍부해서 다이어트용으로 좋다는 인식이 퍼지면서 건강식으로도 각광을 받았다. 그러나 14년 동안 3,900여 명의 데이터를 가지고 고기 섭취와 BMI Body Mass Index의 관계를 들여다본 결과는 놀라웠다. 닭고기가 다른 고기에 비해 남녀 모두의 BMI 지수를 높이는 것으로 나타났기 때문이다.[98] 문자 그대로 '닭고기의 배신'이다. 또 많은 사람이 닭고기가 함유한 콜레스테롤 양이 소고기에 비해 적다고 생각하지만 실제 콜레스테롤 수치를 보면 소고기나 닭고기나 별반 큰 차이가 없다. 부위에 따라 조금씩 다를지언정 평균적으로 소고기에는 100g당 90mg, 닭고기에는 88mg의 콜레스테롤이 들어 있다. 심지어 발암물질인 헤테로사이클릭아민 HCA Heterocyclic Amine는 고기들 중에서도 닭고기를 조리할 때 가장 많이 나온다.[99]

결론은 명약관화하다. 여러분이 고기를 섭취하는 한 종류를 불문하고 포화지방 문제에서 벗어날 수 없다는 뜻이다. 포화지방은 상온에서 고체 상태로 존재하는 지방 형태로 육류, 유제품, 코코넛 오일에 많이 들어 있다. 포화지방을 지나치게 많이 섭취하면 혈액을 몸 곳곳에 공급하는 동맥 혈관내피 기능(이하 '혈관 내피세포 기능'을 '혈관 내피 기능'이라 하겠다)을 손상할 뿐 아니라[100] 관상성 심장병에 걸릴 위험을 높인다.[101] 우리에게 조금 생경하게 다가오는 '혈관 내피 세포'는 혈관 확장과 수축, 혈관 평활근, 혈전의 용해 등 혈관 건강을 유지하는 역할을 한다.[102] 포화지방을 제일 많이 함유한 식품을 들으라고 하면 100g당 포화지방이 18g이나 들어간 치즈를 꼽을 수 있다. 100g당 포화지방이 3.8g인 껍질이 있는 닭고기나 3.4g인 소고기 둘 다 포화지방 함량이 치즈보다 적지만 절대적인 섭취량만 놓고 보아도 치즈보다는 고기를 더 자주, 더 많이 먹으므로 고기의 포화지방을 더욱더 주의해야 한다고 주장할 수밖에 없다. 식물성 식품의 포화지방 함유율은 어떨까? 브로콜리는 100g당 0.1g, 고구마에는 0.04g 들어 있다. 이 수치가 고기에 대한 거의 모든 것을 말해주는 것 아닐까?

동물성 식품은 음식 섭취 후 우리 몸에 즉각적으로 영

향을 끼치기 때문에 위험하다. 심장 전문의인 로버트 보글Robert Vogel 박사가 행한 실험을 보자. 그는 건강한 성인들에게 맥도날드 소시지와 해시 브라운Hash Brown을 먹게 하고 혈관 상태를 검사했다. 결과는 놀라웠다. 단 한 끼만으로도 섭취 전보다 혈관이 좁아진 것이 확인된 탓이다.[103] 고기를 먹지 않던 채식주의자 21명을 대상으로 한 실험 결과도 놀랍다. 2주 동안은 평소처럼 먹게 하고, 4주 동안은 소고기 250g(어른 손바닥 정도의 크기, 스테이크 1조각 정도)이 들어간 식단을 따르게 하고, 나머지 2주간은 평소 식단으로 식사를 하게 했다. 역시 뚜렷한 변화가 나타났다. 모든 식단의 칼로리 양이 같았음에도 고기를 섭취할 경우 총 콜레스테롤은 평소보다 19%, 최대 혈압은 3%나 올라갔다.[104]

고기를 많이 먹었던 마사이족이나 이누이트계 사람들이 심장병에 걸리지 않았다는 이유로 '고기는 질병을 일으키지 않는다'고 주장하는 일부 사람들이 있다. 절대 그렇지 않다. 이들은 연구 결과를 자세히 모르는 것뿐이다. 평균 수명이 50세도 안 되는 마사이족이나 캐나다인보다 평균 수명이 10년이나 짧은[105] 이누이트계 사람들을 굳이 벤치마킹하려는 이유가 무엇인지는 모르겠으나 수명이 짧은 것은 천재지변 탓이라는 등 다양한 주장들의 진위여부는 반드시 확인해야 한다.

1964년에 이루어진 마사이족의 고기 섭취를 긍정적으

로 해석한 연구에서 남성 400명을 조사했을 때 혈관이 좁아지거나 막히는 죽상동맥경화증이 한 명도 발견되지 않았다.[106] 그러나 같은 연구자가 1972년에 마사이족 50명을 해부했더니 그들 대부분은 미국 노인과 비슷한 수준으로 심각한 죽상동맥경화증을 앓고 있었다.[107] 첫 번째 연구에서 신체검사와 심전도 검사만을 사용했기 때문에 두 번째 해부결과와 차이가 있었던 것으로 보인다. 1964년 연구에서 대상이 되었던 마사이족 사람 400명 중 단 3명만이 55세 이상이었다는 것도 잘 알려지지 않은 사실이다. 아무래도 나이가 들수록 죽상동맥경화증에 더 취약해지기 쉬운데, 55세 이하의 비교적 젊은 사람들만 조사하였기 때문에 그런 결과가 나왔을 가능성이 크다. 이누이트계 사람들은 어떨까? 이누이트계 사람들이 고기를 다량 섭취하기 때문에 심장병에 덜 걸린다는 주장 역시 사실이 아닌 것으로 밝혀졌다. 그린란드, 알래스카, 캐나다의 사망통계와 관련된 연구를 분석한 결과, 이누이트계 사람들을 비슷한 조건의 백인 집단과 비교해보니 이들의 심혈관질환 사망률도 결코 낮지 않았다.[108]

최근 고기의 부작용에 대한 인식이 높아지면서 대체육이 많은 관심을 받고 있다. 대체육은 크게 식물성 고기와 배양육 고기로 나눈다. 그중 식물성 고기는 임파서블 푸드Impossible foods나 비욘드미트Beyond meat에서 만든 것처럼 원료가 콩인 식품이 있고, 한국의 삼육푸드나 언리미트에서 상품화한 것처럼 곡물로 만든 것도 있다. 현재 전 세계적으로 여러 패스트푸드 체인점에서 이 같은 식물성 고기를 도입하는 추세인데, 비욘드 미트는 나스닥에 성공적으로 상장했을 만큼 관심이 뜨겁다. 하지만 엄밀하게 말하면 식물성 고기는 건강한 식품이라고 보기 어렵다. 임파서블 푸드에서 판매하는 버거 패티 1인분만 해도 1일 포화지방 권장량의 40%에 해당하는 8g의 포화지방이 함유되었고, 나트륨 함량도 370mg으로 일반 고기의 대략 5배에 달한다. 식물성 고기를 만드는 과정에서 첨가되는 설탕, 인공향료, 보존제 역시 건강한 재료라고 볼 수 없다. 대체육의 다른 한 축은 동물의 세포를 이용해서 만든 배양육인데, 미국의 잇 저스트Eat JUST에서 만든 굿 미트GOOD Meat가 한 예다. 그렇다면 배양육에는 아무 문제가 없을까? 그렇지 않다. 배양육은 고기의 성분을 그대로 가지고 있다. 동물의 항원인 N-글리콜리뉴라민산 Neu5GcN-Glycolylneuraminic acid, 동물성 철분인 헴철heme iron, 동물성 단백질 등 여러 위험 요인을 갖고 있으며 식물성 고기처럼 섬유질도 없다. 하지만 식물성 고기나 배양육 둘 다 가축을 기르거나 도축하는 과정이 없으므로 지구 환경을 지키고 동물 복지를 실천한다는 장점이 있다. 더불어 가축의 생장에 문제가 되는 항생제와 전염병 문제도 피해갈 수 있다.[109]

생선, 유제품은 섭취하면 안 된다?

자연식물식에서는 생선과 유제품 역시 삼가야 하는 식품으로 분류된다. 생선은 포화지방 비율이 높을 뿐더러 수은과 다이옥신 같은 유해물질을 가지고 있다. 이러한 유해 물질들은 환경오염, 특히 해양오염이 심각해지면서 함유량이 더욱 높아졌다. 다만 생선을 먹으면 동시에 오메가-3 지방산을 섭취할 수 있다는 뚜렷한 장점이 있기에 생선 섭취를 바라보는 전문가들의 시각은 조금 유연하다. 그에 반해 유제품은 고기만큼 해로우므로 절대 먹지 말아야 한다는 의견이 지배적이다. 문제는 우리가 오랫동안 우유를 건강식품으로 생각해온 만큼 필수 음료로 생각하는 분위기가 자리잡은 터라 그 인식을 깨기 어렵다는 점이다. 앞에서 잠시 언급했지만 동양인에게는 유당을 소화시키지 못하는 유당불내증lactose intolerance이 있으므로 꼬박꼬박 우유를 마시려고 노력할 필요가 없다.[110] 소화도 잘 되지 않는 우유를 마셔서 얻는 것은 무엇일까? '우유의 칼슘 성분이 뼈를 튼튼하게 해주고 골절을 예방해주는 데 절대적인 도움을 준다'는 그 믿음 아닐까? 하지만 72,300여 명을 18년 동안 조사한 하버드 대학 NHSNurses' Health Study 연구를 보면, 우유를 많이 마신 사람들과 우유를 적게, 혹은 아예 마시지 않은 사람들 사이에서 유의미한 골절률 차이를 발견하지는 못했다.[111] 그런데 우유 신앙을 둘러싼 상황은 상상 이상으로 좋지 않다. '골절 예방에 효과가 없는 것'만 문제가 아니라 다른 폐해들이 속속 드러났기 때문이다. 106,800여 명을 추적한 스웨덴의 연구 결과를 보면 우유를 많이 마신 여성 그룹의 골절률과 사망률이 더 높은 것으로 드러났다.[112] 그뿐이 아니다. 32개의 집단연구cohort study를 분석한 논문에는 우유의 칼슘이 남성의 전립선암 위험을 높인다고 나온다. 유제품이 아닌 식품을 통해 섭취한 칼슘은 전립선암의 위험성을 낮추는데 반해 우유의 칼슘은 전립선암과 강한 상관관계를 보였다.[113] 우유 섭취는 비단 칼슘뿐 아니라 에스트로겐 같은 여성호르몬으로부터 유발되는 문제도 야기한다. 성인이든 어린이든 우유를 마셨을 때 몸속 에스트로겐 수치가 치솟는 것이 확인되었는데,[114] 이는 성조숙증이나 각종 호르몬 질환으로 이어질 확률이 크다. 우유를 마신 쪽이 마시지 않은 쪽보다 유방암 발병 위험이 50%나 더 높다고 발표한 로마린다 대학의 게리 프레이저Gary E Fraser 박사 역시 에스트로겐이 위험 요인일 거라고 보았다.[115] 우유를 끊거나 우유 대신 두유를 마신 그룹에서는 유방암 위험률이 32% 낮아졌다.

우유와 전립선암과의 관계는 이미 많은 집단연구cohort study에서 규명된 바 있다.[116] 우유 속 카제인casein이 전립선암 세포를 늘리는 것까지도 발견되었다.[117] 이에 비하면 우유와 유방암과의 관계는 논쟁을 일단락지을 정도가 아니다. 또 치즈, 요구르트, 버터, 발효유 등의 유제품 중에서 우유와 요구르트가 대장암의 위험성을 낮추는 데 도움이 된다는 연구[118]도 있으므로 우유가 장점이 아예 없는 식품이라고 말할 수는 없다. 그렇지만 대장암을 막자고 전립선암이나 유방암의 위험을 감수하겠다는 입장에는 찬성할 수 없다. 또 기본적으로 우유에 들어 있는 단백질은 다른 동물성 식품과 마찬가지로 항체를 작동시켜 염증을 일으키기도 하고, IGF1insulin-like growth factor1 호르몬을 생성한다. IGF1이 단백질 복합체인 mTORc1mammalian target of rapamycin complex1을 활성화하면 암세포가 증식하기 쉬워진다.[119] 또, 암에 비하면 극히 사소한 문제일 수도 있기는 하지만 IGF1 호르몬은 악성 여드름과도 관련이 있다.[120] 젖소에 투여한 항생제 문제 때문에라도 우유를 두유나 아몬드 우유로 대체하여 마시는 게 좋지 않을까?

그래도 굳이 우유를 마셔야겠다면 일반 우유보다 저지방 우유를 권하고 싶다. 1,893명의 유방암 환자를 대상으로 한 연구에서 고지방 유제품이 저지방 유제품보다 사망위험을 더 높이는 것으로 나타났다.[121] 하지만 아무리 저지방 우유라 해도 지방 함량은 꽤 많다. 이 점을 반드시 인지해야 한다. 〈그림1〉의 저지방 우유 성분표를 보자. 지방이 '4g(7%)'이라고 나와 있지만, 7%는 '1일 영양성분 기준치에 대한 비율'

이지 실제 우유에 들어 있는 지방 비율이 아니다. 우선 지방을 칼로리로 변환하면, 지방이 1g당 9kcal니까 이 저지방 우유에는 4g에다가 9를 곱한 36kcal만큼 지방이 들어 있다. 36kcal는 95kcal의 38%, 즉 지방이 전체 칼로리의 38%를 이룬다. 저지방 우유라도 지방 비율이 40% 가까이나 된다는 말이다. 지방이 적게 들어 있는 것처럼 보이게 하려고 눈속임을 한 거다. '저지방 우유 2%'라는 이름에 속으면 안 된다.

그림1 **매일유업 저지방 우유 2% 성분표**

영양성분 **열량 95kcal** 1회 제공량 200ml　　1회 제공량 함량 % 영양성분 기준치

나트륨	95mg (5%)	탄수화물	9g (3%)	당류	9g (9%)
지방	4g (7%)	트랜스지방	0g	포화지방	2.5g (17%)
콜레스테롤	20mg (7%)	단백질	6g (11%)	칼슘	200mg (29%)

1일 영양성분 기준치에 대한 비율(%)은 2,000kcal 기준이므로 개인의 필요열량에 따라 다를 수 있습니다.

우리는 칼슘을 섭취할 수 있는 가장 손쉽고도 좋은 방법은 우유를 마시는 것이라고 배웠고, 평생 그렇게 믿어왔다. 그런데 우유가 몸에 좋지 않다니, 대체 어디에서 칼슘을 얻어야 하는 걸까? 걱정할 필요 없다. 우리에게 필요한 칼슘은 유제품이 아닌 잎채소, 콩, 통곡물, 견과류에 포함되어 있다. 케일 1컵에 100mg, 두부 $\frac{1}{2}$컵에 430mg, 치아씨드 $\frac{1}{8}$컵에 180mg, 아몬드 1컵에 380mg의 칼슘이 들어 있다. 놀랍지

않은가? 이런 것만 조금씩 골고루 먹어도 칼슘 하루 권장량 500~600mg을 충분히 채우고도 남는다.[122]

식물성 식품을 통해 칼슘을 섭취하면 암에 걸리거나 포화지방, 콜레스테롤이 일으킬 문제를 걱정하지 않아도 된다. 다만 한 가지 주의해야 할 점이 있다. 식품마다 칼슘 흡수도가 다르다는 점이다. 예를 들어 같은 잎채소인데도 케일의 칼슘 흡수도는 40%인데 시금치는 5%밖에 안 된다. 따라서 칼슘 부족이 심한 사람이라면 흡수도가 높은 음식을 집중적으로 골라야 한다. 두유, 아몬드 우유, 코코넛 우유 같은 대체 우유에서도 칼슘을 얻을 수 있는데, 나도 아몬드 우유가 맛있어서 아침마다 마시지만 전문가들은 첨가물이 함유된 대체 우유보다는 야채나 견과류 같은 자연 상태의 식물성 식품을 통해 칼슘을 섭취할 것을 더 추천한다.

대표적인 유제품인 치즈도 포기하는 게 좋다. 치즈를 만들 때 많은 양의 소금, 레닛rennet과 같은 응고 효소가 첨가되기 때문이다. 치즈의 포화지방은 100g당 18g으로 같은 양의 소고기에 들어간 포화지방 3.8g보다 거의 5배 많다. 문제는 치즈가 농축된 식품이라 중독성이 강하다는 데 있다. 치즈의 카제인이 카소모르핀casomorphin이라는 마약 성분과 같은 효과를 내는 물질을 만들어 뇌를 자극하기 때문에 치즈를 끊기란 쉽지 않다. 이럴 때 비슷한 맛을 내는 영양효모nutritional yeast를 요리에 사용하면 한결 '금禁치즈' 하기 쉬울 것이다. 영양효모는 빵, 맥주와 같은 효모종을 기본으로 하는데 이들 효모는 각기 다른 방법으로 생산된다. 이렇게 생산된 효모를 당밀molasses로 기른 제품이 바로 영양효모다. 당밀로 길러낸 영양효모는 보통 옅은 노란색을 띠며 가루 형태로 판매되는데, 얼핏 치즈처럼 보이기도 한다.

계란은 먹으면 안 된다?

계란에는 비타민 A, B6, D부터 칼슘, 마그네슘 등 꽤 괜찮은 영양소들이 포함된다. 그러나 동물성 식품인 계란 역시 자연식물식에서는 권장하지 않는다. 다른 동물성 식품에 비해 영양소가 많은 음식인 계란까지 먹지 말라는 이유는 무엇일까? 우선 콜레스테롤 함량을 보자. 소고기에 100g당 90mg의 콜레스테롤이 있다면, 계란 노른자에는 100g당 1,085mg(1개에는 184mg)이 들어 있으니 어마어마한 양이다. 사실 계란은 언제나 콜레스테롤 논쟁의 중심에 있었다. 그만큼 상반된 연구 결과들이 많고 정반대의 주장을 하는 논문들도 있다. 이런 혼란의 원인에 대해 전문가들은 업계에 그 원인이 있다고 분석했다. 2010년에서 2019년 사이 나온 계란에 대한 논문 중 60%가 계란과 관련된 협회의 지원을 받았기 때문에[123] 연구 결과가 투명하지 않다는 것이다. 양쪽 모두의 의견을 들어볼 필요가 있겠지만, 우선 계란을 건강식품이라고 말하는 진영의 이야기를 들어보자. 여기서 주장하는 바는 크게 다음 3가지다.[124]

주장1: 계란의 콜레스테롤은 혈중 콜레스테롤을 위험할 정도로 올리지 않는다?

우선 나쁜 콜레스테롤인 LDL 수치를 올리는 주범이 음식에 함유된 콜레스테롤보다는 '포화지방'이라는 데 많은 전문가가 동의한다. 쟁점은 식이 콜레스테롤이 '혈중 콜레스테롤'에 얼마만큼 영향을 주는가 하는 점이다. 연구마다 차이가 있지만, 콜레스테롤이 많은 음식을 먹으면 총 콜레스테롤과 LDL 콜레스테롤 수치가 모두 올라간다. 55개의 연구를 분석한 결과 100mg의 콜레스테롤을 섭취할 때마다 LDL 콜레스테롤 수치가 4.58mg/dL씩 올라갔다.[125] 사람을 대상으로 직접 연구한 교차연구crossover study에서도 비슷한 결과가 나왔다. 유제품과 계란을 먹는 락토-오보 채식주의자Lacto-ovo vegetarian들에게 3주 동안 평소 먹던 계란보다 매일 1개를 더 먹게 했을 때, 총 콜레스테롤은 11.6mg/dL, LDL 콜레스테롤은 6.8mg/dL 증가했다.[126]

바로 이 지점에서 이 수치가 걱정해야 할 수준인지 아닌지를 두고 의견이 갈렸다. 하버드 대학의 월터 윌렛Walter Willett 박사는 LDL 수치가 이 정도 올라가는 것으로는 심장병을 걱정하지 않아도 된다고 하면서 단지 당뇨 환자만 계란 섭취를 주의하라고 권고한다.[127] 그는 하루 계란 1개쯤은 유의미한 영향을 미치지 않으므로 괜찮다는 입장이다. 하지만 자연식물식 전문가들은 대부분 계란을 먹지 말라고 한다. 이미 간에서 필요한 콜레스테롤을 충분히 만드는데, 굳이 콜레스테롤을 보탤 이유가 없다는 것이다. 또한 실험했을 때 콜레스테롤의 결과값이 특성상 실제보다 낮게 나왔을 가능성도 배제할 수 없다. 혈중 콜레스테롤 수치가 높은 사람은 먹는 콜레스테롤 양을 늘렸을 때 혈중 콜레스테롤의 증가폭이 크지 않기 때문이다. 콜레스테롤 연구의 문제점에 대해서는 '한계에도 불구하고…' 장에서 더 이야기하겠다.

주장 2: 계란은 좋은 콜레스테롤인 HDL 콜레스테롤 수치를 높인다?

그렇지 않다. 17개의 연구를 분석한 논문에서는 계란 1개를 더 먹을 때마다 HDL 콜레스테롤이 총 콜레스테롤에서 차지하는 비중이 낮아졌고, 심근경색이 발생할 위험성이 2.1% 높아졌다.[128] 다만 요즘에는 'HDL 콜레스테롤이 과연 좋은 콜레스테롤인가'에 대한 근본적인 의문이 제기되는 상황이다. 실제로 HDL 콜레스테롤이 심장병 위험성을 줄이는 데 아무 관련이 없다고 말하는 연구들도 등장했다. 2012년에는 HDL 수치를 높이는 변이 유전자가 있어도 심근경색의 위험성을 낮추지 못한다는 연구 결과가 등장했다.[129] 그 전에는 HDL을 높이는 토세트라핍torcetrapib을 투여했을 때 오히려 심혈관질환 위험성이 25% 증가했다는 결과가 있었다.[130] 따라서 좋은 콜레스테롤인지 아닌지를 두고 의견이 분분한 HDL 콜레스테롤에 집중하기보다는 반드시 낮춰야만 하는 LDL 콜레스테롤에 집중하는 편이 효율적이라는 게 중론이다.

주장 3: 계란의 성분(루테인lutein, 제아잔틴zeaxanthin)이 LDL 콜레스테롤 산화를 막는다?

아니다. 계란을 매일 2개씩 3주 동안 먹게 했을 때 LDL 콜레스테롤 수치뿐 아니라 LDL 산화성oxidizability도 함께 증가했다.[131] 산화성이 증가했다는 것은 그만큼 산화되기 쉽다는 말이다. 산화성은 혈관을 좁아지게 하는 죽상동맥경화증의 직접적인 원인이 될 수 있다. 산화되기 전의 LDL 콜레스테롤은 일단 큰 말썽 없이 얌전하게 존재한다. 그러다가 어떤 요인에 의해 산화가 된 시점부터는 연쇄적으로 문제를 일으킨다. 산화된 LDL 콜레스테롤이 동맥 벽 안으로 들어오면, 그것을 흡수하려는 세포가 결과적으로 거품세포foam cells로 변해서 활성 산소free radical를 만들어낸다. 이렇게 염증이 시작되고 플라크가 쌓이면서 죽상동맥경화로 진행될 가능성이 크다. 그래서 산화 가능성이 있는 콜레스테롤을 끊는 것, LDL 콜레스테롤이 산화되지 않게 음식으로 관리하는 것이 중요하다고 강조하는 것이다.

'계란 지지파'의 3가지 주장은 이처럼 모두 사실이 아니다. 물론 콜레스테롤을 많이 먹으면 어느 정도는 간에서 조절하여 스스로 만드는 콜레스테롤 양을 줄이긴 하지만[132] 그럼에도 계란은 총 콜레스테롤과 LDL 콜레스테롤에 영향을 준다.

계란 반대파가 한발 물러나 콜레스테롤 섭취가 큰 부작용을 야기하지 않는다고 인정한다 쳐도 계란에 함유된 지방은 60%, 포화지방은 16%나 되니 콜레스테롤 문제를 차치하고라도 포화지방까지 무시할 수는 없다.

계란을 많이 먹었을 때 노출되기 쉬운 질병도 있다. 우선 계란은 심혈관질환, 당뇨와 관계가 깊다. 29,600여 명의 데이터를 살펴본 논문에서는 하루에 먹는 계란의 양을 반 개만 늘려도 심혈관질환이 발생할 위험이 6% 증가하는 것으로 나타났다.[133] 이와 관련된 14개의 연구를 취합해서 분석하면 계란을 가장 많이 먹은 집단은 가장 적게 먹은 집단에 비해 심혈관질환이 발생할 확률이 19%, 당뇨에 걸릴 확률은 68%나 높았다.[134] 하버드 대학에서 진행했던 연구인 PHSPhysicians' Health Study와 WHSWomen's Health Study의 데이터를 분석한 결과는 매일 계란을 먹는 것과 2형 당뇨와의 연관성을 보여준다. 계란을 1주일에 7개 이상 먹을 경우 남성은 2형 당뇨 위험성이 58%, 여성은 77%나 올라갔다.[135]

뿐만 아니다. 계란 안에 들어 있는 콜린choline이라는 성분은 암과도 관련이 있다. 콜린은 두뇌에 좋은 영양소로 알려졌지만 이 성분은 간에서 산화트리메틸아민 TMAOTrimethylamine N-oxide로 산화되어 심근경색, 뇌졸중, 암을 유발할 수 있다. 계란 섭취를 통해 생긴 산화트리메틸아민이 암을 발생시키는 트리거 역할을 한다기보다 암 성장을 촉진하는 경로와 맞닿아 있으므로 암 진행을 가속화할 수 있다는 가설이 현재 다수의 주목을 받고 있으며[136,137,138] 이미 많은 집단연구들cohort study에서 계란 섭취를 늘리면 늘릴수록 암에 걸릴 위험이 상승하는 것을 확인했다.

계란을 섭취하는 양에 따른 질병과의 상관관계에 있어서도 놀라운 결과가 드러났다. 여성은 계란을 주당 5개 초과

하여 먹는 경우 유방암, 난소암의 상관관계가 뚜렷해졌고[139] 남성은 1주일에 계란을 2.5개 이상 섭취한 경우, 계란을 0.5개 이하로 먹은 경우보다 중증 전립선암이 생길 확률이 81%나 높았다.[140] 그렇다면 콜린 성분을 많이 함유하고 있는 계란 노른자를 제외하고 흰자만 먹으면 괜찮을까? 계란 흰자에는 단백질이 농축되어 있기 때문에 암 세포 성장을 돕는 IGF1insulin-like growth factor1 호르몬 수치가 올라갈 수밖에 없다. 결국 계란을 먹겠다면 노른자나 흰자나 둘 다 위험성이 있으므로 감수하고 먹어야 하는 상황이다. 콜린 성분으로 야기되는 부작용이 걱정된다면 자연식물식을 하라. 식물성 식품을 주로 먹는 사람은 TMAO의 전단계인 트리메틸아민 TMATrimethylamine를 만드는 장내세균을 갖고 있지 않기 때문에 TMAO 생성 자체가 차단된다.[141]

내가 계란을 끊은 지도 어언 5년이 지났다. 계란 섭취를 중단하고 나서 체감할 수 있는 특별한 변화는 없었다. 계란이 심혈관질환, 당뇨, 전립선암, 유방암에 걸릴 위험성을 높인다는 연구들에 대해 적었지만, 개인적으로는 하루 1개의 계란이 그렇게 위험할까 의구심이 들기도 한다. 하지만 계란을 권장하는 연구만큼, 계란을 경고하는 연구도 많으니 최소한 이런 연구결과가 있다는 정도는 알고 먹으면 좋을 것이다. 식물성 식품으로 얻을 수 있는 영양분을 굳이 계란에서 찾을 이유는 없다. 많은 기업이 계란에 눈에 좋은 루테인과 지아잔틴 성분이 풍부하다며 마케팅을 한다. 하지만 시금치 한 숟가락에 계란 9개 분량의 루테인이 함유되어 있다는 것을 아는 사람은 많지 않다. 루테인과 지아잔틴은 케일과 브로콜리에도 많다. 계란과 브로콜리, 시금치 성분을 비교한 〈표6〉을 참조하면 되겠다.

표6 계란과 브로콜리, 시금치 성분 비교[142]

	콜레스테롤	포화지방	루테인과 제아잔틴
계란(100g)	294mg	3.1g	503mcg
브로콜리(100g)	0mg	0.1g	1,403mcg
시금치(100g)	0mg	0.06g	12,198mcg

콩제품, 견과류, 씨앗류를 먹는다?

자연식물식에서는 콩제품, 견과류, 씨앗류를 적극적으로 추천하는데, 선택지는 매우 다양하다. 콩만 해도 대두콩, 검은콩, 렌틸콩, 병아리콩, 껍질콩이라고 불리는 그린빈 등 종류가 굉장히 많고 조리 방법도 다양해서 다른 음식에 곁들이기 좋다. 주의해야 할 점은 이들 식품의 '가공 여부'다. 콩을 먹더라도 콩 통조림처럼 소금이나 다른 첨가제가 들어간 형태는 피해야 한다. 콩에 대해서는 다양한 오해가 있는데, 사실에 기반을 두지 않은 왜곡된 주장이 대부분이라 그중에서도 간단하게 한두 개만 반박하면 되겠다고 판단했다.

2017년에 스티븐 건드리Steven Gundry 박사가 쓴 『플랜트 파라독스*Plant Paradox*』라는 책 때문에 미국에서는 콩과 식물legume을 먹으면 안 된다는 붐이 일어났다. 그는 콩과 식물이 개체 보호 차원에서 지니고 있는 렉틴lectin이라는 일종의 독성 물질이 장누수 증후군gut permeability을 일으킨다고 주장했다. 하지만 이는 렉틴에 대해 잘 모르고 하는 이야기다. 렉틴은 물에 담그거나 삶았을 경우 사라진다. 만일 당신이 콩을 날로 먹는 것을 좋아한다면 주의해야 할 부분이겠지만, 우리가 콩을 날로 먹는 일은 드물기 때문에 렉틴에 대한 걱정은 할 필요가 없다. 또한 애시당초 콩과 식물이 그렇게나 위험한 음식이라면, 장수지역으로 연구되었던 블루존[143] 다섯 개 지역에 해당하는 미국 로마린다, 코스타리카 니코야, 이탈리아 사르데냐, 그리스 이카리아, 일본 오키나와에 거주하는 사람들이 콩을 공통적으로 섭취한 부분은 어떻게 설명할 것인가? 콩과 식물은 일본, 스웨덴, 그리스, 호주에서 노인 785명을 7년 동안 관찰한 연구에서도 장수에 있어 가장 중요한 요인으로 꼽혔으며, 이 연구 결과를 분석해보면 매일 콩 섭취를 20g 늘릴 때마다 사망 위험이 7~8%씩이나 내려가는 것으로 나타났다.[144] 785명 중에 장누수 증후군leaky gut syndrome으로 배에 가스가 차는 증상을 보인 사례는 단 한 건도 보고되지 않았다.

콩이 유방암과 관련이 있다는 루머도 이미 여러 연구를 통해 거짓임이 드러났다. 8개의 프로젝트를 메타분석meta analysis한 연구에서는 콩을 많이 먹었을 때 유방암 위험성이 29%까지 감소하는 것이 확인되었고[145] 유방암 완치 환자 5,000여 명을 추적한 연구는 콩 섭취가 유방암 재발률, 사망률과 상관관계가 낮은 것으로 귀결되었다.[146] 또, 콩을 많이 섭취한 남성일수록 전립선암에 걸릴 위험도 낮아졌는데, 이는 콩에 포함된 이소플라본isoflavon 성분과 관계가 있는 것으로 파악된다.[147]

이소플라본 성분을 많이 먹으면 남성 호르몬 수치가 낮아져 여성형 유방증을 유발한다는 이야기를 들어본 적이 있을 것이다. 이소플라본은 식물성 에스트로겐estrogen으로, 여성 호르몬인 에스트로겐과 같은 특징을 가지고 있어서 그런 오해를 사기도 한다. 하지만 이소플라본은 알파 수용체에 붙는 에스트로겐과 다르게 주로 베타 수용체에 붙어서 종양이 자라는 속도를 늦추고, 재생 불가능한 세포를 사멸apoptosis시킨다. 세포사멸은 손상된 세포가 암세포로 발전할 가능성을 아예 차단한다. 콩이 암 발생을 낮추는 경향을 보이는 배경이다.[148]

견과류의 경우, 과거에는 주로 국산 땅콩과 호두, 잣 위주로 판매되었다. 소비자의 선택 폭도 좁고 가격대도 높았다. 그러나 최근 다양한 견과류를 섭취하려는 욕구가 확산되면서 외국산 견과류의 수입량이 늘어났다. 국내에서도 종자 개량 및 재배 기술 발달로 생산량이 늘고 있다. 이제는 집 근처 마트에 가서 아몬드, 땅콩, 호두, 캐슈, 피스타치오, 마카다미아, 피칸, 브라질너트 등 다양한 식품 중 기호에 맞는 것을 선택하면 된다. 물론 견과류 종류에 따라 가격 차이가 있는데, 특히 항산화물질과 오메가-3가 많은 호두[149]는 비싼 편에 속한다. 가격이 부담된다면 비교적 저렴한 견과류를 먹어도 괜찮다. 아몬드가 호두에 비해 저렴하다고 해도 영양 면에서는 뒤지지 않는다. 아몬드에는 비타민, 무기질, 좋은 지방, 단백질 등 영양소가 들어 있다. 다만 오래된 제품을 구매하거나 잘못 보관하여 산화되지 않도록 주의해야 한다. 산화되거나 오래되어 산패한 견과류는 도리어 건강을 해칠 수 있으니 너무 많은 양을 한꺼번에 구입하지 말고, 부득이하게 대량 구매했을 시에는 밀봉해서 냉장고나 냉동실에 보관한다. 산패한 견과류는 독이다! 마트 견과류 코너에 가보면 날것 그대로의 제품이 있고 볶은 후에 소금을 가미한 제품도 있다. 가능하면 전자를 선택하는 게 좋다. 아무래도 가공하면서 조미료를 첨가하게 되면 우리가 필요한 영양소 외에 의도치 않게 부가적으로 염분을 섭취하게 되기 때문이다.

씨앗류는 치아씨드, 아마씨처럼 오메가-3가 풍부한 씨가 있고, 오메가-3가 포함되지 않은 호박씨나 해바라기씨 등도 있다. 나는 오메가-3가 포함된 치아씨드나 아마씨를 더 추천한다. 이들의 단점은 치아씨드나 아마씨는 입자가 작아서 꼭꼭 씹어 먹기가 쉽지 않다는 점이다. 이런 경우에는 갈아서 다른 음식에 뿌려 먹으면 좋다. 그냥 먹을 때보다 소화·흡수가 잘 된다. 나는 대개 치아씨드를 아침에 먹는다. 두유나 아몬드 우유에 불려서 먹으면 든든하고 먹기에도 편리하다.

콜드웰 에셀스틴 박사는 심장 질환을 앓고 있는 환자의 경우, 견과류나 씨에 함유된 불포화 지방이 좋은 지방으로 여겨진다고 해도 섭취를 자제하라고 권했다. 반면 재림교 건강 연구Adventist Health Study에서는 견과류나 씨가 심혈관질환에 보호 효과가 있었으며[150] 견과류와 씨를 먹은 집단이 먹지 않은 집단보다 더 장수했다는 결과가 도출되었다.[151] 이는 견과류와 씨에 포함된 엘-아르기닌L-arginine 같은 아미노산이 산화질소nitric oxide를 만들어 혈액순환을 원활하게 해주기 때문일 것이다. 하버드 대학에서 진행했던 HPFSHealth Professionals Follow-up Study와 NHSNurses' Health Study 프로젝트를 분석한 논문에서도 역시 일주일에 견과류를 5~6회 먹으면 전원인 사망률all cause mortality을 15% 낮출 뿐 아니라, 암, 심장병, 호흡기 질환에 도움이 될 수 있다고 발표했다.[152] 7,000여 명을 대상으로 한 대규모 임상 영양 연구 PREDIMEDPrevencion con DietaMediterrana 또한 주당 견과류를 3회 이상 먹었을 때 사망률이 39%나 내려가는 결과를 보여주었다.[153]

견과류와 씨앗 섭취에 대해서는 자연식물식 전문가들 사이에서도 여러 논쟁이 진행 중이지만, 나는 견과류와 씨를 가리지 않고 다 먹는다. 우리 회사 휴게실에는 간식 코너가 있다. 한쪽에 견과류도 준비되어 있어 내게 안성맞춤이다. 나는 보통 소금이 가미되지 않은 견과류를 먹지만 회사에서는 소금이 가미된 견과류만 남아 있을 경우엔 그냥 먹는다. 견과류는 맛이 고소하고 씹는 재미도 있어서 그런지 한 줌으로 끝나지 않고 계속 먹게 되는 경향이 있다. 조절이 안 되는 분이라면 시중에서 쉽게 구입할 수 있는 휴대용 제품도 괜찮다. 다양한 종류로 적당한 양이 포장되어 있어서 들고 다니며 먹기 좋다. 다만 초콜릿 볼이나 요거트 볼 같이 설탕 성분이 많은 것들이 섞여 있을 수 있으니 잘 살펴야 한다.

설탕과 소금, 기름은 사용하지 않는다?

자연식물식을 할 때는 설탕과 소금, 기름 이 세 가지 중에서 특히 설탕과 소금을 줄이는 데 신경써야 한다. 정제된 설탕은 두말할 것도 없이 당뇨, 심혈관질환 등 각종 질병의 주범[154]이니 최소한으로 써야 한다. 소금은 미국 식품의약국 FDA Food and Drug Administration의 권고대로 2,300mg(티스푼 한 숟갈 양)을 넘기지 않는 게 이상적이다. 라면 스프 한 봉지에만도 이미 일일 권장량을 웃도는 염분이 들어가 있다. 만약 라면 하나에 김치나 단무지를 곁들여 햄이 들어간 김밥을 같이 먹었다면 그날 섭취한 염분의 양은 권장량을 훨씬 넘기고도 남을 것이다. 소금은 덜 먹는 것이 더 먹는 것보다 낫다. 이 사실은 여러 연구 결과를 통해 이미 증명되었다. 섭취하는 염분의 '양'과 고혈압의 관계를 규명한 연구들, 그중에서도 특히 소금 섭취를 25~35% 줄였을 때 심혈관질환에 걸릴 위험성이 25%나 내려간 TOHP Trial of Hypertension Prevention 실험에서 볼 수 있듯이 소금 섭취는 모자란 게 낫다.[155] 개중에는 자연식물식을 하면 섭취하는 소금의 양이 너무 부족해지는 거 아닐까, 하고 걱정하는 사람들도 있다. 물론 우리 몸은 소금을 필요로 하고, 물을 끌고 다니는 소금이 부족하면 탈수증상을 겪기도 한다. 하지만 자연식물식을 하면서 소금 부족으로 인한 탈수증상이 나타날 확률은 낮으니 걱정하지 않아도 된다. 우선 야채, 과일, 통곡물, 콩과 식물, 견과류에는 소금을 구성하는 성분인 소듐 sodium이 조금씩 들어가 있고, 두유나 곡물 시리얼 같은 가공식품에도 소금이 어느 정도 첨가돼 있기 때문이다. 만일 정말로 체내에 염분이 부족하다면 우리 몸은 스스로 오줌이나 땀의 양을 조절해서 배출되는 소금 양을 줄이거나 다른 신호를 보낼 것이다. 소금 부족으로 인한 탈수증상을 염려할 이유가 없다. 그런데도 걱정이 가라앉지 않는다면 차라리 티스푼으로 소금 한 숟가락을 먹으면 된다. 가장 중요한 것은 평소 음식에 소금을 조금만 넣는 습관을 길러서 고혈압, 신장병, 위암 등을 예방하는 일이다.[156]

이번엔 기름을 보자. 음식을 기름으로 조리하거나 기름을 섭취했을 때 부딪치는 여러 부작용은 설탕과 소금에 비해 여전히 논쟁적이다. 중론은 자연식물식을 하는 사람이라면 기름 섭취를 가급적 자제하라는 것이다. 기름을 사용한다는 것은 재료 본연의 형태와 맛이 아니라 '가공'을 염두에 둔 것이기 때문이다. 앞에서 살폈듯이 자연식물식은 영어로 홀-푸드 플랜트-베이스드 다이어트Whole-foods plant-based diet고, 홀-푸드whole-foods는 자연에서 나온 온전한 식품을 뜻한다. 한 가지 재미있는 사실은 기름 논쟁이 불거질 때마다 사람들은 올리브 오일이나 포도씨유, 해바라기씨유 같은 식물성 기름에 관대한 입장을 표명한다는 사실이다. 대개 이런 기름을 '건강한 기름'이라고 생각한다. 내 주변의 사람들도 올리브 오일만큼은 건강에 좋다고 생각해서 샐러드드레싱으로도 활용하고 기름 자체를 먹기도 한다. 하지만 '건강한 기름'은 없다. 건강한 사람한테 기름을 섭취하게 했을 때, 올리브 오일이든 콩기름이든 혈관내피 기능을 손상시켰다.[157] 혈관내피 기능이 손상되면 혈액이 응고되어 혈전이 생길 수 있다. 그렇다면 올리브 오일을 상용하는 지중해식 식단으로 혈관내피 기능과 관련된 수치를 개선했다고 주장하는 연구 결과는 어떻게 해석해야 할까? 이때 무조건 올리브유를 많이 섭취했기 때문에 결과가 좋았다고 해석하는 오류를 범해서는 안 된다. 전문가들은 지중해식 식단이 주로 식물성 식품으로 이뤄졌다는 점에 주목하면서 식단 구성 자체가 어떤 보호작용을 했을 것으로 본다.[158] 기름의 질을 고려하자는 의견도 있다. 즉 지중해 연안 국가에서는 해당 지역에서 일반적으로 시판되는 올리브 오일이 아니라 양질의 엑스트라 버진 올리브 오일을 주로 사용했을 수도 있다는 것이다. 엑스트라 버진 올리브 오일에 대해서는 섭취 후 염증 지수가 낮아졌다는 연구결과가 있으며[159] 혈관내피 기능에도 영향을 끼치지 않는 것으로 나타났다.[160]

사실 기름의 근본적인 문제는 기름을 구성하는 모든 칼로리가 지방이라는 점이다. 특히 코코넛 오일의 경우 지방 중에서도 포화지방의 비율이 91%나 되기 때문에 동맥에 무리를 줄 뿐 아니라 인슐린 저항성, 즉 당뇨에도 영향을 미친다.[161]

해바라기씨유와 해바라기씨에 포함된 영양소를 비교한

표7 해바라기씨유와 해바라기씨 영양 비교[106]

	해바라기씨유(1 큰술)	해바라기씨(20g)
칼로리(kcal)	120	120
지방(g)	14	11
단백질(g)	0	4.3
철(mg)	0	1.1
아연(mg)	0	1
칼슘(mg)	0	15
마그네슘(mg)	0	67
엽산(mcg)	0	47
비타민 E(mg)	6	8

〈표7〉을 보라. 해바라기 '씨'가 아닌 해바라기씨유를 섭취함으로써 누락되는 영양소는 한두 가지가 아니다. 그러니까 굳이 영양소도 없고 1 큰술에 120kcal나 되는 엠티 칼로리empty calories인 기름을 먹을 이유가 없다. 엠티 칼로리란 말 그대로 영양가는 없고 열량만 높은 음식의 칼로리를 일컫는다. 영양소는 배제하고 열량만 높은 음식을 먹어 구태여 건강을 해치고 살만 찌우고 싶은 사람이 있을까?

물론 기름 자체를 아예 나쁜 음식이라고 규정해버리는 것은 지나친 태도다. 지방을 트랜스지방, 포화지방, 불포화지방으로 나눴을 경우 코코넛 오일을 제외한 식물성 기름과 해바라기씨유는 좋은 지방으로 불리는 불포화지방 카테고리에 들어가긴 하니 말이다. 이 지점에서 오해하지 않기를 바란다. 앞서 '건강한 기름은 없다'고 했지만 이는 불포화지방의 유용성을 부정하는 말이 아니다. 불포화지방을 더 나누면 단일 불포화지방(올리브, 올리브 오일, 아보카도, 아몬드, 땅콩 등)과 다중 불포화지방(해바라기씨유, 호두, 씨, 곡물, 콩과 식물, 연어 등)이 있는데, 〈그림2〉에서 볼 수 있듯이 이 두 종류의 불포화지방은 사망률을 낮추는 것과 관계가 있다. 우리가 섭취하는 포화지방을 5%만이라도 단일 혹은 다중 불포화지방으로 바꾼다면 사망 위험성을 각각 13%, 27%씩 감소시킬 수 있다.[163] 고로 포화지방이 다량 함유된 고기, 버터, 유제품이나 트랜스 지방인 마가린, 쇼트닝이 들어간 과자, 빵을 먹는 것보다는 올리브 오일이나 해바라기씨유를 먹는 것이 상대적으로

그림2 **지방에너지 증가와 관련된 사망률 변화**[165]

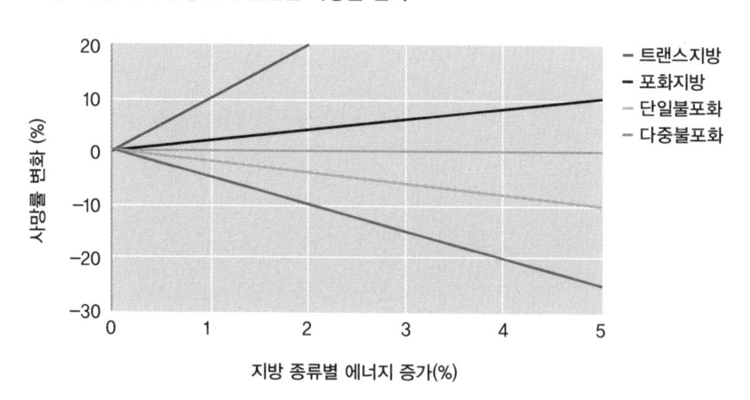

나은 선택이긴 하다. 다만 이 경우는 단적으로 좋은 지방과 나쁜 지방을 비교한 예일 뿐이다. 현재까지는 좋은 기름을 섭취하는 편이 아예 기름을 섭취하지 않는 편보다 건강에 도움이 된다는 연구결과를 찾아볼 수 없기 때문이다.

영양소가 다 빠져나간 정제된 기름보다 더 좋은 선택이 무엇인지는 이야기하지 않아도 알 것이다. 우리에게 꼭 필요한 만큼인 전체 칼로리 10~15%에 달하는 양의 지방은[165] 견과류, 씨앗 등 자연 상태의 식품에서도 얼마든지 얻을 수 있다. 그런데도 굳이 영양소가 다 빠져나간 정제된 기름을 먹는 것이 과연 좋은 선택일까? 견과류나 씨앗에 함유된 양만큼은 아니더라도 통곡물과 콩과 식물에도 지방이 들어 있으며, 지방이라곤 정말이지 없을 것 같은 딸기에도 지방 성분은 존재한다. 나는 견과류와 치아씨드 외에 가끔 불포화지방 비율이 높은 아보카도와 코코넛을 먹기도 한다. 그러나 앞서 견과류 부분에서 언급했듯 콜드웰 에셀스틴 박사는 어떤 종류의 불포화지방이든 섭취에 주의를 기울여야 한다는 입장이다.

내가 설탕, 소금, 기름을 쓰지 않은 지도 꽤 됐다. 그사이 요리를 하거나 음식을 먹을 때에 설탕을 내 손으로 넣었던 적은 없다. 다만 소금은 아주 조금씩 사용했다. 그러나 이마저도 벌써 몇 년 전의 일이다. 그동안 자연식물식을 통해 입맛이 바뀌고 식재료의 맛을 고스란히 느끼게 되면서 이제는 아예 주방에 소금을 두지 않는다. 우리가 무심코 먹는 간식에 들어 있는 설탕, 소금까지 완벽하게 차단하기는 어렵겠지만, 당뇨나 고혈압 예방을 위해서라도 나처럼 차차 줄여가면 좋을 듯하다. 기름은 의외로 설탕과 소금보다도 끊기가 더 힘들었다. 음식을 찌는 방식으로 바꾸기 전까지만 해도 꽤 오랫동안 나는 프라이팬에 기름을 둘러 야채를 볶아 먹었다. 기름을 사용하지 않으면 음식이 프라이팬에 눌러 붙기 때문에 두르기도 했고, 사실 그냥 기름 맛이 좋아서 쓰기도 했다. 찜기와 냄비를 사용해서 음식을 쪄먹는 요리법에 맛을 들이기 시작한 이후에는 프라이팬도 주방에서 치웠지만, 이따금 기름 특유의 맛이 생각날 때가 있다.

가공식품, 초가공식품을 섭취하지 않는다?

가공식품과 초가공식품을 정의하는 방식은 여러 가지다. 우선 한 가지 이상의 재료를 혼합하고 변형했다면 가공식품이다. 보통의 가정집에서 찾기 힘든 특정 성분을 이에 추가해서 공장에서 제조한 것은 초가공식품이다. 쉽게 말해 집에서 직접 반죽해서 구운 빵은 가공식품이고, 공장에서 생산된 시리얼이나 요거트는 초가공식품이다. 감자칩이나 야채칩의 경우에도 집에서 얇게 저며 구운 것은 가공식품이고, 공장 설비에 의해 각종 보존료와 향을 첨가해 만든 칩류는 초가공식품으로 분류된다. 오늘날 현대사회에서 가공식품과 초가공식품을 완벽하게 먹지 않는다는 건 사실상 불가능하다. 그러나 자연식물식 전문가들은 최소한 가공식품과 초가공식품을 구성하는 재료를 자세히 살펴보고 주의를 기울이라고 강조한다.

빵을 예로 들어보자. 과거에 빵은 주로 소금, 물, 효모, 밀가루, 이 4가지 재료로 만들었다. 천연 발효빵인 사워도우 빵sourdough bread이 좋은 예다. 최소한의 재료를 이용하여 발효를 거쳐 만든 빵은 여러 가지 영양소가 가득한 식품이다. 그러나 요즈음 흔히 사먹는 프렌차이즈 제과점 빵이나 마트에서 파는 빵에는 설탕과 각종 시럽, 방부제, 착색제, 유화제는 물론 이름 모를 첨가제들이 최소 10개 이상 들어간다. 빵을 사먹기 전에 제빵 시 들어간 재료를 꼼꼼히 살펴야 하고, 더불어 빵을 선택하는 소비자의 기준이 필요하다고 주장하는 근거다. 우선 기본적으로 첨가제가 적게 들어간 빵을 골라야 한다. 또한 유통기한이 긴 빵보다는 갓 구운 신선한 빵을 고르는 게 좋다. 유통기한이 길다는 것은 그만큼 방부제가 많이 들어갔다는 의미기기 때문이다. 그다음으로 정제된 탄수화물인 밀가루보다 통밀가루로 만든 빵, 통밀가루를 이용했다 하더라도 통밀이 100%에 가깝고 기름이 10% 이하로 사용된 빵을 찾아야 한다. 최근에는 계란과 우유, 버터 같은 유제품을 전혀 사용하지 않는 비건 빵 전문점이 곳곳에 있으니 이용해보면 좋을 것이다. 다만 비건 빵이라고 해도 설탕이 다량 들어갔다면 '건강빵'이라고 보기엔 어렵다.

비건 빵처럼 글루텐 프리gluten free 빵 역시 수요가 늘고 있다. 이는 보리, 밀 등의 곡류에 들어 있는 불용성 단백질인 글루텐이 건강에 해롭다는 인식이 널리 퍼진 것과 관련이 있다. 하지만 글루텐이 누구에게나 부작용을 일으키는 것은 아니다. 셀리악병celiac disease 환자들의 경우에는 글루텐이 염증을 유발할 가능성이 있기에 조심하라고 권하는 것이고, 글루텐 자체는 일반적으로 질환을 가지고 있지 않은 사람에게는 부작용을 일으키지 않는다.[166] 비건 빵이나 글루텐프리 빵의 맛은 일반 빵과 크게 다르지 않고 생각보다 종류도 다양하니 필요에 따라 고르면 되겠다.

시판 요거트는 설탕을 많이 넣었기 때문에 특히 좋지 않다. 게다가 우유를 원유로 하여 만들었으니 유제품 섭취로부터 야기되는 부작용에도 노출될 수 있다. 우유 대신 아몬드 우유나 캐슈 우유로 만든 요거트를 선택하는 것이 더 낫다. 하지만 이것도 간식용 정도지 식사를 대신할 필수 식품은 아니다. 요거트는 프로바이오틱스probiotics의 일종인 유산균을 함유하고 있어서 장내 건강을 위해 필수적인 것처럼 광고하지만, 그 효과에 대해서는 전문가들 사이에서도 의견이 분분하다. 최근 미국 소화기학회 AGAAmerican Gastroenterological Association에서 발표한 보고서 분석에 따르면 프로바이오틱스가 장 관련 문제를 해결한다는 증거는 충분하지 않다.[167] 항생제로 인한 만성 설사증처럼 특수한 경우에는 유산균제를 처방받는 것을 권장하지만 보통 사람에게는 프로바이오틱스 유산균보다는 장내세균의 먹이가 되는 프리바이오틱스prebiotics가 더 중요하다. 유산균을 많이 먹어봤자 그 유산균이 먹을 게 없다면 헛수고일 뿐이다. 모든 프리바이오틱스는 섬유질이기 때문에 프리바이오틱스를 섭취하고 싶다면 섬유질이 풍부한 통곡물, 콩과 식물, 야채, 과일을 많이 먹으면 된다. 다만 과일과 야채에는 수분이 많으므로 건조한 통곡물이나 콩과 식물에 비해 섬유질 양이 희석될 수 있다. 그러므로 섬유질을 적절하게 섭취하고 싶다면 무작정 특정 음식을 많이 먹는 것보다는 수분이 많은 식품과 건조한 식품을 골고루 먹어야 할 것이다.

나는 아직도 가공식품을 완전히 끊지 못했다. 커피를 마실 때 친구들이 시킨 빵을 한 입 뜯어 먹기도 하고 아침에 치아씨드를 먹을 때면 그래놀라를, 저녁식사 후 간식으로는 시리얼을 한두 움큼씩 곁들인다. 솔직히 내가 먹는 그래놀라나 시리얼은 설탕이 적지 않게 들어간 맛이다. 끊고 싶기도 하지만, 나의 극한 식단 속에서 놓지 못하는 일종의 입가심용으로 생각하고 타협한 결과다.

유기농 식품, 로컬푸드를 먹는다?

유기농 식품과 로컬푸드는 소비자가 농약에 노출될 위험성을 줄여준다. 세포 산화와 손상을 막아 면역 기능에 도움을 주는 피토케미컬phytochemical도 더 많이 함유된 것으로 알려졌다. 여유 있는 사람에겐 좋은 선택이지만, 나는 굳이 유기농 식품만을 찾아서 먹지 않는다. 우선 '유기농' 코너의 식품들은 가격이 훨씬 더 비싼 데다가 특별히 성분이 다른 것도 아니고 개인적으로 맛의 큰 차이를 느끼지 못하기 때문이다. 간혹 일반 고기 대신 유기농 고기를 먹으면 고기의 부작용이 좀 덜할 거라고 생각하여 유기농을 찾는 사람들도 있지만, 전문가들은 공장이 아닌 자연에서 방목되어 길러진 유기농 고기도 일반 고기와 같은 성분을 갖고 있으므로 건강에 좋지 않은 것은 매한가지라고 한다.

음식을 생으로 먹는다?

음식을 가열하면 영양소가 파괴된다. 이것은 널리 알려진 상식이다. 그러나 자연식물식을 한다고 해서 음식을 무조건 생으로 먹을 필요는 없다. 로푸드raw food, 즉 다른 말로 하면 생식을 하는 사람들도 있지만, 사실 과일을 제외한 식물들을 생으로 오랫동안 꾸준히 먹기란 보통 어려운 일이 아니다. 나 역시도 생식으로는 도무지 맛이 안 느껴져서 야채나 곡물을 날것으로 먹는 단계까지는 가지 못했다. 대신 나는 대부분의 야채를 쪄서 먹는다. 음식을 구울 때 나오는 최종당산화물 AGEadvanced glycation end products는 염증을 일으킬 수 있으므로 식재료를 굽는 방법보다는 나처럼 삶는 방법을 추천한다. 만약 생식에 관심이 있다면 황성수 박사의 현미생식을 검색해보면 도움이 될 것이다.

식품을 선택하고 조리하여 음식으로 만들어 먹는 데에는 취향과 성격은 물론 시간과 경제력까지 고려되어야 한다. 나처럼 날것을 섭취하는 데 부담을 느끼는 사람이라면 억지로 생식을 하기보다 본인의 입맛에 맞는 조리법을 찾아 꾸준히 실천하는 것이 좋다. 늘 시간이 부족한 사람이라면 가능한 한 분초를 아껴주는 조리법을 찾아야 할 터다. 물론 본인의 건강 상태에도 주의를 기울여야 한다. 생식을 하면 익혀서 먹을 때보다 소화가 어렵다는 점 등등 개인별로 체크할 것이 꽤 있다. 음식을 익혀 먹으면 생으로 섭취할 때보다 잘 씹을 수 있고, 특정 야채와 과일의 세포벽이 부드러워져서 몸에 좋은 성분이 세포벽 밖으로 쉽게 나오게 돕는다. 당근이나 토마토를 살짝 익혀 먹는 게 좋다고 하는 이유도 같은 맥락이다. 당근의 베타카로틴beta carotene이나 토마토의 리코펜lycopene 성분은 날것으로 먹을 때보다 익혀 먹을 때 체내 흡수율이 높아진다. 음식을 가열하면 식품 안에 있을지 모를 세균, 바이러스 등을 어느 정도 제거하는 효과도 노릴 수 있다.

철, 비타민 B12, 오메가-3 영양제를 먹어야 한다?

자연식물식 실천을 두고 망설이는 가장 큰 이유는 '식물성 식품만 먹을 경우 영양소가 부족해지지 않을까?' 하는 걱정 때문이다. 하지만 미국 국립 건강 영양 조사National Health and Nutrition Examination Survey의 데이터를 분석한 결과, 채식주의자의 섬유질, 비타민 A, C, E, 티아민, 리보플라빈, 엽산, 칼슘, 마그네슘, 철 섭취량이 모두 비채식주의자보다 높다는 놀라운 결과가 나왔다.[168] 이 조사는 미국 질병통제예방센터 CDCCenters for Disease Control and Prevention에서 진행한 것으로, 연구팀은 채식을 영양이 풍부한 식단이라고 결론지었으니 너무 염려하지 않아도 된다. 다만 자주 언급되는 철분, 비타민 B12, 오메가-3 지방산 문제에 대해서는 짚어볼 필요가 있다.

우선 자연식물식을 할 때 사람들이 우려하는 철분iron 결핍 문제가 발생하는 일은 드물다. EPICEuropean Prospective Investigation Into Cancer and Nutrition 연구와 재림교 건강 연구Adventist Health Study는 동물성 식품을 아예 먹지 않는 비건 그룹과 비건이 아닌 그룹의 철분 섭취량을 비교했다. 이 연구들을 통해 비건 그룹이 도리어 철분을 더 많이 섭취하고 있음을 알 수 있는데, 이 결과는 다음 〈표8〉에서 확인 가능하다.

표8 철분 섭취량[169]

	비채식주의자 (non-vegan)	비건(vegan)	참여자수
EPIC 옥스퍼드 연구	17.6mg	19.9mg	30,251
재림교 건강 연구 2	20mg	22.2mg	71,751

여기서 '양'보다 중요한 문제가 있다. 동물성 식품과 식물성 식품이 함유한 철분의 종류가 근본적으로 다르다는 점이다. 동물성 식품은 동물성 철분인 헴철heme iron, 식물성 식품은 식물성 철분인 비헴철none heme Iron이 들어 있으며, 지나친 동

물성 헴철 섭취는 심장병과 암 등 여러 질병을 유발할 수 있다. 그래서 동물성 식품의 헴철이 아닌 식물성 식품의 비헴철을 섭취하는 편이 좋다고 권하는 것이다. 이에 대해서는 16장 '동물을 먹으면 안 좋은 10가지 이유'에서 더 자세히 이야기하겠다.

자연식물식이나 채식을 하는 사람이 반드시 챙겨야 할 비타민은 신경세포와 혈액세포의 건강에 필수적인 역할을 하는 비타민 B12다. 실제로 22주 동안 참여자들에게 비건식을 하게 한 후 영양소를 분석했을 때, 섬유질, 비타민 A, 베타카로틴beta carotene, 비타민 C, 비타민 K, 엽산, 마그네슘, 칼륨 양 모두 전보다 증가한 데 반해 비타민 B12는 감소하여 부족한 수준에 이르렀다.[170] 비타민 B12는 흙이나 장내 세균의 합성에 의해서 만들어지는 비타민으로 과거에는 흙이 묻은 야채나 과일을 먹음으로써 비타민 B12의 섭취가 가능했다. 하지만 위생 관념이 정립되면서 이런 식물성 식품들을 깨끗하게 씻어 먹기 때문에 흙에 함유된 비타민 B12를 얻어내는 것이 어려워졌다. 그렇다고 해서 흙이 묻은 채로 씻지 않고 먹어야 한다는 말은 아니다. 비타민 B12를 먹기 위해 흙 속의 먼지나 세균 등 여타 이물질을 먹는 것을 감수하거나 흙의 식감을 감내할 필요까지는 없다.

그러면 동물성 식품을 통해 비타민 B12를 섭취해야 하는 걸까? 물론 동물성 식품에는 비타민 B12가 들어 있다. 하지만 이 말이 동물 자체가 비타민 B12를 함유하고 있다는 뜻은 아니다. 그 동물이 비타민 B12 성분이 들어간 흙 묻은 풀을 먹었기 때문에 해당 성분을 내포하고 있을 가능성이 농후하다. 그러니 비타민을 흡수하려고 다른 위험성이 내포된 동물성 식품을 섭취하는 것보다는 시판되는 비타민 B12를 구입해서 먹는 게 안전하다. 가격은 보통의 비타민제와 비슷하다. 시중에 나와 있는 비타민 B12는 메틸코발라민methylcobalamin과 시아노코발라민cyanocobalamin 두 종류가 있다. 마이클 그레거 박사는 이 둘 중에서도 효과가 증명된 시아노코발라민을 권한다.[171] 여기서 이야기하는 효과란 시아코노발라민제가 섭취 후 체내로 변환되는 효율이 좋아 섭취 후 체내 비타민 B12 수치를 올린다는 것을 근거로 한다.

그러나 개인적으로 각각의 성분으로 구성된 비타민 B12제 두 통을 사서 먹어보았지만 효과에 있어 큰 차이를 느끼지는 못했다. 만약 비타민 B12제를 별도 구입하여 사 먹고 싶지 않다면 비타민 B12가 첨가된 대체 우유 1컵을 마시거나 영양 효모nutritional yeast를 음식에 소량 넣으면 된다. 나 같은 경우에는 이 비타민 B12와 비타민 D가 유일하게 먹는 영양제다.

자연식물식을 하면서 뇌와 눈 건강을 위해 오메가-3 지방산fatty acid 영양제를 따로 먹어야 하는지를 두고 의견이 분분하다. 오메가-3 지방산은 어류를 통해서만 추출할 수 있다는 인식 때문인 듯한데, 우리 몸에 필요한 대표적인 오메가-3인 ALA와 DHA, EPA는 모두 식물성 식품에서도 추출 가능하다. ALA 오메가는 호두, 치아씨드, 아마씨를 통해 섭취할 수 있으며, DHA와 EPA 오메가는 물속에서 광합성을 하는 조류algae에게서 얻을 수 있다. 조류에는 흔히 우리가 해조류로 알고 있는 미역, 다시마, 톳이 있다. 자연식물식은 보통 생선 섭취를 제한하기 때문에 오메가 영양제를 구입해서 먹고 싶다면 조류로 만든 DHA, EPA 오메가 캡슐을 선택하면 된다. 나는 적당량의 ALA, 즉 2 티스푼 정도의 치아씨드나 아마씨 혹은 호두 1/4컵 정도를 먹으면 몸 스스로 이것을 가지고 DHA, EPA를 생성한다는 의견[172]을 지지하기 때문에 따로 DHA, EPA 오메가 캡슐을 챙기지 않는다. 다만 이때 유의해야 할 점이 있다. 오메가-6와 같은 지방산을 지나치게 많이 섭취하면 오메가-3와 오메가-6의 균형이 깨져서 ALA가 DHA, EPA로 변환되는 데 방해가 될 수 있다. 그러나 이는 너무 기름지게만 먹지 않게 조심하면 그만이다. 그 외 언급되는 영양소에는 요오드iodine가 있는데, 요오드 결핍이 걱정된다면 요오드가 첨가된 소금을 살짝 뿌리거나 김이나 미역처럼 요오드가 많이 들어 있는 음식을 먹는 방법이 있다.

커피를 마시면 안 된다?

전문가들은 커피 중에서도 믹스커피, 모카라떼, 프라푸치노처럼 설탕과 시럽, 크림이 첨가된 커피 음료를 마시지 말라고 입을 모은다. 여타 첨가물이 들어가지 않은 아메리카노처럼 일반 블랙커피에 대해서는 전문가들마다 의견이 조금씩 다르다. 마이클 그레거 박사처럼 카페인이 심장병에 도움이 될 수 있다는 연구결과를 제시하면서 권장하는 쪽도 있고, 콜드웰 에셀스틴 박사처럼 커피가 딱히 건강을 증진시키지는 않지만 한두 잔은 상관없다는 중립적인 의견도 있다. 한국의 황성수 박사는 커피가 각성작용을 일으키고, 특정 영양소 흡수를 방해할 수 있기 때문에 아예 제한하라는 입장이다.[173]

나는 보통 아메리카노를 마시고, 라떼가 가끔 당기면 두유 라떼나 아몬드 라떼 등 대체 우유를 넣어 만드는 라떼를 마신다. 영미나 유럽권에서는 두유, 아몬드 우유, 코코넛 우유, 캐슈 우유 등 대체 우유가 점점 더 세력을 넓혀가고 있으며 2021년 현재 오틀리Oatly라는 브랜드에서 나오는 귀리우유oat milk가 많은 카페에서 인기몰이를 하고 있다. 한국에서도 채식에 대한 관심이 높아지면서 주요 커피 체인점에서도 우유로 만든 라떼를 두유로 바꾸어 선택할 수 있으며 아몬드 우유, 귀리 우유로 만든 커피 음료를 파는 매장들도 점차 늘어나고 있다.

그 외?

전문가들은 각종 샐러드 소스나 일반 소스는 설탕, 소금, 기름이 가급적 적게 들어간 것을 추천하고, 또 가능하다면 소스를 식초나 신 과일주스 등으로 대체하기를 권한다. 여기에 강황 가루나 각종 허브 종류를 곁들여도 좋다.

Dr. Greger's Daily Dozen

자연식물식을 할 때 구체적으로 어떤 야채, 과일, 통곡물, 콩과 식물, 견과류를 먹어야 하는지 헷갈린다면, 마이클 그레거 박사가 제시한 하루에 먹어야 하는 필수 12가지 식품 리스트를 정리한 앱인 〈Dr. Greger's Daily Dozen〉을 활용하면 된다. 안드로이드 폰이나 아이폰 모두에서 사용할 수 있는 이 앱은 앱스토어에서 검색하면 다운로드할 수 있다. 〈Dr. Greger's Daily Dozen〉은 목록에 있는 음식을 날마다 먹었는지 체크하는 앱이다. 앱에서 체크해야 할 12가지 중에서도 11개는 식품이고 나머지 1개는 운동이다. 그레거 박사가 추천하는 11가지 식품을 〈표9〉로 정리하였다. 각각의 식품군에 속하는 음식마다 1회 섭취량이 조금씩 다르니 앱을 잘 살펴보기를 바란다. 예를 들면 어떤 콩은 1회 섭취량이 $\frac{1}{2}$컵이고 다른 콩은 $\frac{1}{4}$컵일 수 있으며, 정확한 정량은 앱을 다운받거나 유튜브를 통해 확인 가능하다.[174]

표9 그레거 박사의 매일 먹어야 하는 11가지 체크리스트[175]

	섭취 횟수	1회 섭취량 (예시)
콩제품 (완두콩, 두부, 렌틸콩, 병아리콩, 강낭콩 등)	3	익힌 콩류 ½컵
베리류 (딸기, 체리, 블루베리, 블랙베리 등)	1	생 베리류 ½컵 말린 베리류 ¼컵
과일류 (사과, 배, 복숭아, 바나나, 오렌지, 멜론 등)	3	생 과일류 1개 말린 과일류 ¼컵
십자화과 식물 (브로콜리, 콜리플라워, 양배추, 청경채 등)	1	생 야채류 1컵 익힌 야채류 ½컵
잎채소류 (케일, 시금치, 루꼴라, 콜라드 등)	2	생 야채류 1컵 익힌 야채류 ½컵
그 외 야채류 (양파, 감자, 고구마, 호박, 당근, 마늘, 버섯 등)	2	½컵
아마씨 가루	1	1큰술
견과류나 씨류 (땅콩, 호두, 아몬드, 호박씨, 해바라기씨 등)	1	¼컵 2큰술(아몬드 버터)
허브나 향신료(특히 강황)	1	¼티스푼
통곡물 (현미, 메밀, 퀴노아, 귀리, 호밀 등)	3	½컵~1컵 빵종류 1장
음료 (각종차, 물, 커피 등)	5	1잔(350mL)

하루에 11가지를 다 먹는 게 어려워 보일 수도 있겠지만 의외로 쉽다. 샐러드 한 그릇만으로도 이 리스트에서 최소한 4~5개는 체크할 수 있다. 전문가들이 이야기하는 '총 칼로리 섭취량의 80%는 탄수화물, 10%는 지방, 나머지 10%는 단백질'과 같이 %를 바탕으로 식단을 짜는 것보다 개인적으로 실생활에 적용할 때 이렇게 다양한 식품을 먹었는지 아닌지, 얼마나 먹었는지 정도를 체크하는 방식이 훨씬 유용하다. 칼로리를 일일이 계산하려면 번거로울 뿐더러 시간도 오래 걸린다. 가장 중요한 점은 '골고루 먹는 것'이다. 만일 특수한 이유로 체중 감량을 불가피하게 감행해야 하는 상황이라면 일시적으로 과일과 야채만 먹는 자연식을 할 수도 있다. 그러나 과일과 야채는 수분이 많고 칼로리 밀도가 낮기 때문에 과일이나 야채만 먹어서는 하루 권장 칼로리를 채우지 못하고, 근육량 유지에 필요한 영양소를 충분히 섭취하지 못할 우려가 발생할 수도 있다. 자연식물에서 통곡물, 콩과 식물, 견과류를 잊지 말고 챙겨야 하는 이유다.

평범하지만 평범하지 않은 에피소드

하나

보통 친구네 집에서 잘 때에는 먹을 것을 사 간다. 대개는 친구가 나를 위해 야채나 과일을 사놓긴 하지만, 내가 먹는 양이 적지 않기 때문에 내가 먹을 것들을 들고 가는 게 마음이 편하다. 한 친구네 집에서 하룻밤 잤을 때의 일이다. 그날도 역시 먹을 것을 준비해 가서 다음 날 아침 친구네와 아침을 먹는데, 가만 보니 이제 막 이유식을 시작한 친구 아기가 먹는 음식과 내가 먹는 식사가 비슷했다. 아기는 미음에 단호박, 당근과 같은 야채와 함께 조금의 과일을 먹고 있었고, 다 큰 어른인 나도 그 옆에서 이유식과 별반 다르지 않은 음식을 먹고 있었다. 이유식이나 자연식물식이나 영양을 고려하면서도 위장에 자극을 주지 않는다. 참 자연스러운 식단이다. 우리는 어쩌다 이유식에 이리도 많은 것들을 추가하게 됐을까?

둘

'너는 평생 3가지 음식만 먹고 산다면 뭘 고를래?'

가끔 친구들에게 이런 질문을 던진다. 보통은 답이 돌아오기까지 시간이 좀 걸린다. '그럼 너는 뭘 고를 건데?'라는 질문이 이어지면, 나는 주저하지 않고 '고구마, 양파, 사과!'라고 대답한다. 고구마는 배를 채워주는 역할을 하면서 단맛이 나고, 양파는 특유의 감칠맛으로 식사를 하는 느낌을 충족시켜준다. 사과는 지금도 아침마다 2개씩 먹고 있고 후식용으로도 쓸 수 있다. 몇 년간 여러 야채와 과일을 먹으면서, 이런 '맛의 차이'를 고려한 나만의 먹는 순서가 생겼다. 야채를 먹을 때에는 삶은 무나 브로콜리처럼 비교적 밍밍한 채소들을 먼저 먹고, 버섯처럼 향이 있는 식재료는 가장 마지막에 먹는다. 과일의 경우, 배처럼 달짝지근하면서도 심심한 과일을 미리 먹고, 오렌지나 키위 같이 쏘는 맛이 도는 과일은 나중에 먹는다. 빈속에 산성이 강한 오렌지를 먹는 게 편하지 않기도 하고 각 야채와 과일의 성분에 따라 나의 미각이 본능적으로 순서를 조율한 것 같기도 하다.

이렇게 자연식물식을 오랜 기간 유지할 수 있는 이유 역시 순수하게 이 맛과 재료들에서 느껴지는 다양성이 좋아서다. '먹어야 한다'는 이성보다는 '맛있다'가 주된 동력이 되어

나의 자연식물식은 몇 년째 순항 중이다.

셋

한동안 레몬 디톡스 다이어트가 열풍이었다. 내가 실패했던 다이어트 방법이기도 해서 아직까지 기억이 난다. 레몬 디톡스 다이어트법은 물에 레몬즙, 고춧가루와 비슷한 카이엔 페퍼, 메이플 시럽을 섞어 만든 액체를 7일에서 10일간 마시는 거였다. 레몬과 카이엔 페퍼가 장을 비워주고 몸의 독소를 빼서 '해독'을 시켜주는 효과가 있다고 했지만, 레몬 디톡스 다이어트를 같이했던 나와 친구의 주 목적은 해독보다는 살을 빼는 것이었다. 호기롭게 레몬을 사고, 구시렁대며 레몬즙을 겨우 짜서 2~3일치 음료를 만들어놓았다.

하지만 우리 둘 다 이 음료의 끝을 보지 못했다. 하루 권장 섭취량에서 한참 모자란 양도 문제였지만, 한 가지 음식으로 하는 '단일식품 다이어트'는 우리의 정신을 피폐하게 만들었다. 결과적으로 내가 친구보다 딱 하루를 더 버틸 수 있었는데, 당시 나는 구직 중이었기 때문에 이력서를 보내놓고 하루 종일 집에 누워만 있을 수 있었기 때문이다. 지금이야 가장 효과적인 다이어트 법을 실천하고 있지만, 그런 시절도 있었다.

뭐니 뭐니 해도 다이어트의 핵심은 포만감을 주면서도 칼로리 밀도가 낮은 음식들로 식단을 만들어 배를 채우면서도 먹는 양을 줄이는 데 있다. 칼로리 밀도가 낮은 야채와 과일을 먹어 배를 채우는 게, 간에 기별도 가지 않는 고춧가루 레몬즙보다 훨씬 낫다!

넷

친구에게 전화가 왔다. '나 완전 속고만 살았어! 고기가 이렇게 안 좋은 음식인 줄 정말 처음 알았다고!'라며 분을 가라앉히지 못했다. 넷플릭스에서 다큐멘터리 「왓 더 헬스」를 보았다는 것이다. '그러니까 내가 진작 보라고 했잖아'라고 내가 말했다. 요새는 워낙 주장에 대한 증거자료가 탄탄한 '좋은 다큐멘터리'가 많고, 이런 다큐멘터리에 접근할 수 있는 경로들도 많다. 이런 다큐멘터리를 본 친구들의 반응은 '어쩜 이렇게 안 좋은 동물성 식품을 나에게 팔았지?'로, 대개는 그 분노를 기업과 업계에 쏟는다. 무조건 기업을 탓하는 것이 답이 될 수는 없지만, 행동의 변화에 있어서 분노와 화는 때론 효과적인 동기가 되기도 한다. '너네가 날 속여? 이제는 속아주지 않겠어!'라는 마음으로, 친구는 우유를 당장 두유로 바꾸고 고기 먹는 횟수를 줄였다.

2부

나의 여정

* 첫 번째 변화: 2012년, 1일 2식을 시작하다
* 두 번째 변화: 2013년, 외식과 고기를 끊다
* 세 번째 변화: 2016년, 계란, 생선, 유제품과 결별하다
* 네 번째 변화: 2017년, 기름에 안녕을 고하다

9장 첫 번째 변화, 1일 2식을 시작하다

2012년 9월 즈음, 대학원을 졸업한 후 구직 중이었던 나는 1일 2식을 의도치 않게 시작했다. 당시 구직을 하면서 친구 집에서 지낸 몇 개월 동안 시세보다 적은 렌트비를 내고 지낼 수 있었다. 그러나 돈을 버는 입장이 아니다 보니 적은 돈이라도 늘 아쉬웠다. 게다가 대학원을 다닐 때 매끼 외식을 했더니 졸업 무렵에는 키 168cm에 몸무게가 68kg이 넘은 상태였다. 딱히 내가 뚱뚱하다고 생각하지는 않았지만, 입학 때보다 체중이 10kg 넘게 불어난 상태였으니 예전 몸무게로 돌아가야겠다고 느꼈다. 그 시기에는 일본인 의사 나구모 요시노리의 1일 1식이 한창 유행이었다. 지금은 1일 1식보다는 '간헐적 단식'이 더 관심을 받고 있는 것 같다.

그래서 '하는 일도 없으니 한끼 식사비나 아끼면서 살이라도 빼자'는 마음이 들었다. 그렇게 나는 1일 2식을 시작했다. 아침으로는 사과와 요거트를 먹었고, 점심때는 집 앞 멕시코음식 패스트푸드점인 치폴레에 걸어가서 부리토 보울을 사 먹었다. 그러고는 다음 날 아침까지 아무것도 먹지 않았다. 사실 집에서 요리를 해 먹었으면 돈을 더 절약할 수 있었겠지만 대학원을 다니면서 대부분의 식사를 사 먹었던 습관을 버리기란 쉽지 않았다. 요리하는 걸 귀찮아했던 탓도 작용했다.

1일 2식을 하면서 가장 많이 받은 질문은 '그렇게 오래 먹지 않아도 정말 괜찮냐?'였다. 당연히 초반에는 괜찮지 않았다. 정오 즈음에 식사를 하게 되면 저녁때는 배가 고파져 뭐라도 집어먹고 싶어졌다. 배가 비었을 때 느껴지는 허전함은 표현하기 어려운 '기분 나쁨'이었다. 이때 물이나 차를 많이 마셔서 물배를 채우기도 하고 껌을 씹어가며 식욕을 억누르기도 했다. 구직을 하며 워낙 활동량이 적었기에 1일 2식으로 버티는 게 체력적으로 무리가 가지는 않았다. 회사에 지원하고 종일 결과를 기다리는 일상이 반복되다 보니 몸을 움직일 일은 크게 없었다. 거기에다가 돈을 더 쓰지 않겠다는 욕심이 식욕을 누르는 데 도움을 주었고, 지원했던 회사에서 틈틈이 날아오는 불합격 메일들도 나의 식욕을 사라지게 하는 데에 톡톡히 역할을 했다. 시간이 도운 부분도 있다. 이 습관을 몇 개월 지속하다 보니 공복 상태인 시간을 견디는 게 익숙해진 것이다.

1일 3식을 2식으로 줄이면서 3~4개월 만에 체중이 8kg이나 감량되었다. 필요 이상으로 먹던 양을 줄이니 이는 어찌보면 당연한 결과였다. 일단 살을 뺀 건 좋았지만, 아무래도 날마다 먹던 멕시코식 패스트푸드는 건강함과는 거리가 멀었다. 치폴레 부리토 보울에는 고기, 치즈, 사워크림 등 동물성 식품들이 가득했고, 나는 거기에다 음료수까지 매일 추가해서 마셨다. 그래서인지 초반에 반짝 감량한 후로는 살이 더 빠지지 않으면서 정체 상태가 왔다. 그리고 이 정체는 식단에 다시 변화를 주기 전까지 계속됐다. 이때를 돌아보면 '왜 진작 저것들을 끊지 못했을까' 하는 아쉬운 부분이 있긴 하다. 하지만 그럼에도 불구하고 평생을 먹어왔던 저녁 식사를 포기하고 절제하는 습관을 만들어가면서 몇 달간 유지했다는 데에 나름대로 의미를 두고 싶다. 그 습관이 기반이 되어 7년이 넘도록 지금도 이어지고 있으니까 말이다. 자연식물식을 하는 지금도 나는 아침과 저녁만 먹는 1일 2식 습관을 지키고 있다. 치폴레 부리토 보울을 먹던 시절과 비교하면 거의 '공복의 달인'이 되었다고 할 수 있다. 저녁 6시 이후부터 아무것도 먹지 않고 다음 날 아침까지 12시간 이상을 기다리는 것도 익숙하고, 아침식사 후 저녁까지의 공복도 문제없다. 주말에는 아침과 점심을 먹고 저녁을 건너뛰면서 다음 날 아침까지 16시간 동안 공복 상태를 유지하기도 한다. 이제는 이렇게 충분한 시간을 두고 속을 비워낸 후 정말 배고플 때 먹는 음식이 가장 맛있다. 그리고 위장이 비어 있는 공복 상태가 더 이상 기분 나쁘지 않고 오히려 그 가벼운 느낌을 즐기는 단계가 됐다.

지금 생각하면 나는 물배를 채우고 껌을 씹어 배고픔을 억누르는 상당히 단순무식한 방법으로 1일 2식을 습관화했다. 이때 자연식물식을 하면 훨씬 더 쉽게 간헐적 단식에 접근할 수 있다는 의견도 있다. 사용하는 용어는 다르지만 조엘 푸르만Joel Fuhrman 박사의 주장이 그렇다.[176]

푸르만 박사에 따르면 우리는 음식을 먹은 후에 동화단계anabolic stage와 이화단계cataboilc stage를 거치는 게 정상이다. 동화는 음식을 먹고 소화시키는 과정이고 이화는 저장된 글리코겐을 사용해서 몸을 해독하는 과정인데, 이화단계까지 마치고 나서 우리 몸이 배고프다는 신호를 보낼 때 음식을 먹는 게 이상적이다. 푸르만 박사가 말하는 이화단계를 끝내는 것과 간헐적 단식에서 공복, 즉 배 속을 비우는 개념은 거의 일치한다. 흥미로운 것은 그가 공복기간 중, 즉 이화단계가 끝나기 전에 '가짜 배고픔'을 느끼고 음식을 먹는 원인을 동물성 식품과 가공식품 위주의 식단에서 찾는 데 있다.

우선 피토케미컬phytochemical과 미량영양소micronutrient가 없는 동물성, 가공식품 위주의 식단은 몸에 염증반응을 일으키고 독성 대사물질metabolite을 쌓이게 한다. 푸르만 박사는 이렇게 체내에 안 좋은 물질이 쌓였을 때, 처음 동화단계에서 불편하다는 신호가 뇌로 보내지면서 문제가 시작된다고 본다. 여기서 우리가 이 불편함을 배고픔으로 착각해서 다음 단계인 이화단계 초입에서 뭔가를 집어 먹게 되면, 해독이 이루어지는 이화단계를 통과하지 못하고 동화단계만 반복되는 악순환이 계속된다. 반대로 자연식물식을 하면 동물성 식품의 부작용이 없기 때문에 동화단계와 이화단계를 정상적으로 거치게 된다. 독성 대사물질이 생기지 않으니 가짜 배고픔이 사라지고, 섬유질이 많은 야채와 과일이 포만감을 주어 이화단계까지 마치는 게 한층 수월해진다. 이런 식으로 해독단계인 이화단계, 즉 '공복'이 익숙해지면 몸이 간헐적 단식에 적응하는 건 시간문제다.

1일 2식을 시작할 때는 그저 한끼를 줄여서 돈을 아끼고 살을 빼보자는 생각밖에 없었다. 그런데 몸이 1일 2식에 완벽히 적응하면서부터는 내가 왜 지금까지 하루 세끼 규칙적으로 먹는 걸 당연하다고 여겼는지에 대해 의문이 들었다. '1일 3식'이 고작 산업혁명 이후 보편화됐다는 것도 이때 처음 알았다. 조금씩 내가 당연하다고 생각했던 것들이 틀릴 수도 있다는 의심이 생겨났다. 그리고 자연식물식 식단으로 바꿔가면서 내가 무지한 게 수도 없이 많다는 걸 알게 되었다.

10장 두 번째 변화, 외식과 고기를 끊다

우여곡절 끝에 첫 직장을 구했다. 미국의 소도시에 있는 연구소였다. 소도시여서 즐겨 가던 멕시코음식 패스트푸드점인 치폴레는 없었지만 유명한 체인인 서브웨이나 웬디스 같은 패스트푸드점은 있었다. 웬디스는 이미 한국에서 오래전에 철수했지만 여전히 미국에서는 소도시에도 깊게 뿌리내린 패스트푸드 체인점이다. 나는 그중에서도 서브웨이를 선택했다. 왠지 건강해 보이기도 하고 안에 들어가는 야채를 선택할 수 있기 때문이었다. 퇴근 후에 닭고기가 든 샌드위치를 먹으면서 1일 2식을 유지하니 몸무게는 50kg 후반대로 조금 더 내려갔다. 몇 개월이 지나니 샌드위치에 들어가는 치즈나 빵, 야채 종류를 바꿔서 먹었는데도 서브웨이 자체의 맛에 서서히 물리기 시작했다. 그때 우연히 웬디스 광고를 봤는데, 샐러드가 꽤나 실해 보였다. 그 뒤로 웬디스에서 파는 샐러드와 서브웨이 샌드위치를 하루씩 번갈아가며 먹었다.

일을 시작하고 6개월쯤 지났을까, 한국에서 엄마가 잠시 나를 보러 오셨다. 엄마가 온 첫날에는 엄마 먹을 샐러드까지 웬디스에 가서 사왔던 기억이 난다. 나는 요리하는 게 너무나도 귀찮았다. 엄마는 일주일동안 여러 가지 음식들을 해주셨고, 나는 그때 잠시나마 외식을 끊을 수 있었다. 미국에 온 이래 엄마와 함께 마트에 가서야 비로소 처음으로 장다운 장을 봤다. 평소에 사먹던 샐러드를 엄마가 금세 뚝딱 만드는 것을 보니 생각보다 어려워 보이지 않았다. 엄마는 샐러드, 생선구이, 파스타 같은 걸 사먹지 말고 직접 해보라고 했다.

엄마가 다시 한국으로 돌아간 후부터 외식을 조금씩 끊고, 간단한 음식들을 해먹기 시작했다. 주말에는 냉동생선을 사다 구웠고. 평일에는 파스타를 몇 인분씩 만들어서 냉장고에 넣어뒀다가 꺼내 먹었다. 처음에는 나쁘지 않았는데, 곧 토마토소스와 크림소스를 번갈아 먹어도 싫증이 나버렸다. 냉장고에서 꺼낸 하루 지난 파스타는 사실 맛이 없긴 했다.

그래서 프라이팬에 기름을 두르고 야채를 익혀 먹는 방법으로 식단을 바꿨다. 파스타처럼 면을 삶을 일이 없으니 과정이 더 간단해졌다. 무엇보다 기름에 볶는 방식은 맛있었다. 바싹 익힌 감자는 소스에 버무려진 웬만한 파스타보다 만족스러운 맛이었다. 이렇게 야채를 볶을 때는 익히는 데 시간이 더 걸리는 감자나 당근을 먼저 넣었다. 다음에 브로콜리, 양파, 아스파라거스 등을 굽다가 마지막에는 금방 익는 애호박, 버섯, 가지를 익혔다. 야채를 다 볶으면 기름을 조금 더 두른 후 계란을 부치고 오이, 토마토를 씻어서 곁들였다.

당시에는 유튜브에 올라온 요리 영상들을 많이 찾아봤다. 특히 대니 스피스Dani Spies의 채널을 구독해놓고 즐겨 찾았다.[177] 대니 스피스의 채널은 자연식물식 중심 채널은 아니고 건강식이라는 다소 광범위한 키워드를 쓴다. 채식 레시피를 소개하면서도 고기나 생선 요리에 관한 레시피도 꽤 있다. 그 중에서 '가지 101', '버섯 101', '땅콩호박 101' 등 '○○○ 101' 이라는 비디오 시리즈가 특히 도움이 됐다('101'은 기초 혹은 개론이라는 의미로 과목 뒤에 많이 붙이는 말이다). '○○○ 101' 비디오들은 하나의 재료에만 집중해서, 그 재료에 관한 기초상식을 다뤘다. 즉, 재료를 어떻게 자르고 어떤 방법으로 굽거나 삶는지, 또 재료를 가지고 무슨 요리를 하면 좋은지를 알려줬다. 나는 이 비디오들을 보면서 새로운 야채 요리법을 많이 시도했다.

그러던 중 이 채널에서 고구마를 감자튀김 형태로 잘라서 오븐에 굽는 레시피를 보게 되었다. 가늘게 조각낸 고구마에 올리브 기름과 강황가루를 조금 묻히고 400~450°F(200~230°C)로 설정된 오븐에 20분 동안 넣어두기만 하면 되는 아주 간단한 방법이었다. 직접 해서 먹어 보니 맛도 좋았다. 처음에는 고구마만 굽다가 방울양배추, 애호박, 가지, 계란 등을 같이 굽기 시작했다. 프라이팬에 볶을 때처럼 재료마다 시간차를 두었다. 고구마를 먼저 넣었고 다른 재료들은 조금 기다렸다 넣었다. 음식을 꺼내기 몇 분 전에 가지 위에 치즈를 녹이기도 하고, 고구마를 감자로 대체할 때도 있었다. 얼마만큼의 양을 먹어야 하는지는 몇 번 해보니 감이 잡혔다. 큰 고구마 1/2개, 방울양배추 4~5개, 애호박 4~5조각, 가지 2조각, 계란 1개면 그릇을 가득 채웠고, 한 끼 식사로 충분한 양이었다.

그래서 야채를 프라이팬에 볶아서 먹는 식단과 더불어 오븐에 구워서 먹는 식단, 이 두 가지로 저녁 식단을 정리했다. 두 식단 모두 잎채소를 곁들여 먹었다. 매번 시금치spinach, 루꼴라, 케일 등을 바꿔가며 그릇에 가득 담았다. 잎채소 위에는 드레싱을 뿌렸는데, 처음에는 허니 머스터드나 시저 드레싱을 애용했다. 칼로리가 높고 설탕이나 크림이 꽤 들어 있다는 건 알았지만 그때만 해도 자극적이 맛이 더해져 먹기가 편했고 배가 더 부른 느낌이 들어 좋았다. 차차 식단에 익숙해지고 입맛이 심심하게 바뀌면서부터는 음식 맛을 가리는 강한 맛의 드레싱보다는 칼로리가 낮고 담백한 드레싱을 찾게 되었다. 나의 선택은 발사믹 식초balsamic vinegar였다. 그렇게 거의 3년 넘게 똑같은 브랜드의 발사믹 식초를 뿌렸다.

이즈음 식후에 과일도 엄청 먹기 시작했는데, 사실 왜 그랬는지 정확한 계기는 기억이 나지 않는다. 아마 외식을 끊고 가공되지 않은 식품만을 먹다 보니 달고 짠 음식이 그리워서 과일을 찾기 시작한 것 같다. 정착한 두 식단 모두 기름이 사용되었기 때문에 깔끔하게 입가심을 하고 싶어져 과일에 손이 더 갔을 수도 있다. 아침에는 사과를 먹고 저녁에는 보통 배 1개, 오렌지 1개, 자두 1개, 살구 2개, 딸기 4~5개 정도의 양을 먹었는데, 과일 종류는 철따라 조금씩 바뀌었다. 그 외에 생선은 주말마다 구웠고, 계란과 우유는 냉장고에 항상 쟁여 두었다. 고기 대신 생선을 먹은 이유는 그저 굽기만 하면 되니 더 요리하기가 간편해서였다.

2013년 10월부터 2년간 이 두 식단을 유지하면서 보통은 배가 찰 때까지 먹는 편이었다. 샌드위치와 샐러드를 사먹던 시절과 비교하면 식사량이 1.5배에서 2배가량 늘었는데도 살이 빠지기 시작했고, 몸무게가 50kg 후반에서 중반으로 떨어지는 기이한 일이 벌어졌다. 나는 그때 더이상 서브웨이에서 빵을 사 먹지 않았기 때문에 살이 빠졌다고 생각했다. 탄수화물 섭취를 줄인 덕이라고 여겼다. 훗날 알았지만 나는 당시 야채와 과일을 엄청나게 먹으며 고탄수화물식을 하고 있었다. 그것도 모르고 내가 저탄수화물식을 한다고 착각했던 셈이다. 의도치 않게 고탄수화물식 자연식물식에 가까워지고 있었던 이 2년 동안에도 나는 영양소에 대해 깊이 생각해 보지 않았다. 무조건 탄수화물은 나쁘고 단백질은 좋은 것인 줄로만 알았다.

11장 탄수화물은 나쁘지 않다

자연식물식 전문가들은 저지방 고탄수화물 식단을 추천함과 동시에 고지방 저탄수화물 식단의 위험성에 대해 경고한다. 고탄수화물식이 중요한 이유는 우리 몸이 에너지를 탄수화물, 즉 포도당에서 얻기 때문이다. 올바른 고탄수화물식은 자연 상태에 가까운 야채, 과일, 통곡물, 콩과 식물, 견과류 등으로 구성된다. 이 식품들은 대체로 탄수화물 비율이 높다. 〈그림3〉처럼 과일이나 전분성 야채(감자, 고구마류)의 탄수화물 비율은 90%를 넘고, 통곡물과 콩과 식물은 70%대, 비전분성 야채는 60% 정도다. 견과류만 탄수화물 비율이 10%대로 낮다.

전체 칼로리의 몇 %를 탄수화물에서 얻어야 하는지는 전문가들도 의견이 분분하다. 나는 밥을 먹을 때 각 음식에

그림3 **자연식물식을 구성하는 식품의 평균 탄수화물 칼로리 비율**[178]

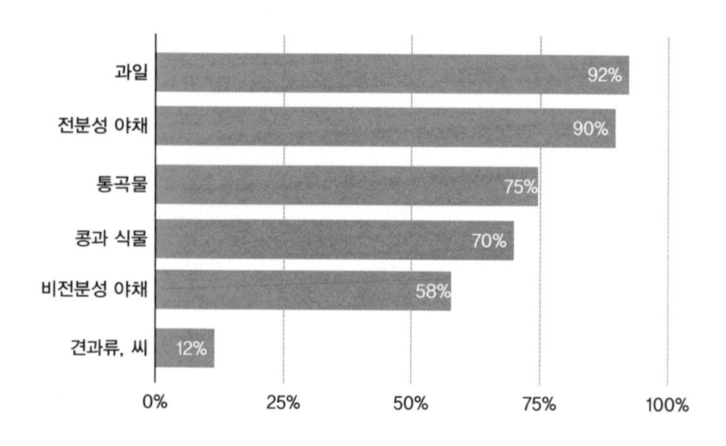

함유된 영양소 비율을 구체적으로 따지는 편이 아니라서 이 부분에 대한 의견은 딱히 없다. 딘 오니쉬 박사가 관상동맥질환 환자들을 대상으로 식물성 식품 위주의 식단을 제공했던 실험은 그의 연구 중에서도 유명하다. 이 실험의 조건에서 탄수화물이 70~75%, 지방이 10%, 단백질이 10~15%였다는 점을 참고하는 방법도 있다.[179] 식사의 대략 70~80% 정도를 탄수화물로 하되, 좋은 지방인 불포화지방을 중심으로 지방을 먹는다면 지방 비율이 이보다는 더 높아져도 괜찮을 듯싶다.

고탄수화물식이든, 좀 더 지방 비율이 높은 탄수화물식이든 가장 중요한 것은 정제된 탄수화물인 밀가루로 만든 빵이나 과자, 흰 쌀밥으로 식단을 구성하면 안 된다는 것이다. 설탕이 지나치게 들어간 음료수나 디저트를 피해야 하는 것은 물론이다. 18개국이 참여했던 대규모 역학조사인 PURE The Prospective Urban Rural Epidemiology처럼 고탄수화물식이 심혈관질환 사망률을 높이는 데에 연관성이 있다고 주장하는[180] 연구들은 대개 이런 '정제 탄수화물'로 식사했을 경우를 논한다. 그러니까 나쁜 탄수화물, 즉 정제 탄수화물을 피하고 야채와 과일 같이 심장질환의 위험을 낮춰주는[181] '좋은 탄수화물'을 먹어야 한다. 좋은 탄수화물의 선택 기준은 간단하다. 내가 먹는 탄수화물에 섬유질이나 항산화제가 있냐 없냐, 혹은 많냐 적냐를 보면 된다.

표10 좋은 탄수화물과 나쁜 탄수화물의 예

좋은 탄수화물	나쁜 탄수화물
과일, 감자와 고구마, 통곡물, 통밀가루로 만든 빵, 야채, 콩과 식물, 견과류와 씨	단 음료, 과일주스, 밀가루로 만든 빵, 백미, 과자, 감자튀김, 인공 감미료가 많이 들어간 디저트류 (케이크, 쿠키 등)

좋은 탄수화물과 나쁜 탄수화물을 정리한 〈표 10〉을 보자. 일명 '좋은' 탄수화물은 섬유질이 풍부하고 여러모로 장점이 많다. 그러나 과자나 단 음료가 아니더라도 어떤 종류의 탄수화물이든 탄수화물을 많이 먹으면 반드시 살이 찌고 당뇨가 온다고 걱정하는 사람들이 있다. 나도 예전에는 그랬다. 탄수화물 비율이 높은 음식은 무조건 다이어트의 적이라고

생각했고 과일이나 통곡물, 특히 감자와 고구마 같은 전분성 야채는 많이 먹지 않으려고 했다. 좋은 탄수화물을 되려 피한 거였다.

이런 생각 또한 연구결과들을 보면서 바뀌었다. 많은 연구들이 자연식물식으로 구성한 고탄수화물식이 다이어트에 가장 효과적이라는 결론을 냈기 때문이다. 식사의 85%를 탄수화물인 야채와 통곡물로 채운 오키나와인들은 비만이나 만성질환을 겪는 비율이 낮았다.[182] 자연식물식과 비만, 심장질환, 당뇨의 관계에 대한 무작위 대조연구randomized control trial인 더 브로드 스터디The BROAD Study를 보면 그 차이가 분명하게 드러났다. 일반식을 한 쪽은 6개월간 몸무게를 1.6kg 감량했으나, 자연식물식을 한 쪽은 무려 12.1kg이나 체중을 줄였다. 칼로리 제한 없이 배부를 때까지 먹으면서 운동을 하지 않았는데도 이런 결과가 나왔다는 것은 매우 놀랍다.[183] 6개월간 육식 그룹과 4가지 채식 그룹을 비교한 연구에서도 생선, 유제품까지 완전히 제외한 비건 그룹이 체중 감량률 -7.5%로 가장 큰 감량 효과를 보였다. 나머지 그룹들의 감량률은 -3%대를 유지했다.[184] 유럽인들을 대상으로 한 EPICEuropean Prospective Investigation Into Cancer and Nutrition 연구 역시 비건 그룹이 5년간 체중 증가폭이 제일 낮은 것을 확인했다.[185]

물론 단기간에 바짝 체중을 줄이는 것을 목적으로 한 다이어트라면 식단에서 탄수화물을 빼는 게 효과가 있을 수는 있다. 탄수화물을 제외하면 몸속 수분 무게가 5~7kg 정도 빠져 나가니 체중이 그만큼 덜 나간다. 하지만 이는 체지방이 감량된 것이 아닌 수분이 빠져나간 것이니 이런 방식으로 물살을 없애는 건 큰 의미가 없다. 자연식물식을 하면서 알맞은 속도로 체지방을 없애는 게 장기적으로 더 낫다.[186] 전체 칼로리 양은 같게 하면서 탄수화물 양을 제한하는 것과 지방을 제한하는 것 중 어느 쪽이 체지방을 태우는 데 더 효과적일까? 이를 실제로 들여다본 실험이 있다. 미국 국립보건원 NIH National Institute of Health에서 진행한 연구에서 저탄수화물 식사를 한 쪽의 체지방량이 1일 53g 감소한데 반해 저지방 식사를 한 쪽의 체지방량은 89g이나 감소했다.[187] 탄수화물보다 오히려 지방을 줄인 방법이 체지방 감소에 영향을 끼쳤다.

나쁜 탄수화물을 줄이고 좋은 탄수화물을 먹는다면 살이 찔 걱정을 하지 않아도 된다. 그렇다면 왜 탄수화물을 많이 먹어도 살이 찌지 않는 걸까? 우선 탄수화물은 몸속에서 지방으로 전환되는 일이 드물다. 탄수화물을 섭취하면 우선 포도당의 형태로 분해되어 에너지원으로 쓰인다. 이렇게 몸에서 쓰고 남은 포도당이 글리코겐의 형태로 간과 근육에 저장되는데, 이 저장고가 포화상태가 되어야만 지방으로 전환된다. 하지만 우리 몸은 포도당을 계속 사용하기 때문에 저장고가 가득차는 상태가 되는 일은 드물다. 물론 엄청난 양의 탄수화물을 섭취하면 글리코겐이 포화상태에 이를 수는 있다. 실제로 실험 참여자들에게 4일 동안 과식을 하게 했을 때야 탄수화물이 약간의 지방산으로 변환되는 현상인 지방신생de novo lipogenesis이 나타났다. 이는 탄수화물의 양을 2.5배나 늘린 후에야 나타난 반응이었다.[188] 그리고 무엇보다 자연식물식을 하고 있는 경우, 탄수화물로 폭식을 하는 것 자체가 굉장히 어렵다.

탄수화물로 폭식을 하기 어렵다는 이야기는 식물성 식품의 칼로리 밀도calorie density와 관련이 있다. 자연식물식을 구성하는 신선한 식품들은 단위 부피인 g당 가지고 있는 칼로리가 낮으며 이는 '칼로리 밀도가 낮다'는 말로 요약할 수 있다. 예를 들면, 배가 고픈 당신이 주방에 가 보니 식탁 위에 열량이 100kcal인 버터 1 큰술과 40kcal인 100g짜리 오렌지가 있다고 치자. 버터는 3 큰술만 먹어도 300kcal로, 칼로리는 금세 채울 수 있지만 허기진 배를 채우긴 어렵다. 오렌지의 경우, 8개나 먹어야 300kcal를 겨우 넘길 수 있다. 이처럼 식물성 식품은 양에 비해 칼로리가 적으니 8개 혹은 그 이상으로 먹어도 된다. 어차피 많이 먹으려 해도 섬유질이 주는 포만감 때문에 다량을 먹기 힘들다. 평소에 오렌지를 식사 대용으로 한 번에 8개씩 먹는가? 많이 먹는다고 해도 두세 개 정도면 배가 든든해진다. 반면에 지방이 많은 고기나 정제, 가공식품은 칼로리 밀도가 높은 데다 섬유질도 없다. 따라서 칼로리 밀도 차이를 보여주는 〈그림4〉에서 볼 수 있듯이 400kcal 가까이 되는 양의 오일을 먹어도 배 속을 채우지 못하며 이는 결국 과식으로 이어진다.

음식 대 음식으로 비교한 실험들을 보면 이와 관련된 놀라운 점을 확인할 수 있다. 예를 들어, 고섬유질 식물성 식품 대신 닭고기를 먹으면 몇 시간 후 섭취하는 음식 양이 18%나 늘었다.[189] 미국 질병통제예방센터 CDCCenters for Disease Control and Prevention에서 진행했던 국립건강영양조사National Health and Nutrition Examination Survey는 고기가 비만과 직접적인 상관관계가 있다고 발표하기도 했다.[190] 물론 비만은 단순히 칼로리 밀도의 문제라기보다는 섬유질이나 인슐린 등 여러 가지 요인들이 얽혀 있다. 마이클 그레거Michael Greger 박사는 그의 책 『*How Not to Diet*』에서 인슐린이 비만을 일으키는 직접적인 요인인지는 아직 쥐 실험을 통한 결과만 도출된 상태라서 확단할 수는 없지만 인슐린을 급격하게 올리는 동물성 식품, 정제 탄수화물을 조심하고 인슐린 민감도를 잘 살펴야 한다고 말했다.[191] 보통 동물성 식품에 탄수화물이 거의 없다는 이유를 근거로 삼아 '고기나 계란은 혈당을 올리지 않는다. 고로 인슐린에 영향을 끼치지 않는다'고 하는 경우도 있지만, 이는 반만 맞는 말이다. 동물성 식품은 탄수화물 못지않게 인슐린을 분비시키고, 2형 당뇨의 원인인 인슐린 저항성 문제를 일으키기 때문이다. 이 이야기는 후반부 당뇨 부분에서 계속 이어가겠다.

그림4 **칼로리 밀도**[192]

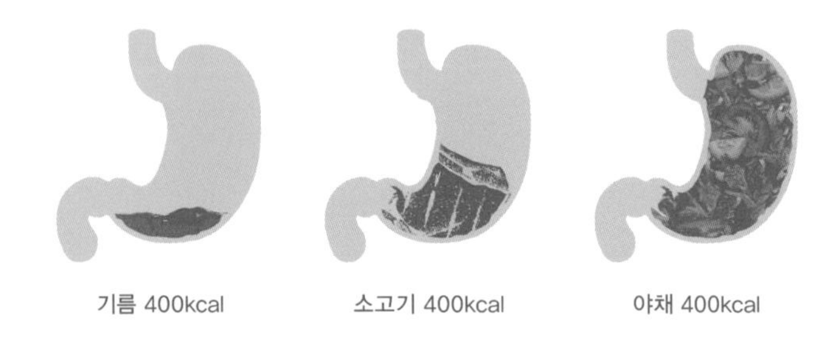

고섬유질 자연식물식을 하면
최소한의 칼로리로 최대한 많은 양의 식사를 할 수 있다.

어쨌든 앞서 키토식단 부분에서도 이야기했지만, 체중 감소를 위해서 할 수 있는 가장 효과적인 방법은 과식을 하지 않는 것이다.[193] 탄수화물이든 지방이든 단백질이든 많이 먹으면 살이 찌는 것은 불변의 진리다. 그러므로 살이 찌는 원인을 알기 위해서는 과식으로 이어지는 음식을 찾아야지, 특정 영양소 탓만 하는 건 의미가 없다. 이와 관련해서는 120,900 여 명을 조사한 3개 프로젝트를 통합 분석해서 각 음식이 체중 관리에 어떤 영향을 주는지 장기적으로 연구한 결과를 보면 좋을 것 같다.[194] 이 연구를 분석한 자료에 따르면, 참여자들은 20년의 추적 기간 동안 4년마다 평균적으로 체중이 3.35kg 증가했다. 그런데 음식마다 체중 변화에 기여한 정도가 각기 달랐다. 〈그림5〉를 보면 체중을 증가하게 한 음식으로 감자칩(+0.77kg), 감자류(+0.58kg), 단 음료(+0.45kg), 고기(+0.43kg), 가공육(+0.42kg) 등이 있었고, 체중 감소에 도움을 준 음식에는 야채(-0.1kg), 통곡물(-0.17kg), 과일(-0.22kg), 견과류(-0.26kg), 요거트(-0.37kg) 등이 있다. 보다시피 몸무게를 줄이는 데에 도움이 된 음식들은 대부분 좋은 탄수화물이면서 칼로리 밀도가 낮고, 몸무게를 증가하게

그림5 체중변화(4년)와 음식(1일 섭취량)의 관계[195]

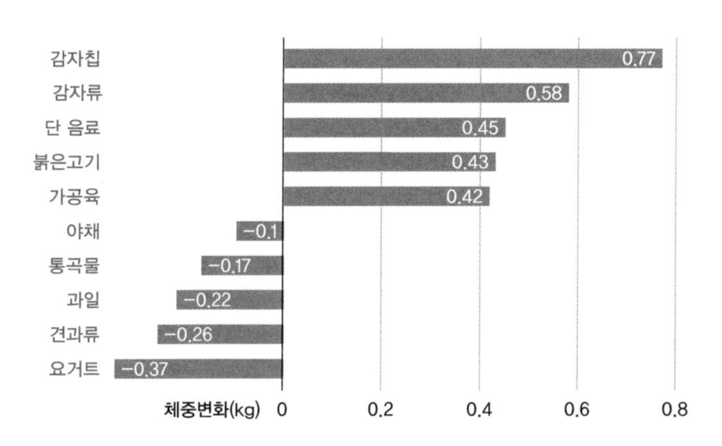

한 음식들은 나쁜 탄수화물이나 동물성 식품이면서 칼로리 밀도가 높다. 이제 어떤 음식을 피해야 하는지 감이 올 것이다. 참고로 감자류의 증가 수치가 높은 이유는 감자'칩'과 감자'튀김'을 포함했기 때문이다. 감자에 문제가 있는 것이 아니라 기름을 사용한 조리법에 문제가 있는 것이므로 감자 자체를 너무 미워하지는 않으면 좋겠다.

예상했겠지만, 당뇨도 무조건 탄수화물 때문에 걸리는 게 아니다. 마찬가지로 좋은 탄수화물을 섭취한다는 전제가 필요하다. 이미 많은 사람을 관찰한 집단연구cohort study, 직접 사람을 대상으로 실험한 무작위 연구randomized trial, 여러 연구들을 같이 분석한 메타연구meta anaylsis를 통해 탄수화물에 대한 이런 오해가 풀렸다. 60,900여 명을 4년간 관찰한 재림교 건강연구 2Adventist Health Study 2에서는 육식 그룹의 2형 당뇨 발병률이 7.6%였을 때, 모든 동물성 식품을 제외한 비건 그룹의 발병률은 2.9%였다.[196] 다음 〈그림6〉을 보면 동물성 식품을 제외하고 섭취할수록 발병률이 낮아진 것을 확인할 수 있다.

2형 당뇨 환자들에게 자연식물식과 유사한 탄수화물 위주의 식단을 하게 한 임상 시험 결과에서도 역시 당뇨 관련 수치가 개선된 결과를 도출할 수 있었다. 닐 버나드Neal Barnard

그림6 60,903명을 대상으로 한 재림교 건강 연구 2의 2형 당뇨 발병률[197]

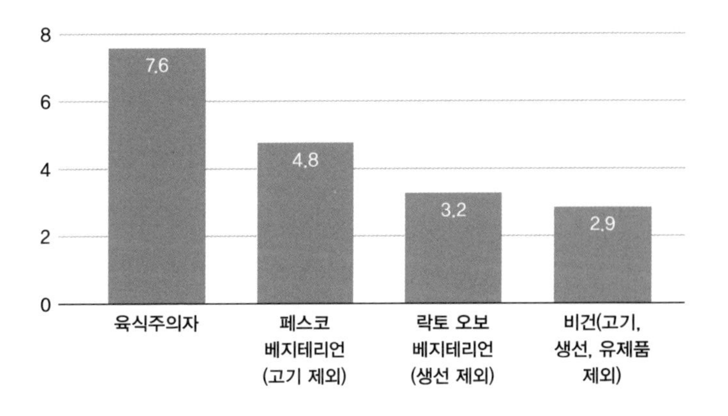

박사는 과일, 통곡물과 같은 탄수화물로 이루어진 저지방 비건식단과 미국당뇨협회American Diabetes Association에서 추천하는 식단 중 어느 쪽이 2형 당뇨 환자들에게 더 효과가 있는지를 살폈다.[198] 22주간 이어진 이 실험에서 비건 식단은 당화혈색소 수치인 A1c를 1.23포인트, 당뇨협회의 식단은 A1c 수치를 0.38포인트 낮췄다. 야채, 통곡물, 콩과 식물을 중심으로 하여 식단의 70% 이상을 탄수화물로 구성한 Ma-Pi 2 식단을 적용했을 때도, 3주 동안 이 식단에 배정된 참여자들이 일반 식단을 한 참여자들보다 당화혈색소 A1c, 인슐린 저항성, 총 콜레스테롤, LDL 콜레스테롤, 체중 모두 큰 폭으로 내려갔다.[199] 여러 개의 스터디를 분석한 메타연구에서도 채식이 혈당 조절에 도움을 준 것으로 확인되었다.[200]

탄수화물에 대한 오해는 탄수화물, 즉 '포도당'의 '당'이 당뇨의 '당'과 개념적으로 연결되어 있다는 생각에서 비롯된다. 나 또한 과일을 많이 먹으면 과당 때문에 체내에 당이 많아져서 당뇨병에 걸리는 줄 알았다. 그러나 2형 당뇨는 몸에 당이 많아진 게 문제가 아니라 체내에서 당을 낮추는 인슐린 작동의 문제다. 이를 인슐린 저항성이라고 칭한다. 인슐린 저항성이 생기면 포도당이 세포에 들어가지 못하고 막힌 상태로 혈액에 남게 되어 결과적으로 혈액의 포도당 농도가 낮아지지 않는 상태가 된다. 이 인슐린 저항성의 주범은 탄수화물이 아닌 지방이다. 사이러스 캄바타 박사는 인슐린 저항성이 생기는 과정을 이렇게 설명한다.[201]

보통 지방은 중성지방triglycerides의 형태로 몸 안에 들어와서 분해된 후에 지방조직adipose에 저장되는 게 이상적이다. 문제는 우리가 키토식단을 하거나 포화지방이 많은 음식을 먹었을 때 지방산이 지방조직이 아닌 근육, 간에 저장되면서부터 시작된다. 많은 양이 아니라면 괜찮다. 그러나 매일같이 고기와 버터를 먹으면 근육과 간세포에서 지방을 저장하는 지방방울들lipid droplets에 무리가 간다. 여기서 근육과 간은 지방을 그만 받으려고 힘쓰지만, 이 둘은 세포조직으로 들어오는 지방산을 직접 막을 능력이 없다. 이는 생물학적으로 그렇다.

그리하여 어쩔 수 없이 차선책으로 인슐린 신호를 보내는 길을 막아버리는 선택이 내려진다. 왜냐하면 인슐린은 포도당이 세포조직으로 들어가는 것도 조절하지만, 지방산이나 아미노산의 유입도 어느 정도는 막는 게 가능하기 때문이다. 그러니까 인슐린 저항성은 이렇게 세포가 지방산의 유입을 줄이려고 급히 불을 끄듯 인슐린을 막아버린 상태를 말한다. 이 상태에서 탄수화물을 먹으면 포도당이 근육과 간에 들어가지 못하고 혈액에 떠돌게 된다. 원래 포도당이 인슐린과 함께라면 아무 문제없이 들어가는데, 인슐린 경로가 막혀서 신호가 전달되지 않고 이미 지방으로 가득찬 근육과 간이 포도당을 거부하는 거다. 포도당이 혈액에서 나갈 길이 없으니 바나나 1개만 먹어도 혈당이 치솟는다. 혈당이 치솟으면 췌장에서는 이걸 낮추기 위해 인슐린을 더 분비하고, 시간이 흐를수록 여기도 과부하가 걸려서 만들 수 있는 인슐린 양이 점점 줄어든다.

이 모든 것의 원인은 지방이다. 애초에 지방 때문에 인슐린이 세포에 포도당을 전달을 못해 생긴 문제인데, 사람들은 바나나 탓과 탄수화물 탓을 하면서 탄수화물을 줄이고 동물성 단백질을 먹는다. 물론 동물성 단백질을 먹는 키토식단으로 탄수화물을 차단하면 혈당 수치는 좋아질 수 있다. 포도당을 안 먹으니 당 수치가 떨어지는 건 당연한 이치다. 거기다 일시적으로 체중이 감량되면 당뇨와 관련된 다른 수치도 개선되는 것처럼 보인다. 하지만 평생 탄수화물을 제한해서 혈당수치만 낮게 유지하겠다는 건 밑 빠진 독에 물붓기다. 혈당 수치, 공복 혈당 수치보다 더 중요한 건 인슐린이 섭취한 탄수화물을 다시 정상적으로 대사할 수 있는지 여부다. 이는 탄수화물을 투여하여 반응을 보는 당불내성 시험glucose intolerance test을 통해 확인할 수 있다. 여기서 고기와 버터를 먹고 난 다음 탄수화물을 섭취했을 때 혈당 수치가 안정적이어야만 '키토식단이 2형 당뇨에 도움이 된다'는 주장이 가능해진다. 결과는 당신의 짐작처럼, 고지방식을 한 후 탄수화물 테스트를 하니 혈당 수치가 도리어 올라가는 패턴을 보였다.[202] 몸 스스로 탄수화물을 제대로 처리하지 못한 것이다.

지방 때문에 인슐린 시스템을 막아버리는 것은 더 큰 문제를 야기한다. '탄수화물'이라는 문을 열기 위해서 '탄수화물'이라는 열쇠를 가지고 열어야 한다. 그러나 이는 마치 '지방'이라는 엉뚱한 열쇠를 가지고 이 문을 열기 위해 애쓰다가 결국 자물쇠만 망가진 꼴이라고 할 수 있겠다.

탄수화물을 먹고도 혈당과 인슐린이 안정적일 때, 그리고 적은 양의 인슐린으로도 많은 양의 탄수화물을 대사할 수 있게 될 때 비로소 '2형 당뇨가 개선되었다'고 말할 수 있다. 이는 인슐린 민감도 수치insulin sensitivity가 높아져야 한다는 의미로, 인슐린 민감도를 올리려면 인슐린 저항성을 없애야 한다. 앞서 보았듯 인슐린 저항성은 지방과 밀접하게 관련된다. 그래서 전문가들은 포화지방이 많은 고기, 유제품, 기름 섭취를 줄이고, 우리에게 필요한 지방이 적정 비율로 들어가 있는 식물성 식품, 즉 좋은 탄수화물을 늘리라고 하는 것이다. 인슐린 저항성 문제의 해결은 2형 당뇨 뿐 아니라 연관 질병인 심혈관질환, 콜레스테롤, 고혈압, 죽상동맥경화증, 만성 신장병, 비만, 암 등 다른 질병의 치료에도 핵심이 된다.[203]

지금 2형 당뇨 질환을 앓고 있지 않은 사람일지라도 동물성 식품 위주로 고지방식을 하는 것은 위험하다. 건강한 성인 남성들을 대상으로 한 실험에서는 단 일주일만 고지방식을 해도 인슐린 저항성의 원인이 되는 근육 세포 내 지방 IMCLintramyocellular lipid의 양이 54%나 뛰었다.[204] 임페리얼 칼리지 연구팀은 일반인으로 이루어진 육식그룹과 비건그룹을 비교한 연구를 통해 비건 그룹의 IMCL 수치가 훨씬 낮으며 인슐린을 만드는 베타세포의 기능 역시 육식그룹에 비해 더 우수하다는 결론을 내렸다.[205] 앞서 언급한 닐 버나드 박사의 식단이나 Ma-Pi 2 식단 외에도 식물성 식품 위주의 고

탄수화물 식단으로 2형 당뇨의 근본적인 원인인 인슐린 저항성을 개선한 연구들은 많다. 2형 당뇨병 환자에게 야채, 통곡물, 콩과 식물, 과일, 견과류로 구성된 식단(탄수화물 60%, 단백질 15%, 지방 25%)을 24주간 먹게 한 체코 연구팀의 연구도 그중 하나다. 체코 연구팀이 구성한 식단의 대부분은 식물성 식품이었고, 허용된 동물성 식품은 단 1개로, 고기나 여타 육류가 아닌 저지방 요거트 1통이었다. 이 식단에 배정된 참여자들의 인슐린 저항성뿐 아니라 산화 스트레스도 줄어들었다. 이는 채식 식단이 내장지방을 없애고 지방세포에서 분비되는 아디포카인adipokines 호르몬을 감소시켰기 때문이라고 연구진들은 분석했다.[206] 장수 리서치를 하는 루이지 폰타나Luigi Fontana 박사 연구팀은 좀 더 구체적으로 동물성 단백질 중 닭고기, 소고기, 생선 등에 많은 분지화체인 아미노산 BCAABranched-Chain Amino Acids가 대사 작용을 방해한다고 봤다. 그의 연구팀은 쥐와 사람에게 이 단백질을 제한한 식단을 주었는데, 단 6주 만에 쥐와 사람 모두 포도당을 처리하는 능력glucose tolerance이 좋아졌다.[207]

다시 강조하자면 2형 당뇨에도 좋은 탄수화물을 잘 선택하는 게 중요하다. 2형 당뇨에 집중한 EPICEuropean Prospective Investigation Into Cancer and Nutrition Norfolk 연구에서는 섭취하는 5%의 포화지방을 과당fructose으로 대체했을 때 당뇨병에 걸릴 위험이 30%나 낮아졌으며[208] 과일과 야채를 많이 먹은 경우에는 당뇨병에 노출될 위험률이 최대 81%나 감소했다.[209] 여기서 포화지방을 탄수화물인 과당으로 바꾸면 당뇨병 위험을 낮출 수 있다고 했지만, 그렇다고 해서 액상과당이 첨가된 단 음료나 캔커피를 마시면 안 된다. 가공식품에 첨가물로 이용하는 액상과당과 과일의 천연과당은 엄연히 다르다. 섬유질을 함유한 과일은 인슐린 저항성 문제를 일으키지 않는데 반해, 가공된 액상과당이나 정제 설탕은 포화지방 만큼이나 위험하다. 예를 들면, 오랫동안 건강식품으로 여겨진 시판 오렌지 주스도 나쁜 탄수화물인 정제 탄수화물에 속한다. 여기서 이야기하는 시판 주스는 원재료만 갈아서 만든 무설탕 주스가 아닌 설탕과 각종 화합물이 들어간 제품을 말한다. 주스에는 자연 상태의 오렌지가 가지고 있는 섬유질이 없기 때문에 포만감이 덜하고 혈당을 확 올릴 뿐이다. 씹어 삼켜야 할 이유가 없기 때문에 벌컥벌컥 마시게 되니 다이어트에도 좋지 않은 것은 물론[210] 2형 당뇨의 위험요인이 된다.[211]

실제 10주 동안 행한 실험에서 참여자에게 전체 칼로리의 25%만큼 액상과당 음료를 마시게 하자 인슐린 민감도가 낮아지고 복부에는 내장지방이 늘었다.[212] 액상과당을 지나치게 많이 섭취하면, 경우에 따라서는 간에 지방이 쌓이는

지방간으로 이어지기도 하고, 간에서 중성지방으로 변환되기도 한다.[213] 이렇게 간에서 만들어진 중성지방은 VLDLVery Low Density Lipoprotein 콜레스테롤에 의해 지방조직에 전달되며 이 VLDL은 다른 문제들을 불러일으킨다.

마트에서 파는 각종 시럽, 설탕마다 각기 들어간 당의 비율은 다르다. 당의 종류로는 과당fructose, 포도당glucose, 자당sucrose 등이 있으며 이를 어떻게 배합하든 정도의 차이만 있을 뿐 모두 조금씩 부작용이 있다. 물론 상대적으로 건강한 선택지로 알려진 메이플 시럽이나 꿀, 사탕 수수당이 추천되기도 하고, 그보다 항산화제가 들어간 대추설탕date sugar, 당밀molasses이 더 좋다는 의견도 있다.[214] 하지만 대추 설탕이든 당밀이든 자연 상태의 식품이 고스란히 가지고 있는 과당에는 비할 바가 못 된다. 탄수화물의 당은 분자가 어떻게 결합되어 있느냐에 따라 더 자세히 들여다볼 수 있지만, 자연식물식을 할 때에는 정제되거나 가공된 여타 '이상한 당'을 피하게 되니 구태여 알아둘 필요는 없다고 본다.

흰 쌀밥도 주스와 마찬가지로 섬유질이 결여된 정제식품으로, 당뇨 위험을 높일 수도 있다고 하지만[215] 이러한 주장들에 대해 조금은 의구심이 드는 부분이 있다. 30년 전, 콜린 캠벨T. Colin Campbel 박사가 중국에서 진행한 집단연구를 살펴보면 중국인의 주식은 흰 쌀밥이지만 중국인의 당뇨 발병률은 유의미하게 높지 않았다.[216] 그런데 이제서야 많은 연구들이 갑자기 흰 쌀밥이 당뇨와 관련이 있다고 하는 게 수상하다. 그냥 맨밥을 먹기보다는 단백질과 함께 먹으면 혈당이 더 올라가니까[217] 당뇨를 유발하는 건 쌀밥 탓이라기보다는 단백질 탓이라는 이야기도 있다. 1940년에 월터 켐프너Walter Kempne 박사가 진행한 실험은 쌀밥, 과일, 과일주스, 설탕 만으로 혈압, 신장기능, 비만, 심부전 등을 개선시킨 것으로 유명하다.[218] 이 실험에 사용된 정제 탄수화물은 섬유질이 없으니까 가급적 피해야 한다는 것이 중론인데 반해, 정제 탄수화물로 질병을 예방할 뿐만 아니라 낫게도 했다는 말은 정제 탄수화물을 먹어도 건강에 이상이 없다는 말일까? 이 실험에서 콜레스테롤과 소금을 아예 제외한 효과가 정제 탄수화물의 부작용을 눌렀는지, 아니면 실제 정제 탄수화물이 생각보다 나쁜 게 아닌지는 나도 잘 모르겠다. 물론 그렇다고 내가 백미가 통곡물보다 낫다고 말하고 싶은 건 아니다. 흰 쌀밥과 현미밥을 번갈아 먹게 하는 실험들을 보면 현미밥을 먹은 쪽이 혈당 조절, 체중 관리, 콜레스테롤 수치, 혈관내피 기능을 보여주는 FMDflow mediated dilation 수치 등에서 더 나은 결과를 보여주었다.[219] 혹 당신이 여러 가지 정제 탄수화물을 먹을 수밖에 없거나 굳이 먹어야 하는 상황에 있다면 케이크나 쿠키보다는 흰쌀밥이나 과일주스가 그나마 괜찮은 선택일 수도 있겠다는 생각은 든다. 흰 밀가루나 백설탕에 비해, 그리고 적당한 양을 먹는 선에서 말이다.

이처럼 주의해야 할 나쁜 탄수화물들에 대해 살펴봤다. 이상으로 지방 대신 억울한 누명을 쓴 탄수화물에 대한 최후 변론을 마무리하겠다. 아직까지도 탄수화물이다 아니다로 명확하게 분류하기 애매한 많은 가공식품들이 탄수화물로 낙인찍혀서 욕을 먹는 경우가 많다. 대표적으로 도넛을 그 예로 들 수 있다. 도넛은 흔히 빵 종류라서 탄수화물이라고 생각하기 쉽지만, 플레인 도너츠는 개당 탄수화물 비율이 43%, 지방 비율이 52%로 탄수화물이라기보다는 지방 비율이 더 높다. 거기다 포화지방도 많고 비타민과 섬유질 같은 영양소는 아예 없다. 감자튀김도 마찬가지다. 감자가 탄수화물이라고 해서 감자튀김도 탄수화물 비율이 높은 건 아니다. 감자의 탄수화물 함유량은 92%이지만, 맥도날드에서 사 먹는 감자튀김 중간 사이즈는 52%가 탄수화물, 43%가 지방으로 구성된다. 칼로리 차이도 크다. 감자 100g의 칼로리는 77kcal밖에 되지 않지만 동량의 감자튀김은 열량이 312kcal나 된다. 이렇게 지방이라고 봐도 무방한, 가공된 탄수화물 식품은 중독성이 강해서 기름진 음식을 자꾸 먹고 싶게 한다. 이 패턴이 반복되면 인슐린 저항성이 높아질 수밖에 없다. 또, 이 기름진 음식들은 탄산음료나 새콤 짭짤한 피클을 부르니 악순환의 연속이다.

탄수화물의 속성과 특성을 전혀 이해하지 못했던 지난 시절을 돌이키다 보니 이야기가 길어졌다. 오랫동안 탄수화물을 자세히 들여다보지도 않으면서 탄수화물 탓을 해왔다. 탄수화물은 '밀가루로 만든 무엇'이라는 생각만 했지 야채, 과일, 통곡물, 콩과 식물 등이 탄수화물로 분류되는지도 미처 몰랐다. 감자'튀김'이 살을 찌게 하는 거였는데, '감자' 때문에 살이 찔까 봐 걱정했다. 식단에 대해 생각할 땐 단백질에 더 신경을 썼다. 항상 단백질이 부족할지 모른다는 불안감이 들었다. 당시 내가 하루에 먹었던 야채만 해도 하루 단백질 권장량을 거뜬히 넘겼지만 부족하다고 생각해서 단백질을 더 채우려고 계란, 우유, 생선을 놓지 못했다. 물론 기름지면서도 담백한 특유의 맛을 좋아하기도 했다. 그러다가 2016년이 되어서야 '우연한 계기'로 내가 맹신했던 동물성 단백질이 사실 몸에 독이 될 수 있다는 정보들을 접하게 됐다. 그때부터 동물성 식품의 단백질을 끊게 되었다. 나의 글이 독자 여러분에게 '동물성 식품을 끊고 싶어지는 계기'가 되었으면 참 좋겠다.

● **혈당지수와 혈당부하지수**

혈당지수glycemic index는 탄수화물 50g을 섭취했을 때 혈당이 얼마나 빨리 올라가는지를 보여주는 지표로 흔히 GI라고 부른다. 나는 처음에는 GI 지수가 낮은 게 무조건 좋은 줄 알았다. 근데 스니커즈 초콜릿 바는 GI가 43이고, 삶은 감자가 59라니 좀 이상했다. 앞에서 봤듯이 지방이 많은 초콜릿 바 같은 음식은 인슐린 저항성을 높이고 탄수화물 테스트를 했을 때 오히려 혈당을 잡지 못했는데, 감자를 더 조심하라는 게 말이 되나 싶었다. 당뇨 전문가인 캄바타 박사와 로비 바바로Robby Barbaro 박사는 책 『*Mastering Diabetes*』에서 GI 지수의 이런 문제점에 대해 지적한다. GI 지수가 음식의 미량 영양소, 영양소 밀도, 다른 음식과 함께 먹었을 때 반응을 전혀 고려하고 있지 않기 때문에 근본적으로 한계가 있다는 것이다. 그렇다면 GI 지수의 업그레이드 버전인 혈당부하지수, GLglycemic load은 어떨까? GL 지수는 음식의 1회 섭취량 당 혈당이 뛰는 정도를 보여주니까 50g을 기준으로 한 GI 지수보다 더 이해하기 쉽다는 장점이 있다. 50g이 실제 얼마만큼의 양인지는 우리가 잘 모르니까 말이다. 하지만 이 GL 지수 역시 문제가 많고, 오히려 혼란을 초래하기 쉽다는 게 그들의 입장이다.

바나나 GI 지수: 47 – 낮은 수준

바나나 1개 GL 지수: 15 – 중간 수준

바나나 2개 GL 지수: 29 – 높은 수준

『*Mastering Diabetes*』에서는 바나나를 예로 든다. GI 지수를 기준으로 보면 바나나는 '낮은 수준'으로 혈당을 올릴 위험이 없다. 그러나 GL 지수를 대입하면 갑자기 바나나가 '중간 수준'으로 위험해진다. 거기다 바나나를 1개 더 먹으면 '중간'에서 '높음'으로 뛴다. 보통 사람이라면 바나나 2개를 먹었다고 혈당을 걱정하지 않는다. 사이러스 캄바타 박사와 로비 바바로 박사는 GL 지수가 우리가 탄수화물을 대사할 수 있는 능력(인슐린 민감도)을 과소평가한다는 점에서 결함이 있는 지표라고 꼬집는다. 실제 우리가 생각보다 많은 양의 탄수화물을 아무 문제없이 대사할 수 있다는 것이다. 물론 그들도 인슐린 저항성 문제가 심각한 상태일 때는 이런 지표들을 활용하는 게 가능하다고 보지만, 인슐린 민감도가 어느 정도 회복되었다면 GI, GL 지수를 따지지 말고 그냥 자연 상태의 음식을 많이 먹으라고 추천한다.

어쨌든 초콜릿보다 GI 지수가 높은 감자는 실제 79%가 물이고 섬유질이 4g이나 있기 때문에 혈당이 올라가는 속도를 늦출 수 있으니 너무 걱정하지 않아도 된다. 다만 튀기거나 굽는 것보다는 삶는 방법을 택하는 게 낫다. 또 콩과 식물이나 다른 야채가 감자보다 혈당을 덜 뛰게 하고 영양소가 더 많은 것은 사실이다. 그러니 감자만 너무 많이 먹지는 말고 골고루 먹는 게 좋다.[220, 221]

12장 방송의 문제

2015년 10월, 나는 직장을 옮기면서 미국 소도시에서 실리콘밸리로 이사했다. 소도시에서 나와 새로운 거주지를 구하려다 보니 아무래도 혼자 살기에는 월세가 너무 비싸서 2명의 룸메이트와 같이 한 집에 살게 됐다. 그 집의 오븐은 정말 너무나도 더러웠다. 그래서 오븐에 야채를 구워먹던 방식을 포기하고 프라이팬에 야채를 볶아 먹는 방법을 사용하여 식단을 구성해 매일 먹었다.

그러던 어느 날, 야채를 볶을 때 쓰는 기름을 한번 바꿔볼까 하는 생각이 들어 영양 관련 블로그들을 보기 시작했다. 인터넷에는 해바라기씨유, 코코넛 오일, 올리브 오일 등에 대한 각종 의견들이 넘쳐났다. 코코넛 오일이 단연 '핫'했다. 아직도 코코넛 오일을 하루에 한 순가락 먹거나 코코넛 오일과 버터로 만든 일명 '방탄커피'에 대한 이야기가 오르내리는 걸 보면 '코코넛 오일'에 대한 인기는 여전한 모양이다.

사실 코코넛 오일이 다른 기름보다 딱히 나은 점도 없고, 오히려 높은 포화지방 비율로 인해 혈중 콜레스테롤을 올릴 수 있는데도[222] 당시 많은 블로그들이 코코넛 오일을 예찬했다. 이는 코코넛 오일이 중쇄 지방산인 MCTmedium-chain triglycerid로 이루어져 있고 그게 다른 지방산보다 우리 몸에 덜 쌓이는 성질을 갖고 있다는 정보 때문이었다. 그런데 곧 100% MCT로 이루어진 오일은 따로 있고, 코코넛 오일 속 MCT 비율은 10%를 넘지 않는다는 게 알려졌다. 그러나 코코넛 오일의 인기는 사그러지지 않고 도리어 코코넛 오일 속 라우르산lauric acid이 대신 부각됐다. 라우르산이 좋은 콜레스테롤인 HDL 수치를 올린다는 건데, 여기서 라우르산이 나쁜 콜레스테롤인 LDL 수치도 함께 올린다는 건[223, 224] HDL 콜레스테롤 이야기에 밀려 언급조차 안 됐다. 고작 티스푼 한 숟가락 양의 코코넛 오일이 미국 심장 협회American Heart Association, AHA에서 권장하는 하루 포화지방량과 맞먹는다는 사실 역시 코코넛 오일을 찬양하는 블로그 글들에 묻혀버렸다.

잘못된 정보들이 퍼지자 미국 심장 학회American College of Cardiology, ACC는 코코넛 오일을 피하라는 권고까지 냈다.[225] 하지만 유행은 가라앉지 않았다. 누구나 인터넷에 글을 쓸 수 있게 되면서 다양한 정보가 공유되는 장점도 있지만, 허위 정보들이 판을 치는 문제가 막 생겨나던 때였다. 나는 무엇이 옳은 정보인지에 대한 기준이 애매하다고 느꼈던 이때부터 전문가들이 쓴 책이나 자료를 구체적으로 찾기 시작했다. 다큐멘터리 「포크 오버 나이브스」와 「왓 더 헬스」도 이맘때 보았다. 그런데 문제가 생겼다. 허위 정보들은 비단 블로그 글들에만 있는 게 아니었다.

학자가 아닌 이상 나 같은 '일반인'은 보통 방송이나 인터넷 기사를 통해 정보를 많이 접한다. 그중에서도 다큐멘터리 프로그램은 아무래도 대중들에게 신뢰감을 준다. 텔레비전에서 방영하는 다큐멘터리 프로그램들은 새로운 식단을 제시할 때도 있고 기존 식단의 문제점을 지적하기도 한다. 덴마크 식단, 키토식단, 방탄커피 등 그때의 트렌드로 여겨지는 것들을 다루기도 하였으며, 채식에 관한 방송도 몇 번 나왔다. 여기서 문제는, 상당수 방송매체가 이런 주제를 깊이 있게 다루지 못하는 데 있다. 식단이 좋거나 나쁘다고 할 때 제시되는 증거들은 대부분 엉터리였다.

여러 사람들이 자연식물식을 하는 내가 걱정된다며 자주 언급했던 사례는 근 십 년 전에 방영됐던 다큐멘터리로 거슬러 올라간다. 방송사에서 채식을 하는 스님의 건강상태를 확인했더니 직장암이었고, 그래서 채식을 하면 위험하다는 그런 내용이었다. 기본적으로 이 방송은 일반화의 오류를 범했다. 이런 결론을 내리려면 그 근처 지역에 비슷한 생활습관을 가진 스님들을 찾아서 장기간에 걸쳐 그중 몇 명에게 직장암이 발병했는지를 봐야 하는데, 단 한 사람의 사례만으로 인과관계를 이야기해버린 것이다. 또 직장암에 영향을 끼칠 만한 다른 요인들, 예를 들면 스님의 가족 중에 직장암이 있었는지 없었는지와 같은 가족병력조차도 살피지 않았다. 역으로 생각해보면 채식이 직장암을 일으킨 게 아니라 발생된 직장암의 진행 속도를 도리어 늦춘 것일 수 있는데도 말이다.

SBS에서 했던 또 다른 다큐멘터리는 사람들에게 채식을 1달 동안 실천하게 한 결과 건강지표가 나빠지자 '채식은 건강을 개선하지 않는다'는 결론을 냈다. 알고 보니 방송사가 실험 참여자들에게 1달간 제공한 것은 건강한 채식식단이 아닌 파스타와 같은 밀가루 음식이었다. 고기가 들어가지 않은 파스타 메뉴를 채식이라고 부른 것이 잘못된 것은 아니지만 영양가 있는 음식이라고 보기에는 어렵다. 또, 가공된 밀가루로 만든 파스타 대신 균형 잡힌 채식식단으로 실험을 했다면 정반대의 결과가 나왔을 가능성이 크다. 사실 애초에 제대로 된 실험이었다면 참여자들을 무작위로 나누어 반은 일반식,

나머지 반은 '건강한' 채식을 하게 한 후 양쪽을 비교하는 방법을 택했겠지만, 거기까지 기대하기에는 무리가 있어 보인다. 어쨌든 방송사의 다큐멘터리는 한두 명의 사례만으로 성급한 일반화를 하거나, 실험 설계를 허술하게 하는 경우가 다반사다. 영상 한두 편 안에 어떻게든 사람들의 시선을 끌면서도 시청률을 올릴 수 있는 결과를 내야 할 테니 말이다. 영양, 식단과 관련된 미디어 콘텐츠가 많아졌다는 것은 다행이지만서도, 이런 콘텐츠를 제작할 때 관련 학계를 찾아가서 전문가의 의견을 듣고 가설에 대한 과학적 증거를 수집하는 철저함이 필요해 보인다.

이처럼 잘 만들어진 방송 콘텐츠를 찾을 수 없다면 그 다음으로 가장 좋은 방법은 학자들이 하는 연구를 보는 것이다. 보통 우리는 인터넷 기사들을 통해 요약된 연구내용들을 제공받는다. 이런 기사들은 주로 '어느 대학에서 한 실험에 의하면, 하루에 커피를 몇 잔 마셨을 경우 암을 예방할 수 있다'와 같은 제목들로 우리의 눈길을 끈다. 대부분의 사람들은 '어느 대학'이 내가 들어본 대학이면 기사를 신뢰하고 그대로 받아들인다. 전문가가 아닌 이상 기사에서 인용한 연구 논문을 매번 직접 검색해서 일독하고 그 연구가 좋은 연구인지 나쁜 연구인지, 올바른 지표를 사용했으며 인과관계나 상관관계가 분명한지를 파악하기란 어렵다. 나처럼 통계에 문외한이라면 더더욱 그렇다. 그러나 적어도 좋은 연구와 나쁜 연구를 구분할 수 있는 기준은 알아둘 필요가 있다. 대략적으로라도 연구방법의 종류나 차이에 대해서 알아두면, 모든 연구를 분석할 수는 없을지언정 중간에서 다리가 되어주는 '미디어'를 볼 때 새로운 것들이 보인다.

13장 어떤 연구들이 있는가

"블루베리가 암을 예방한다"는 말은 유명하다. 이 인과 관계를 연구로 증명하는 방법은 여러 가지가 있다. 블루베리 성분을 추출하여 세포가 이 성분에 어떻게 반응하는지를 볼 수도 있고, 그 성분을 주입한 동물이 암에 걸리는지 안 걸리는지를 확인할 수도 있다. 그러나 세포실험이나 동물실험의 결과만을 놓고 '블루베리가 사람의 암을 예방할 수 있다'고는 할 수 없다. 사람의 몸은 생각보다도 훨씬 복잡한 구조로 이루어져 있기 때문이다.

사람을 대상으로 한 연구를 설계하는 데 가장 이상적인 방법은 사람들을 무작위로 나누어 한쪽은 블루베리를 제외한 식단, 다른 쪽은 블루베리를 포함한 식단을 제공한 후 암 발병률 차이를 비교하는 거다. 이를 실험 연구experimental study 중에서도 무작위 대조연구randomized control trial라고 부른다. 이때 통제해야 하는 것들이 꽤 많다. 식단이 계속 바뀌면 블루베리가 아닌 다른 음식이 인체에 영향을 끼칠 수도 있기 때문에 참여자 모두 같은 식단을 유지해야 유의미한 결과를 얻어낼 수 있다. 참여자들의 라이프 스타일도 비슷해야 한다. 한쪽에 운동을 즐겨하는 사람들이 몰려 있고 다른 쪽은 운동을 전혀 하지 않는 사람들이 많다거나, 한쪽은 규칙적인 생활을 하는 사람들로 구성된 반면 다른 쪽 사람들은 극단적으로 밤낮이 바뀌어 있다든가 하면 안 된다. 이 경우 운동이나 생활습관 등 여타 요인이 작용하여 암이 예방되었을 수 있는데 이것을 두고 자칫 블루베리의 효과라고 잘못 해석할 가능성이 있어서다.

무작위 대조연구를 통해 유의미한 결과를 얻으려면 실험을 상당 기간 동안 진행해야 할 필요성도 있다. 특히 식습관이 몸에 미치는 영향을 알아내기 위해서는 장기적으로 연구가 진행되어야 한다. 평생을 살면서 단지 몇 주 동안만 담배를 피웠다고 해서 반드시 폐암에 걸리지 않듯, 블루베리를 일시적으로 한 달가량 먹는다고 암 예방이 되진 않을 테니 말이다. 그러나 똑같은 음식을 며칠 먹는 것도 어려운 마당에 몇 개월 이상 꾸준히 먹으라고 하는 건 현실적으로 더더욱 쉽지 않다. 그래서 무작위 대조연구는 1년 이상 진행되기 힘들고, 진행되더라도 중간에 사람들이 포기하는 경우가 많아

보통 참여자 수가 100명을 넘기지 않아 대단위로 연구하기 어렵다.

이때 전문가들은 실험연구가 아닌 관찰연구observational study, 관찰연구 중에서도 집단연구cohort study, 집단연구 중에서도 전향적 연구prospective study를 대안으로 제시한다. 매우 간단하게 말한다면 실험 연구는 실험실 같은 곳에서 하는 연구, 집단 연구는 마을을 지정해서 추적하는 연구라고 할 수도 있다. 다시 블루베리를 예로 들면, 실험 연구가 블루베리에 노출되지 않은 실험대상을 찾아서 블루베리에 노출시킨다면 집단연구는 사람들을 모집한 후 이미 블루베리를 많이 먹고 있었던 그룹과 그렇지 않은 그룹으로 나눈 후 관찰하는 데 차이가 있다. 보통은 블루베리를 먹고 있는 집단이 과거 어떤 병에 걸렸었는지를 들여다보는 후향적 연구retrospective study보다는, 그 시점부터 어떤 병에 더 잘 걸리는지를 추적하는 전향적 연구prospective study 방법을 사용한다. 이런 집단연구는 많은 인원을 대상으로 하여 장기간에 걸쳐 질병과 요인간의 관계를 연구할 수 있다는 장점이 있기 때문에 역학조사epidemiology의 대표적인 방법으로 쓰인다.

집단연구는 아무래도 사람들이 일상을 유지하는 상태에서 관찰하기 때문에 무작위 대조연구처럼 여러 요건들이 통제되지 않는다. 그래서 연구자들은 무작위 대조연구 수준은 아니더라도 실험 조건이 일정하도록 다변량회귀분석multivariate regression 같은 기법을 활용한다. 말이 어렵다면 다시 블루베리 예시로 함께 보자. 이는 블루베리가 유일한 요인이 되게끔 혼재변인confounding variable을 통제하는 방법이라고 보면 되겠다. 즉, '결과'에 해당하는 '암'이라는 종속 변인dependent variable에 영향을 끼칠 만한 요인들을 제외시키는 것이다. 만약 평소 블루베리를 먹는 사람이 라즈베리도 많이 먹는 습관을 가지고 있다면, 라즈베리가 암 발병률을 낮출 수 있으므로 이런 사람들은 분석에서 제외한다. 또 비만인 사람들도 솎아낸다. 비만인 경우 암에 걸릴 위험성이 상대적으로 높기 때문에[226] 결과값이 바뀔 가능성이 커진다. 실제 암 고위험군인 비만 그룹이 블루베리를 섭취했을 때 암 예방 효과가 더 뚜렷하게 나타날 수는 있지만 정확한 분석을 위해서 실험 대상자의 특징을 고루 맞추는 게 최우선시된다. 그래서 이런 집단연구들에서는 이 사람도 빼고, 저 사람도 빼다 보면, 실제 독립변인independent variable(블루베리)이 가지는 효과가 희석되는 경우가 많다.

보통 역학조사는 많은 사람들을 모집한 후에 블루베리처럼 한 가지 독립 변인만을 조사하지 않고 여러 변인들을 함께 고려하여 조사한다. 유럽의 EPICEuropean Prospective Investigation Into Cancer and Nutrition 연구는 10개국의 520,000여 명을 15년 동안 조사하며 식단, 영양, 라이프스타일, 환경적 요소 등 많은 요인들과 질병의 관계를 파악했다. 문제는 집단연구가 핵심요인에 영향을 미치지 않도록 분석하는 여러 통계학적인 방법을 사용해도 실험연구처럼 단 하나의 개입요소intervention가 작용하는 효과를 측정하는 연구의 정확성을 따라가지 못한다는 점이다. 그래서 집단연구는 실험연구처럼 인과관계까지는 증명을 못하고 상관관계를 증명하는 데 그친다. 상관관계만으로는 부족하니 인과관계를 '증명'하라는 점에서 자연식물식은 공격을 당한다.

14장 한계에도 불구하고

인과관계를 명확하게 증명하기 위해서는 무작위 대조연구randomized control trial를 해야 한다. 하지만 제약이나 식품 분야에서의 무작위 대조연구는 앞에서 언급했던 것처럼 실험관리가 까다로울 뿐 아니라 윤리 문제를 간과할 수 없다는 단점이 있다. 담배와 폐암의 인과관계를 연구하기 위해 담배를 피지 않았던 사람들을 둘로 나누어 구성원들에게 매일 담배를 피우게 한다? 그리고 그들이 폐암에 걸리는 것을 확인한다? 말이 되지 않는다. 음식도 마찬가지다. 몸에 해로운 음식과 암의 인과관계를 알아보기 위해 누군가에게 발암물질로 지정된 붉은 고기를 오랜 시간 먹게 해서 암 발병을 확인할 수는 없다. 자연식물식의 효용성을 파악하기 위해 무작위 대조연구를 하려면 약을 쓰지 않고 자연식물식을 하는 집단과 약을 계속 쓰는 집단(통제집단)을 비교해야 하는데, 환자가 먹던 약을 중단시키고 식단으로만 치료하라는 것 역시 위험하다.

그럼에도 불구하고 그동안 자연식물식과 관련된 무작위 대조연구들이 꽤 이루어졌고, 그 효과 역시 증명됐다. 이 연구들이 가능했던 이유는 약물이나 수술 같은 기존 요법을 선택하지 않기로 결정한 환자들이 있었기 때문이다. 덕분에 이 환자들에게 무작위로 자연식물식을 배정할 수 있었다. 그중에서도 딘 오니쉬 박사가 전립선암 환자를 대상으로 한 연구가 대표적인 무작위 대조연구로 꼽힌다. 딘 오니쉬 박사는 전립선암 환자를 두 그룹으로 나누어 한 그룹은 일반식, 다른 그룹은 채식을 하게 했다. 그 결과 채식을 한 그룹이 전립선암과 관련된 PSA 수치가 월등히 낮았으며 암세포를 없애는 능력 또한 8배 더 뛰어났다.[227] 그가 관상동맥질환 환자들 중 일부에게 1년간 저지방 채식 식단을 하게 한 연구도 언론과 학계에서 많이 인용된다. 여기서도 저지방 채식 식단을 도입한 쪽만 죽상동맥경화가 개선되었다.[228] 비만, 허혈성 심장질환, 당뇨병 환자들을 대상으로 자연식물식을 6개월에서 12개월 동안 섭취하도록 시도했던 뉴질랜드의 더 브로드 스터디The BROAD Study 역시 유명한데, 이 연구는 자연식물식을 통해 환자들의 BMIBody Mass Index, 콜레스테롤 수치 등을 개선할 수 있음을 발견했다.[229] 하지만 이 세 연구 모두 참여자 수가 많지 않고 실험기간 역시 장기적이지 않았다는 단점이 있다.

무작위 대조연구의 차선책도 존재한다. 무작위로 식단을 배정하지 않고, 참여자 모두에게 자연식물식을 하게 하는 임상시험들이 그런 예다. 이런 임상시험은 무작위가 아니고 비교할 기준도 없기 때문에 무작위 대조연구보다는 한 단계 아래로 여겨지긴 한다. 그럼에도 임상실험을 통해 엄청난 효과가 발견되는 경우들이 있다. 심혈관질환을 앓는 198명의 환자들에게 식물식을 적용한 콜드웰 에셀스틴 박사의 연구가 그렇다. 그의 연구는 비교 가능한 통제집단(일반식을 한 그룹)이 없었지만, 식물식을 포기한 그룹이 통제집단을 대신했다. 식물식을 유지했던 그룹에서 뇌졸중이 온 사람은 전체의 0.6%에 해당하는 단 1명이었지만, 식물식을 포기한 그룹에서는 62%가 부정적인 증상을 겪으면서 나름대로 대조가 가능한 상황이 연출되었다.[230] '0.6% 대 62%'라는 결과를 보고 '에이, 이건 무작위 대조연구가 아니니까 무시하자'고 할 수 있을까? 이 정도로 사람을 살릴 수 있는 결과가 나타났다면 '무작위'니 '통제집단'이니 같은 실험 조건들을 따지면서 인정을 안 하는 게 오히려 더 비윤리적이지 않나 싶다.

자연식물식 전문가들은 무작위 대조연구를 단기로라도 시도하되, 큰 규모의 장기적 집단연구cohort study들에서 어떤 음식과 질병의 상관관계가 계속적으로 증명되면 유의미하게 봐야 한다고 말한다. 하나의 집단연구 결과만으로는 충분하지 않다고 볼 수도 있지만, 다수의 집단연구가 같은 방향으로 귀결된다면 이를 주목해야 한다. 유사한 연구들을 종합해서 분석하는 메타분석meta analysis의 결과 역시 마찬가지다. 지난 몇십 년간 담배를 소재로 한 연구들 또한 실험연구experimental study보다는 관찰연구observational study를 토대로 '담배를 피면 폐암에 걸린다'라는 가설을 상식으로 자리잡게 했다. 담배와 폐암의 관계는 대략 7,000개의 연구가 나오고서야 의학계에서 인정됐다. 이 중 무작위 대조연구는 단 한 건도 없었다.[231] 즉 많은 연구들이 '담배가 폐암을 일으킨다'는 인과관계를 무작위 대조연구를 통해 증명하지는 못했어도, '담배가 폐암과 관계가 있다'는 것을 지속적으로 관찰함으로써 인과관계만큼 강력한 효과를 만들어냈다.

영양 분야는 지금껏 다양한 기관들이 여러 지역에서 집단연구를 진행해왔으며 이는 아직도 진행 중이다. 연구에 따라 특정 지역이나 성별만 집중해서 시행한 경우도 있고, 더 광범위하게 조사한 경우도 있다. 대부분의 연구들은 동물성 식품과 질병이 조건을 불문하고 상관관계가 있다는 걸 밝혀냈다. 그리고 이 연구들 중 학계에서 인정받은 것들은 서서히 대중에게도 전파됐다. 조건과 상황이 다르더라도 결국 같은 방향으로 결론이 모이는 집단연구들은 무작위 대조연구들 만큼의 특별한 힘을 가진다. 자연식물식에서 특히 많이 인용되는 집단연구들을 살펴보면 다음과 같다.

- 100,000명 이상의 간호사들을 30년간 관찰하면서 만성질환의 위험 요인들을 찾아낸 하버드 대학의 NHS 2(Nurses' Health Study 2) 연구
- 1986년부터 추적한 남성 51,000여 명의 데이터를 이용하여 영양 상태가 질병에 미치는 영향을 분석한 HPFS(Health Professionals Follow Up Study) 연구
- 유럽 전역에 걸쳐 521,000여 명을 15년에 걸쳐 조사해서 영양과 질병의 관계를 파악한 EPIC(European Prospective Investigation Into Cancer and Nutrition) 연구
- 65,000명의 영국 남성, 여성에 집중한 EPIC-Oxford 연구
- 캘리포니아 로마린다 지역 96,000여 명을 대상으로 한 재림교 건강 연구 2 (Adventist Health Study 2)
- 500,000여 명을 20년 가까이 관찰해 식습관이 건강에 어떤 영향을 주는지 파악한 미국 국립보건원 NIH(National Institute of Health)-AARP연구
- 전세계에서 평균수명이 가장 높은 지역인 '블루존'에 대한 댄 뷰트너(Dan Buettner) 박사의 연구
- 중국 65개 지역, 6,500명을 연구하여 질병에 영향을 끼치는 367개의 다양한 식습관을 변인으로 찾아낸 콜린 캠벨 박사의 중국연구(China Study)

이 중에서 재림교 건강 연구는 상당히 흥미로운 케이스다. 이 연구는 장수지역으로 지정된 5대 블루존 중 하나인 캘리포니아 로마린다 지역에 한정하여 1974년의 재림교 건강 연구 1부터 시작하여 2001년부터 2007년까지 재림교 건

강 연구 2를 진행했다. 우선 재림교 신자인 로마린다 지역 주민들은 종교상의 이유로 흡연, 음주를 하지 않는 경우가 많아서, 연구를 할 때 이 두 가지 변인이 자연스럽게 통제된 장점이 있다. 질병에 큰 영향을 끼치는 흡연과 음주가 통제되니 오로지 식단이 어떤 결과를 가져오는지 보기가 쉬워진다. 또 다른 장점은 로마린다 지역 사람들의 식습관과 관련이 있다. 대부분의 연구에서 보통 육식을 하는 집단과 채식을 하는 집단으로 나눈 후 어느 쪽이 질병에 취약한지를 보는데, 연구마다 채식을 정의하는 방식과 범위가 조금씩 다르다. 어떤 프로젝트에서는 고기만 안 먹으면 정제 탄수화물 위주의 식단일지라도 채식을 하는 것으로 본다. 식단에 야채나 과일, 통곡물을 전혀 포함하지 않아도 '채식 그룹'으로 분류된다. 채식을 이렇게 정의해버리면 채식이나 육식이나 안 좋은 걸로 도긴개긴이 된다. 정제 탄수화물이 동물성 식품만큼 부작용이 많기 때문이다. 그래서 올바른 채식이 육식에 비해 훨씬 더 인체에 긍정적인 영향을 줄 수 있는데도 이 프로젝트의 건강 지표를 확인하면 '채식이 육식보다 약간만 더 낫다'는 식으로 결론이 난다. 유럽의 EPIC 연구가 그런 편이다. 그에 반해 재림교 건강 연구는 실험 참여자들이 종교 특성상 몸의 건강을 중요시하는 특징이 있다. 그래서 앞서 예를 든 비건 '채식 그룹'과는 달리 이 연구에서는 비건이나 채식주의자로 분류된 사람들이 야채, 과일, 통곡물, 콩과 식물 등을 위주로 건강한 채식을 한다. 그렇기 때문에 자연식물식에 가까운 채식이 육식과 비교해서 질병의 발병 위험을 얼마나 크게 낮출 수 있는지 훨씬 뚜렷하게 보인다.

여기에서 예시로 든 연구들에 더하여 학계에서 인정받은 저널에서 출판된 논문들 역시 어느 정도는 신뢰해도 좋다. 그래도 아직 문제는 남아 있다. 여전히 많은 논문들이 동물성 식품 기업들이 후원한 연구에서 나온다는 점이다. 닐 버나드Neal Barnard 박사에 따르면 콜레스테롤과 관련한 연구는 무려 92%가 기업 후원에 의해 이루어진다.[232] 물론 모든 기업 후원을 나쁘다고 볼 수는 없지만, 상당수 연구들이 기업의 입김에 작용하여 흔들린 결과를 내는 것도 사실이다. 이런 연구들의 특징은 '동물성 식품이 건강에 크게 좋지는 않지만 딱히 나쁘지도 않다'는 식으로 결과를 포장한다. 이는 언론에 의해 앞뒤가 생략된 채 '버터를 먹어도 괜찮다'는 식으로 보도가 되면서 혼란이 가중된다. 무조건 기자나 방송매체 탓만 할 수는 없다. 기업의 후원 여부가 작은 글씨로 명시되어 있어도, 연구 결과가 기업 후원을 받아 실제로 왜곡됐는지 아닌지 여부는 파악하기 힘들다. 기자 본인들조차도 연구가 얼마나 잘 설계되었는지, 변인들이 얼마나 잘 통제됐는지를 판별

하기 어려울뿐더러 전문가가 아닌 이상 논문을 분석하고 통계결과를 정확하게 해석할 수도 없다. 발 빠르게 기사를 내야 하니까 절대적인 시간 역시 부족하며 어떻게 하면 사람들의 이목을 끌지가 더 중요하다. 그럼에도 불구하고 나는 기자가 기사를 쓰기 전에 적어도 소개하는 논문의 등급, 인용 횟수, 동료평가peer review 여부, 논문이 실린 저널의 학계 등급 정도는 체크해야 한다고 본다. 하루에 수백 건 이상의 인터넷 기사가 쏟아지는 요즘 질 좋은 논문들인지 아닌지 구별하여 인용하는 풍토가 자리잡기 위해서는 누군가 문지기 역할을 해줄 사람이 필요하다.

다행인 것은 유튜브 등의 매체에서 이미 전문가들과 준전문가들이 새로 나온 논문에 오류가 있을 때 시의적절하고 신속하게 지적하고 있다는 점이다. 이런 논쟁적인 논문에 대한 싸움 구경을 하다 보면 올바른 연구가 무엇인지에 대한 감이 조금 생기긴 한다. 그래서 문제가 많았던 몇 가지 연구의 패턴을 함께 보면 좋을 것 같아 소개한다.

'일본 사람들은 계란을 많이 먹으며 심장병에도 덜 걸린다. 그러므로 계란은 건강식품이다'라는 결론을 내는 연구들이 있다. 흔히들 이런 연구를 보고 얼핏 말이 된다고 생각하지만, 사실 이것은 다른 요인을 고려하지 않은 문제를 범한 단변량 분석univariate analysis이다. 일본인들의 심장병 발병률이 낮은 게 계란 때문이 아닌, 다른 나라 사람들보다 소식을 하거나 낫또와 같은 발효식품을 먹어서, 혹은 다른 원인이 있을 수도 있는데도 이런 요인들을 무시했다. 만일 계란과 건강 문제, 특히 심장병과의 상관관계를 파악하고자 한다면 영향을 끼칠 수 있는 모든 요인들을 조사한 후, 다변량 분석multivariate analysis으로 하여 계란만이 유일한 독립 변인independent variablee이 되게끔 통제해야 한다. 또 다른 문제는 이 연구가 장기간에 걸쳐 한 집단을 추적하지 않고 어느 특정시간에 수집한 수치만을 본 단면 조사 연구cross sectional study라는 데 있다. 식품 섭취와 영양, 질병에 대한 연구는 장기간에 걸쳐 데이터가 누적되어야 비로소 관계성을 파악할 수 있게 된다.

2014년, '심혈관 건강을 위해 포화지방을 줄이지 않아도 된다'라고 주장하는 논문이 논쟁의 중심에 섰다.[233] 이 논문이 발표되자 '버터를 먹어라'는 문구가 〈타임〉지 표지를 장식했고 이를 시작으로 고지방 음식을 먹어도 괜찮다는 기사들이 줄줄이 쏟아졌다.[234] 연구팀은 유사한 주제의 연구들을 분석하여 풀어보는 메타분석meta analysis을 했는데, 자세히 살펴보니 연구팀이 선택한 데이터에 문제가 많았다. 포화지방을 많이 먹는 쪽과 적게 먹는 쪽의 심장병 위험을 비교하는 과정에서 적게 먹는 쪽이 섭취하는 포화지방은 권장량을 초과했다. 막상 양쪽이 먹는 포화지방 양에는 큰 차이가 없었던 거다. 그러니까 '포화지방 양을 줄여도 심장병 위험이 크게 줄어들지 않는다'는 엉뚱한 결과가 나올 수밖에 없었다. 사실 이런 결과가 나왔다손 치더라도 '위험이 크게 줄지 않았다'를 '괜찮다'라고 해석하는 건 지나친 비약인데, 무려 〈타임〉지가 이런 비약의 시발점에 선 거다. 거기다가 연구팀은 포화지방을 줄인 쪽이 포화지방을 줄인 대신 어떤 음식을 먹었는지도 밝히지 않았다. 포화지방을 줄이면서 설탕이 가득한 정제 탄수화물을 먹었다면 심혈관 상태가 나아지지 않은 게 당연하다. 하지만 만약 건강한 식물성 식품으로 이를 대체했다면 결과는 완전히 달라졌을 것이다. 결국 연구팀이 굉장히 중요한 질문을 회피했다고밖에 볼 수 없다.

또, 이 논문은 '좋은 지방인 불포화지방이 나쁜 지방인 포화지방에 비해 딱히 더 나은 건 없다'는 결론을 내리기도 했다. 이는 불포화지방산이 몸에 좋다는 데이터를 정반대로 해석한 실수에서 야기되었다. 하버드 대학의 월터 윌렛 Walter Willett 박사를 비롯한 여러 전문가들은 이 논문이 모든 면에서 엉터리라며 철회해야 한다고 했지만, 〈타임〉지의 기사는 이미 퍼질 대로 퍼진 상태였다.[235,236,237] 이후 체계적인 고찰을 통해 공정하게 연구를 분석하는 것으로 유명한 코크란 리뷰Cochrane Database of Systematic Reviews는 2020년 호에 '포화지방을 줄이면 줄일수록 심장병과 뇌졸중을 포함한 심혈관질환 발생 위험도 감소한다'고 재차 강조했다.[238]

2015년에는 '포화지방은 사망률과 관계가 없다'는 연구 발표가 나왔다.[239] 이 연구는 콜레스테롤을 통제 변인control variable으로 지정하는 결정적인 오류를 범했다. 실험에서 일정하게 유지시켜야 할 통제 변인을 콜레스테롤로 하였다는 것은 콜레스테롤 수치가 비슷한 참여자만 골라냈다는 의미로 해석할 수 있기 때문이다. 보통 포화지방은 LDL 콜레스테롤을 높이고, 높아진 콜레스테롤 수치는 각종 심혈관 관련 질병으로 이어진다. 그래서 콜레스테롤이 높은 사람일수록 사망 위험이 높아진다. 이를 두고 포화지방과 사망률의 직접적인 관계를 보기 위한 목적이랍시고 콜레스테롤이 높은 사람들을 연구에서 빼버리면 포화지방 때문에 사망할 수 있는 사람 수가 절대적으로 줄어들 수밖에 없다. 그러니 이 연구에서는 포화지방과 사망률의 관계성이 약해지고 종국에는 '관계가 없다'는 결론이 났다.

2016년에도 버터와 관련된 연구 결과가 발표되었다. '버터는 사망률, 심혈관질환, 당뇨와 관계가 없으며 오히려 각종 질환에 도움이 될 수 있다'는 내용이었다.[240] 이 연구가 올바르게 설정된 연구라면, 버터를 여러 가지 음식과 비교해야 했다. 하지만 여기서 버터와 비교된 음식들의 구성이 아주 희한하다. 붉은 고기나 탄산음료처럼 몸에 안 좋은 식품들을 뭉뚱그려서 버터와 비교한 것이다. 그러니 당연히 버터가 이런 식품들에 비해 사망률, 심혈관질환 위험, 당뇨 위험을 낮춘다는 결론에 이른다. '버터가 나쁜 것들 중에서 그나마 덜 나쁘다'는 이 무책임한 결론을 받아들이려면 받아들일 수도 있겠다. 하지만 '버터를 먹는 것이 붉은 고기를 먹는 것보다 나을 수 있다'는 게 '버터가 건강에 도움이 될 수 있다'는 결론으로 포장됐다는 것이 가장 큰 문제다. 이 논문이 발표되자마자 〈타임〉지는 2년 전과 마찬가지로 '버터를 먹어야 하는 이유가 더 분명해졌다'는 기사를 내보냈다.[241,242] 하지만 14,800여 건의 심혈관질환 사례를 조사한 연구에 따르면, 다양한 식품을 놓고 봤을 때 버터의 지방은 결코 안전하지 않다. 버터가 아닌 식물성 식품에서 유래된 지방이 심혈관질환 및 관상성 심장병coronary heart disease, 뇌졸중 위험을 줄이는 효과를 나타냈다. 동물성 식품의 지방이 건강에 가장 위험하게 작용했는데, 바로 그 뒤를 이어준 것이 버터였다.[243]

간혹 중요한 데이터를 빼버리고 결론을 얼렁뚱땅 이상하게 마무리하는 연구들이 있다. 계란 섭취가 혈관내피 기능endothelial function에 해롭지 않다고 발표한 연구[244]가 그렇다. 이 연구는 계란을 소시지, 치즈, 그리고 귀리에 비교했다. 계란은 소시지, 치즈와 비교했을 때는 섭취 후 측정한 혈관내피 기능, 총 콜레스테롤, LDL 콜레스테롤 수치에 큰 차이가 없었지만, 귀리와는 엄청난 차이가 있었다. 계란을 먹은 경우 LDL 콜레스테롤 수치가 124.8mg/dL에서 129.1mg/dL으로 소폭 상승했지만, 귀리를 먹은 경우는 LDL 콜레스테롤 수치가 194mg/dL에서 116.6mg/dL으로 대폭 떨어졌다. 혈관내피 기능은 말할 것도 없이 좋아졌다. 결론은 당연히 '계란 대신 귀리를 먹었을 때 혈관내피 기능이 개선된다'가 돼야 한다. 하지만 연구팀은 '계란은 혈관내피 기능에 해롭지 않다'는 모호한 결론을 내렸다. 귀리가 보여준 효과를 무시하고 '계란을 소시지, 치즈와 비교하니 큰 차이가 없다. 그러므로 해롭지 않다'라고 선뜻 말해버릴 수 있는지 나로서는 잘 이해가 가지 않는다. 더 걱정스러운 점은 위에서 봤던 예시들처럼 이러한 연구 결과들이 언론화되면 귀리 이야기는 쏙 빠진 채 사람들의 머릿속에는 계란 이야기만 남게 된다는 점이다. 많은 사람들이 이런 뒷배경을 알지 못하니 논문을 근거로 했다며 내놓은 기사들을 보고 아무 문제의식 없이 받아들인다.

그림7 섭취하는 식이 콜레스테롤이 혈중 콜레스테롤에 끼치는 영향[245]

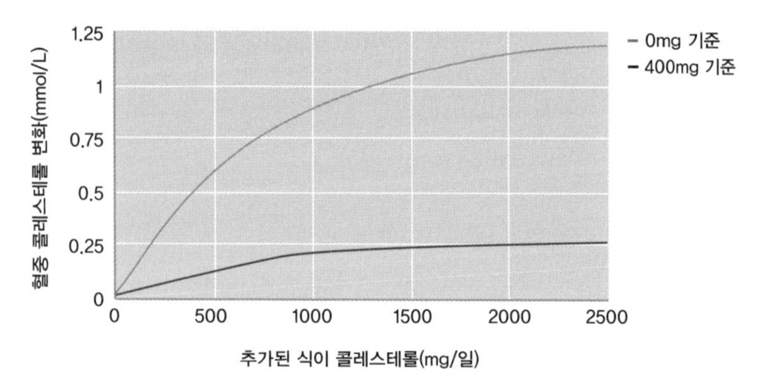

하루 계란 섭취량을 2개에서 5개로 늘렸을 때 콜레스테롤 값에 큰 변화가 없는 것을 근거로 '계란은 안전하다'고 결론짓는 연구도 있다. 이건 콜레스테롤의 특징을 알고 주의해야 한다. 〈그림7〉처럼 식이 콜레스테롤을 전혀 먹지 않다가 먹게 되면 혈중 콜레스테롤 수치가 급격하게 증가한다. 하지만 이미 400mg의 콜레스테롤을 먹고 있었다면 식이 콜레스테롤을 늘려도 혈중 콜레스테롤 수치의 변화 폭은 크게 달라지지 않는다. 그래서 대부분의 실험 참여자들이 이미 고 콜레스테롤 식사를 하고 있었다면, 계란을 많이 먹어도 콜레스테롤이 올라가지 않는 결과가 나온다. 이런 연구를 보고 무턱대고 계란 양을 늘리면 안 될 일이다.

지금까지 영양 연구에 사용되는 연구 방법의 개념들을

풀어봤다. 연구의 개념들을 이해하기 쉽도록 최대한 자료들을 찾아서 녹여보았으나 사람에 따라 다르게 해석하는 부분도 있을 수 있다. 그러나 여기서 중요한 점은, 이제는 당신도 연구 결과나 언론의 발표를 맹신하지 않으면서 '증거'를 찾아나가는 방법을 알게 되었다는 사실이다. 인제부터 동물성 식품 을 왜 먹으면 안 되는지, 동물성 단백질에는 도대체 뭐가 들어 있기에 문제가 되는 것인지 그 구체적인 근거를 조목조목 짚어보려고 한다.

15장 역학연구의 그랑프리, 중국연구

앞서 언급한 대표적인 집단연구cohort study들 중에서도 콜린 캠벨T. Colin Campbel 박사의 중국연구China Study는 가장 화제가 되었다. 이제는 중국연구보다 더 최신 데이터를 가진 프로젝트도 많다. 하지만 이 연구는 자연식물식을 다룬 다 큐멘터리 「포크 오버 나이브스」에 등장해서 동물성 식품에 서 나오는 단백질의 위험성을 대중에게 알린 사실상 시초라 할 수 있다.

다큐멘터리 「포크 오버 나이브스」는 「왓 더 헬스」와 비슷한 내용을 다루고 있지만, 「왓 더 헬스」보다 무려 6년이나 먼저 비만, 당뇨, 고혈압, 암환자가 급증한 미국의 현실을 돌아보고 그 원인이 동물성 식품에 있다는 것을 보여줬다. 「포크 오버 나이브스」가 2011년에 나왔고 「왓 더 헬스」가 2017년에 나왔으니까, 아무래도 「왓 더 헬스」가 「포크 오버 나이브스」

보다는 편집 속도감이 빠르긴 빠르다. 하지만 「포크 오버 나이브스」는 자연식물식 분야에서 선구자로 여겨지는 콜린 캠벨 박사와 콜드웰 에셀스틴 박사를 중점적으로 소개했다는 것 자체만으로도 큰 의미가 있다.

콜린 캠벨 박사와 콜드웰 에셀스틴 박사, 이 두 노장은 육류제품과 유제품, 설탕 섭취량이 증가함에 따라 미국에 만성질환 환자들이 빠르게 늘어난 것을 목도한 산 증인이다. 이들 역시 처음에는 수술이나 약으로만 질병을 치료할 수 있다고 생각했다. 그러다가 여러 실험을 통해 동물성 식품과 암의 관계를 발견하고 역학조사 결과에서도 각 국가별, 지역별 암 발병률이 큰 차이를 보이자 기존의 연구 결과들에 의문을 갖기 시작한다. 콜린 캠벨 박사는 중국인의 암 사망률에 대한 연구에서 주요 암의 지역별 편차가 무려 100배까지 나는 것을 본 후 왜 이렇게 지역별 편차가 큰지, 왜 중국이 미국보다 암 발병률이 낮은지 등을 알아내기 위해 역학조사를 진행한다. 이것이 65개 지역에서 6,500명의 식생활과 질병을 추적해 367개의 변인을 연구한 중국연구다. 여기서 캠벨 박사는 10년 동안 8,000가지 이상의 유의미한 통계 결과를 얻게 된다. 그리고 그 결과는 우리에게 '동물성 단백질 섭취량을 줄이고, 대신 식물성 식품을 먹어야만 병에 걸리지 않는다'고 말한다.

콜드웰 에셀스틴 박사는 같은 시기에 식물성 식품 중심의 식단을 가지고 직접 환자들을 치료하는 프로젝트를 시작했다. 심장병 환자들 중에서 혈관우회수술을 받았음에도 완치에 실패하여 다른 심장병 전문의도 포기한 환자들에게 집중해서 이 환자들의 식단을 자연식물식으로 바꾸었다. 첫 논문은 프로젝트 시작 5년 만인 1995년에 발표되었다. 환자들의 콜레스테롤 평균 수치는 237mg/dL로, 검사 시작 시에는 200~300mg/dL 사이였던 수치가 식단을 바꾼 이후 평균 137mg/dL으로 떨어지고 LDL 콜레스테롤 수치는 평균 76mg/dL까지 내려갔다. 이상적인 LDL 수치에 대해서는 50~70mg/dL 정도로 보기도 하고[246] 100mg/dL을 상한선으로 두기도 한다. 여기서 평균 수치가 76mg/dL로 감소한 부분은 상당히 유의미하다. 게다가 프로젝트에 참여한 사람 중 단 1명을 제외하고는 혈관질환이 발생하지 않은 놀라운 결과가 이어진다. 이 프로젝트는 그 뒤로도 장장 12년에 걸쳐 계속되었다.[247]

영상의 나머지 내용은 「왓 더 헬스」와 비슷하다. 고기, 우유의 단백질이 각종 심혈관질환, 암과 어떻게 연관되어 있는지, 육식이 동물의 삶과 환경에 어떤 영향을 미치는지를 두루 다룬다. 감독 본인이 자연식물식을 체험한 과정, 만성

질환을 앓는 다른 참가자들이 자연식물식으로 바꾼 후 새로 마주한 변화도 기록한다. 「포크 오버 나이브스」에서는 미국 농무부 USDAUnited States Department of Agriculture가 왜 우리 몸에 위협이 되는 고기와 유제품을 버젓이 추천하는지에 대해 파고들면서, 육류업계와 낙농업업계가 정부에 로비를 하고 학자들의 연구를 지원하는 고리를 밝힌다. 이로부터 6년이 지나서 개봉한 「왓 더 헬스」에도 비슷한 내용이 나온걸 보면 아직도 그 고리가 끊어지지 않았음을 알 수 있다.

「포크 오버 나이브스」에는 언급되지 않았지만, 콜린 캠벨 박사가 연구를 진행하게 된 첫 출발점은 필리핀 프로젝트로 거슬러 올라간다. 그는 고단백질 음식을 많이 먹는 필리핀 부유층 자녀들이 간암에 걸리는 비율이 높은 것을 확인하면서 영양 문제에 관심을 갖게 됐다. 그러고 나서 결정적으로 인도의 과학자들이 쥐를 대상으로 한 연구를 보고 음식과 질병 사이에 뭔가가 있을 거라는 예상을 확신으로 전환했다.[248] 이 실험은 한쪽 쥐들에게 암을 일으키는 인자인 아플라톡신과 단백질이 20% 함유된 먹이를 주고, 다른 쪽 쥐들에게는 아플라톡신과 단백질이 5% 함유된 먹이를 준 후 간암 발병률을 살폈다. 캠벨 박사는 같은 인자들을 가지고 단백질 비율을 달리한 먹이를 사용하여 실험했다. 단백질이 20% 함유된 먹이를 먹은 쪽에 해당하는 쥐들이 전부 간암에 걸릴 때, 다른 쪽 쥐는 단 한 마리도 간암에 걸리지 않은 것을 보고 캠벨 박사는 사람도 단백질 양에 따라 암의 발병이 촉진되거나 억제될 수 있을 거라는 추측을 확신으로 굳혔으며 이는 다큐멘터리 「포크 오버 나이브스」에서 다루었던 중국연구로 이어진다.

중국연구는 콜린 캠벨 박사 개인의 연구가 아니라 미국 코넬 대학과 영국 옥스퍼드 대학이 공동으로 진행하고 중국 예방의학 아카데미가 참여한 대규모 연구였다. 각 지역마다 오랫동안 비슷한 식단을 유지해왔기 때문에 식단과 질병의 관계를 파악하는 연구를 하기에 중국은 더없이 좋은 조건을 가지고 있었다. 연구팀은 특히 식물성 식품 위주로 이루어진 중국 농촌지역 사람들의 식단에 주목했다. 지방이 전체 칼로리 중 14.5%, 섬유질이 33.3g/d으로 '저지방 고섬유질'에 해당하는 그들의 식단은 미국인의 식단과 비교했을 때 큰 차이가 있었다. 그들이 섭취하는 동물성 단백질은 미국인 평균의 10% 수준에 불과했으며 섬유질 양은 3배나 됐다.[249] 그렇다면 실제 이 식단은 어떤 효과가 있었을까? 미국인의 평균 혈중 콜레스테롤 수치가 203mg/dL였을때, 중국 농촌지역은 127mg/dL였다. 질병사망률도 몇 배나 차이가 났다. 관상동맥 질환coronary artery disease으로 인한 사망률의 경우, 미국 남성은 중국의 16.7배, 미국 여성은 5.6배에 달했다.[250] 연구팀은 혈중 콜레스테롤과 동물성 식품을 섭취하는 비율이 낮을수록 혈관질환, 암의 발병률(특히 대장암)이 낮아지는 관계를 확인했다. 혈관질환을 유발하는 데에 관련이 있는 지방 단백질인 아폴리포프로테인apolipoproteins은 식물성 단백질, 콩과 식물, 야채를 먹을수록 줄고, 동물성 단백질을 먹을수록 늘어나는 결과가 드러났다. 결과적으로 식물성 단백질을 많이 섭취한 사람은 만성 질환에 강한 저항력을 가지고 있으며 반대로 동물성 단백질을 많이 섭취한 사람은 만성 질환으로부터 취약했다.

중국연구는 30년 전에 진행되었기 때문에 다소 오래된 연구이기는 하지만 엄연히 〈뉴욕타임스〉가 '역학연구의 그랑프리'라고 명명한 연구다.[251] 다행히도 그 후 많은 연구들이 이어져 동물성 식품과 동물성 단백질의 위험성을 지속적으로 밝혀왔다. 이제는 동물성 단백질뿐만 아니라 동물성 식품의 포화지방 역시 경고의 대상으로 떠올랐다.

다음 장에서는 동물성 식품 속 어떤 성분들이 어떻게 질병을 일으키는지를 짚어보려 한다. 동물성 식품이 어떻게 여러 질병을 연쇄적으로 일으킬 수밖에 없는지 알아보자.

16장 동물을 먹으면 안 좋은 10가지 이유

우선 동물성 식품에는 섬유질과 피토케미컬phytochemical이 존재하지 않으며 항산화 물질antioxidant 도 적게 함유되어 있다. 그렇다고 해서 이 단점을 보완할 좋은 성분들이 별도로 동물성 식품에 들어 있지도 않다. 동물성 식품의 단백질과 포화지방이 가장 큰 문제고, 기타 해로운 성분들도 줄줄이 늘어선다. 동물성 식품은 사실 단점만 많은 음식이다. 물론 그 단점을 능가하는 강력한 장점인 '맛있다'는 이유가 있기에 끊는 게 쉽지는 않지만, 그래도 조금 자세히 단점들을 들여다보고 알게 되면 생각이 바뀔 수도 있을 것이다. 적어도 내가 먹는 음식의 유해성에 대해서는 충분히 알아야 하지 않을까?

① 동물성 식품을 구성하는 단백질과 단백질을 구성하는 아미노산은 세포의 성장을 돕는 IGF 1insulin-like growth factor 1 호

르몬을 지나치게 많이 만들어낸다. 이 성분은 결과적으로 암 세포의 성장까지 돕기 때문에 동물성 단백질은 전립선암, 유방암 발병 위험을 높인다. 해결법은 간단하다. 섭취하는 동물성 단백질만 줄여도 IGF 1 호르몬의 수치를 낮출 수 있다.[252] 육식 그룹과 유제품 및 계란을 먹는 락토-오보 채식Lacto-ovo vegetarian 그룹, 모든 동물성 식품을 먹지 않는 비건 그룹을 비교한 실험에서 남녀 모두 비건 그룹의 IGF 1 수치가 가장 낮았다.[253,254] 세포 성장과 관련된 또 다른 경로인 mTORcmammalian target of rapamycin는 IGF 1 경로와 긴밀하게 연결되어 있는데, 이것도 IGF 1과 마찬가지로 동물성 단백질로 인해 활성화가 되면 암 발병 위험을 높인다.[255] 또, mTORc는 암 뿐만 아니라 노화와도 연관이 깊다.[256] 보통 고기, 계란, 유제품에 많이 들어 있는 류신leucine은 mTORc의 활동을 돕는다.[257] 이때 mTORc 경로를 자극하지 않으려면 역시 동물성 식품을 먹지 않고 mTORc 활성화를 억제하는 과일이나 야채를 먹는 게 좋다.[258]

② 동물성 식품에 많이 들어 있는 필수 아미노산인 메티오닌methionine 섭취도 조심해야 한다. 우선 메티오닌을 제한하는 것은 암이 퍼지는 것을 막는 효과가 있다.[259] 듀크 대학 연구팀은 쥐들이 메티오닌 섭취를 줄였을 때 암 종양 성장이 억

제된 것을 확인한 후 사람에게도 메티오닌이 적은 식단을 적용하여 관찰했다. 그 결과 참여자들에게서도 쥐와 유사한 물질대사 작용이 일어났다. 식단에 변화를 준 것만으로도 종양 세포의 활동이 누그러진 결과를 볼 수 있었다.[260] 메티오닌 제한의 또 다른 효과는 수명 연장과 관련이 있다. 메티오닌을 덜 섭취하는 게 노화를 늦추는 대표적인 방법인 식이제한 calorie restriction, 다른 말로 하면 '극한 소식'과 비슷한 효과가 있어서다. 그래서 많은 연구들이 평소에는 하기 힘든 식이제한보다 메티오닌을 제한하는 식단에 주목한다.[261] 이런 식단은 〈표11〉에서처럼 메티오닌이 다량 함유된 동물성 단백질을 대신하여 메티오닌이 적은 통곡물, 콩과 식물, 견과류로 대체하는 게 핵심이다.

표11 메티오닌 함량(mg/kcal)[262]

식품	함량
참치	6.48
닭가슴살	4.94
계란	2.54
렌틸콩	0.66
현미밥	0.52
아몬드	0.32

③ 붉은 고기, 계란, 닭고기, 생선의 콜린choline, 카르니틴carnitine성분은 장내세균gut bacetria의 대사작용에 의해 산화트리메틸아민TMAOTrimethylamine-N-oxide로 변환될 수 있다. 높은 TMAO 수치는 심장병과 직접적인 관련이 있으며[263] 각종 암의 원인이 되기도 한다. 섭취한 콜린 양을 기준으로 하여 남성들을 다섯 그룹으로 분류한 다음 전립선암에 걸릴 위험성을 파악한 한 연구에서는 콜린을 가장 많이 섭취한 그룹이 가장 적게 섭취한 그룹보다 중증 전립선암에 걸릴 위험이 70%나 높았다.[264]

④ 고기 속 균이 생성하는 내독소endotoxin는 몸 안에서 염증반응을 일으킨다. 박테리아는 가열하면 사라지지만 이와 달리 내독소는 구워도 없어지지 않는다.[265] 붉은 고기와 우유에서 많이 발견되는 동물의 항원인 N-글리콜리뉴라민산 Neu5GcN-Glycolylneuraminic acid 역시 우리 몸에 들어왔을 때 침입자로 간주되어서 만성 염증반응을 유발할 수 있다.[266] 백혈구가 계속적으로 면역작용을 하는 이 반응 중에 건강한 조직까지 위협받는 상황이 초래되고, 이 상태가 지속되면 여러 질병으로 이어진다.[267]

⑤ 동물성 단백질은 체내 산성도를 높여서 신장 기능을

떨어뜨리고 신장에 과부하를 건다.[268] 돼지고기, 소고기, 닭고기, 치즈, 생선처럼 유황을 함유한 아미노산인 함황아미노산sulfur-containing amino acids이 많은 음식이 원흉이다. 이런 산성음식을 먹어서 신장 산성도가 올라가면, 산성도를 낮추기 위해 암모니아가 생성된다. 이 암모니아는 신장에서 오줌을 만드는 관을 손상시켜 단백질이 오줌으로 많이 빠져 나오는 단백뇨albuminuria로 진행되고 나아가 신장 기능 저하로 이어진다.[269] 동물성 식품과 달리 야채, 과일, 콩과 식물은 알칼리 음식이기 때문에 신장에 부담을 주지 않는다.

동물성 식품은 신장에 돌처럼 단단한 조각이 생기는 신장결석증의 유발과도 관계가 있다. 특히 소고기가 닭고기나 생선에 비해 결석들을 더 만드는 것으로 나타났다.[270] 옥스퍼드 대학의 EPICEuropean Prospective Investigation Into Cancer and Nutrition 연구에 따르면 신장결석의 위험을 줄이는 데에는 과일, 통곡물 시리얼, 마그네슘이 도움이 됐으며 채식주의자들이 육식주의자에 비해 신장 결석증에 걸릴 위험이 31%나 낮았다.[271]

⑥ 동물성 식품의 단백질과 제2형 당뇨의 상관관계는 대부분의 집단연구cohort study에서 뚜렷하게 확인됐다. 12,400여 명의 2형 당뇨환자를 포함한 EPICEuropean Prospective Investigation into

Cancer and Nutrition InterAct 연구, 15,580여 명의 당뇨환자 데이터를 분석한 하버드 대학 HPFSHealth Professionals Follow-up Study와 NHSNurses' Health Study 프로젝트 모두 같은 결론을 냈다. 재림교 건강 연구Adventist Health Study에서는 17년간 주마다 혹은 더 자주 고기를 먹은 경우, 고기를 먹지 않은 경우보다 2형 당뇨에 걸릴 위험이 74%나 높아졌다. 동물성 식품 중에서도 베이컨이나 소시지 같은 가공육이 2형 당뇨의 가장 큰 위험 요인으로 꼽혔으며 반대로 식물성 단백질은 모든 연구에서 2형 당뇨를 막는 데 효과가 있는 것으로 나타났다. 하버드 대학 연구팀은 전체 칼로리의 5%를 동물성 단백질에서 식물성 단백질로 바꾸는 것만으로도 2형 당뇨에 걸릴 위험을 23%까지 낮출 수 있다고 분석했다.[272, 273, 274]

⑦ 헤테로사이클릭아민 HCAHeterocyclic Amine는 고기를 굽거나 튀길 때 나오는 발암 성분이다. 이는 닭고기에서 많이 나온다. HCA의 한 종류인 아미노이미다졸피리딘 PhIP은 에스트로겐 작용을 촉진시키기 때문에 특히 유방암과 밀접한 관계가 있다.[275] 최종당화산물 AGEAdvanced Glycation End products 또한 우리가 동물성 식품을 가열할 때 생기는 성분으로, 이는 염증 및 산화 스트레스를 유발하고 노화를 촉진한다. 심장, 신장, 간도 손상시킬 수 있다.[276] 보통 AGE 성분은 지방과 단백

질이 많은 고기에서 주로 생성되며 소고기보다는 닭고기의 AGE 수치가 더 높다. 야채와 과일에 함유된 AGE성분은 조리를 해도 수치가 낮으며 이는 고기의 1/150 수준이니[277] 걱정하지 않아도 된다. 조리방법에 따라 AGE 생성을 조금씩 줄일 수 있기는 하다. 찌거나 요리하는 시간을 짧게 하거나 가열 온도를 내리면 AGE가 생성되는 것을 최소화할 수 있지만, 아무래도 근본적인 문제를 유발하는 고기 섭취를 제한하지 않고서는 큰 폭으로 낮추기란 어렵다.

⑧ 동물성 식품의 포화지방은 관상동맥질환에 직접적인 영향을 끼치기도 하지만[278] 보통은 그 중간에 콜레스테롤 문제가 있다. 미국 국립보건원 NIH National Institute of Health 산하 연구기관에 따르면 포화지방 섭취를 1% 늘릴 때마다 LDL 콜레스테롤 수치가 2%씩 올라간다.[279] 이렇게 포화지방이 나쁜 콜레스테롤인 LDL을 높이면서 심혈관질환으로 이어질 가능성이 커지는 거다.[280] 문제는 거기서 그치지 않는다. 높아진 콜레스테롤은 뇌에 베타아밀로이드 cerebral β-amyloid를 쌓이게 해서 알츠하이머의 원인이 되기도 한다.[281] 혈중 콜레스테롤 serum cholesterol이 220mg/dL을 넘어가면 알츠하이머뿐 아니라 혈관성 치매 vascular dementia의 위험성 또한 증폭됐다.[282]

물론 LDL 콜레스테롤 수치는 간질환, 당뇨, 운동부족, 비만, 흡연 등의 요인에 의해서도 높아질 수 있다. 하지만 식단이 적정 콜레스테롤 수치를 유지하는 데 가장 효과적인 방법이며, 포화지방이 거의 없는 자연식물식이 거기에 최적화된 식단이다. 식물성 식품 중심의 식단으로 LDL 수치를 29%나 낮춘 토론토 대학 소속인 데이비드 젠킨스David Jenkins 박사의 연구만 봐도 그렇다.[283] 콜레스테롤을 조절하는 약물인 로바스타틴lovastatin을 사용하였을 경우 보통 LDL 수치를 31% 낮추니 약물을 사용하지 않고 식단만으로 29%나 수치를 낮췄다는 결과는 매우 놀랍다. 계란과 콜레스테롤 부분에서도 이야기했지만, 식이 콜레스테롤은 포화지방만큼은 아니더라도 혈중 콜레스테롤을 높이는 데에 영향을 미치기 때문에 주의할 필요가 있다. 하루에 먹는 콜레스테롤 양을 300mg 늘렸을 때 심혈관질환 발생 위험은 17%가 증가했으며[284] 암 환자들을 대상으로 한 대조군 연구case-control study에서는 식이 콜레스테롤이 위암, 대장암, 직장암, 췌장암 등과 상관관계가 있는 것으로 나왔다.[285] 이미 우리 몸에서 필요한 콜레스테롤은 충분히 만들어내고 있기 때문에 콜레스테롤이 많이 함유된 동물성 식품의 섭취는 가급적 줄이는 게 좋다. 대개 이런 식품들은 포화지방 비율도 높으니까, 아예 먹지 않는 게 더 속 편할 일이긴 하다.

대다수의 전문가들은 LDL 콜레스테롤 수치를 중요하게 본다. 여기서 수치보다는 LDL이 산화되어서 염증을 일으켰는지 여부가 더 중요하기 때문에 염증과 관련된 지표를 보아야 한다는 의견도 있다.[286] 이 또한 일리가 있는 말이다. 왜냐하면 LDL 자체가 세포나 호르몬 형성에 중요한 콜레스테롤을 운반하는 역할을 하다 산화됐을 때 본격적으로 문제가 시작되기 때문이다. LDL 콜레스테롤은 조리된 동물성 식품, 기름에 튀긴 음식, 가공식품이나 다른 생활요인으로 인해 산화가 될 경우에 동맥에 염증반응을 일으킨다. 이렇게 염증이 발생하면 혈관의 가장 안쪽 벽, 혈관내피endothelium에 상처가 생기고 플라크plaque가 붙으면서 혈액순환을 원활하게 해주는 나이트릭 옥사이드nitric oxide의 생성을 저하시킨다. 이는 결국 혈류의 흐름을 방해하는 결과를 초래한다. 마이클 클레이퍼Michael Klaper 박사는 사람들이 LDL 콜레스테롤이 낮다고 안심하다가 염증을 방치할 수도 있기 때문에 LDL 산화 여부를 확인하는 검사를 받을 것을 추천한다. 여기서 동물성 식품이 LDL 콜레스테롤을 높임과 동시에 산화시킬 가능성이 크다는 점에 주의해야 한다. 그래서 LDL 산화 여부를 확인하는 검사를 받든 안 받든 우선 동물성 식품 섭취를 줄이는 게 최우선이다. 또 아무리 건강한 식습관을 가지고 있더라도 나이가 들수록 혈관에 플라크가 더 쉽게 쌓이는 현상을 피할 수 없으니, 항산화제가 많은 식물성 식품을 통해 혈관내피의 플라크를 계속 제거해줘야 한다.

포화지방은 심혈관질환뿐만 아니라 다른 질병과도 연결되어 있다. 앞서는 몸 안에 쌓인 포화지방이 인슐린 시스템을 닫아버리면서 2형 당뇨를 유발하는 것에 대해 이야기했다. 그런데 포화지방은 직접 인슐린을 분비하는 베타 세포의 손상에 관여하기도 한다.[287] 포화지방은 암과도 상관관계가 있다. 포화지방을 섭취한 양을 기준으로 남성들을 세 그룹으로 나누었을 때, 포화지방을 제일 많이 먹은 그룹이 적게 먹은 그룹보다 중증 전립선암으로 사망할 위험이 3배나 높았다.[288] 여성의 경우 포화지방을 가장 많이 섭취한 쪽이 적게 섭취한 쪽보다 유방암 사망률이 51%나 증가했고[289] 식이 지방은 폐경 후 발생하는 침윤성 유방암과 직접적인 관련이 있었다.[290] 핀란드에서 진행한 CAIDECardiovascular Risk Factors, Aging and Dementia 연구는 포화지방을 많이 먹을수록 인지기능에 장애가 올 확률이 높다는 사실을 발견했다.[291]

미국 심장 학회American College of Cardiology, ACC와 심장 협회American Heart Association, AHA 둘 다 포화지방 섭취를 전체 칼로리의 5~6% 내로 제한하라고 한다. 여기서 일일 섭취 칼로리를 2,000kcal

기준으로 한다면 포화지방은 대략 16g 이하로 먹어야 한다. 체다 치즈 3장만 해도 포화지방이 15g이고, 맥도날드 더블치즈버거 1개면 포화지방이 11g이다. 동물성 식품을 아무 생각 없이 몇 점 먹다 보면 권장량을 금방 넘어버리고 만다.

⑨ 고기 속 동물성 철분인 헴철은 모든 원인의 사망률을 높이고, 그 외 여러 가지 질병을 불러온다.[292] 헴철을 하루 1mg씩 추가로 섭취할 때마다 심장병 발병 위험은 27%, 제2형 당뇨 발병 위험은 16%, 폐암과 대장암 발병 위험은 12%씩 올라갔다.[293, 294, 295] 보통은 헴철이 몸속에서 산화를 촉진하면서 활성산소 발생을 늘리고 DNA, 단백질, 지방 분자 등을 공격하면서 문제가 시작된다. 그래도 철분 성분을 챙기려면 고기를 먹어야 하는 게 아니냐고 생각할 수도 있지만, 철분은 고기에만 있는 게 아니다. 식물성 식품에 식물성 철분인 비헴철이 있다. 그리고 비헴철은 헴철로부터 발생할 부작용에 대한 우려가 없다. 혹자는 비헴철이 헴철보다 흡수율이 낮아서 혈청 페리틴serum ferritin 수치가 내려가는 것을 걱정한다. 여기서 페리틴은 철분 저장에 관련되는 단백질로, 혈청 페리틴이 높고 낮고는 건강에 특별한 영향을 미치지 않기 때문에 이걸 단점이라고 보기는 어렵다.[296]

⑩ 고기는 면역체계에 중요한 장내 미생물균gut microbiome에 있어서도 나쁜 작용을 한다. 식물성 식품을 먹으면 장에 좋은 공생균commensal microbes이 생성되는 반면[297] 동물성 식품을 먹으면 염증성 대장 증후군inflammatory bowel disease을 일으키는 세균Bilophila wadsworthia이 많아진다.[298] 육식을 하는 사람의 장에 있는 세균은 콜린choline성분을 만났을 때 TMAO의 원료가 되는 물질을 만들기도 한다. TMAO는 심장병 위험을 높인다. 어떤 음식을 먹느냐에 따라 장내 세균의 구성이 달라지니, 건강한 장내 미생물균을 원한다면 육식보다는 섬유질을 풍부하게 섭취할 수 있는 자연식물식을 실천하자.[299]

동물성 식품을 더 이상 먹으면 안 된다는 설명을 하기 위해 지금까지 고기, 계란, 유제품과 상관관계가 있는 질병들에 대해 열심히 설명했지만 아무래도 나는 전문 연구진이 아니기 때문에 내용상 부족한 부분도 있을 수 있다. 각 질병의 메커니즘은 일반인이 이해할 수 있는 범위를 넘어서는 게 많아서 '○○이 ○○을 일으킬 수 있다' 정도로 정리할 수밖에 없었고, 그 중간의 많은 단계들을 생략했다. '○○이 ○○을 자극해서, ○○이 높아지면 ○○이 막히고, ○○이 일어날 수 있다'처럼 실제 과정은 더 복잡하다. 만약 혈관에서 정확히 무슨 일이 일어나고, 세포들이 어떤 작용을 하는지 알고 싶다면 논문 등을 통해 더 전문적인 지식을 찾아보기를 추천한다.

표12 동물성 식품과 식물성 식품의 위험요인 비교

특징	연관 질병	동물성 식품	식물성 식품
IGF 1	암	분비 촉진	분비 감소
mTOR	암 / 노화	활성	억제
메티오닌	암 / 노화	높음	낮음
내독소 / Neu5Gc	염증	높음/ 높음	낮음/ 없음
산성도	신장 기능 외	높음	낮음
포화지방 / 콜레스테롤	심혈관질환 외	높음/ 높음	낮음/ 없음
헴철	산화 스트레스 외	높음	없음

이 장에서 언급한 동물성 식품의 위험요인들은 〈표12〉에 요약했다.

동물성 식품이 암, 2형 당뇨, 심장병, 치매 등과 연결되어 있다는 이야기는 했지만, 뇌졸중, 천식, 크론병, 류마티스 관절염, 루푸스, 대장염 등 다른 질환에도 끼칠 수 있는 부작용은 생략했다. 왜냐하면 이런 설명 또한 결국은 '동물성 식품이 이런 질환에 안 좋으니 줄이라'는 말로 반복될 게 분명하기 때문이다.

사실 결론은 단순하다. 동물성 식품의 해로운 성분은 식물성 식품에 없다. 음식을 가열할 때 생길 수 있는 최종당화산물 AGE 같은 성분도 식물성 식품의 경우 아주 낮은 수치를 보여준다. 그러나 식물성 식품에 이런 '나쁜' 성분이 없다는 사실만으로 많은 사람들을 설득하기엔 부족하다. 우리에게 필요한 모든 영양소가 식물성 식품에 충분히 있어야 이 설득은 완성된다. 우리가 오래전부터 행여 부족해지지나 않을까 제일 많이 걱정해온 영양소는 단백질이다. 동물성 식품에만 단백질이 많은 것이 아니었나? 식물성 식품에 충분한 단백질이 포함되어 있나? 궁금할 만도 하다. 이제 단백질 이야기로 넘어가보려 한다.

고혈압

4개국에 거주하는 4,680명을 대상으로 조사한 INTERMAPInternational Collaborative Study of Macronutrients, Micronutrients and Blood Pressure 연구는 식물성 단백질이 혈압을 낮추는 효과가 있다는 것을 찾았고 혈압에 영향을 주는 요인들을 연구한 PREMIERPatients With Early Rheumatoid Arthritis 임상시험 역시 식물성 단백질, 야채, 과일이 고혈압을 예방하는 데 도움이 되는 것을 발견했다. 재림교 건강 연구 2에서는 비건집단이 육식집안에 비해 고혈압 위험이 63%나 낮았고 39개의 연구를 분석한 메타연구meta analysis에서도 채식식단을 할 때가 육식식단을 할 때보다 수축기 혈압은 4.9~6.9mmHg, 이완기 혈압은 2.2~4.7mmHg 더 낮았다. 다만 이런 결과들만을 가지고 동물성 식품이 혈압을 올린다고 말하기는 어렵고, 식물성 식품이 혈압을 낮추는 효과가 크다고 보는 게 맞다. 고혈압이야 워낙 여러 가지 요인이 관련이 되어 있기 때문에 정확히 식물성 식품의 어떤 성분이 영향을 끼치는 지는 불분명한데, 식물성 식품에만 많은 항산화제가 혈압을 낮추는 역할을 하지 않나 추측된다.[300, 301, 302, 303]

17장 단백질은 적당히 먹으면 된다

처음 고기를 끊을 때, 단백질이 부족할까 걱정되어 2년 동안이나 생선을 놓지 못했다. 단백질은 고기나 생선을 먹어야만 섭취할 수 있는 줄 알았고 단백질 섭취를 많이 하면 할수록 좋다고 생각했다. 단백질을 많이 먹어야 한다, 라는 상식은 옳은 걸까? 그렇지 않다. 우선 단백질이 세포조직을 관리하고 효소, 호르몬 등을 만들며 뼈, 근육의 형성에 있어서 중요한 역할을 하는 것은 맞다. 그래서 단백질을 매일 일정량 섭취해야 하지만 단백질은 탄수화물처럼 떨어지면 바로바로 채워줘야 하는 성질의 영양소는 아니다. 다 쓰인 단백질은 다시 아미노산으로 바뀌었다가 재사용되고, 완전히 고갈되었을 때에야 다른 아미노산으로 대체된다. 음식을 통해서 들어오는 단백질이 아닌, 이렇게 몸 안에서 만들어지고 재사용되는 내인단백질endogenous protein만 해도 200g이 넘는다.[304]

미국 국립연구위원회 NRCNational Research Council에서 권고한 영양권장량The Recommended Dietary Allowance, RDA에 따르면, 체중 1kg마다 0.8g의 단백질이 필요하다. 단백질 흡수가 어려운 노인, 임산부나 아이들에게는 1kg에 1~1.2g가 적당하다고 한다. 남녀 평균체중을 대입해보면 남성은 하루 55g, 여성은 45g 정도의 단백질을 섭취하면 된다. 권장량보다 조금 덜 먹어도 문제는 없다. 보통 국가 연구기관에서는 실제 권장량보다 조금 더 늘려서 발표한다. 왜냐하면 실제 권장량을 추천해도 사람들이 그것보다 적게 먹기 때문에 일부러 조금 늘려서 알리는 것이다. 그러니까 대략 40g 정도의 단백질만 섭취해도 충분하다고 볼 수 있다.

그렇다면 식물성 식품만으로 하루 단백질 권장량에 도달할 수 있을까? 자연식물식으로 하루 2,000kcal 내외 정상 열량을 섭취하고 그중에 10~20%를 단백질로 구성한다면, 단백질 섭취량 40~60g은 거뜬히 넘길 수 있다. 채식을 할 때 단백질 결핍을 걱정하지 않아도 된다는 것은 미국 영양 및 식이요법 학회Academy of Nutrition and Dietetic에서도 발표한 내용이다.[305] 〈표13〉을 통해 재림교 건강 연구 2Adventist Health Study 2에서 육식그룹과 비건그룹이 각각 섭취한 단백질 양을 비교했다. 동물성 식품을 먹는 육식그룹이든 식물성 식품을 먹는 비건그룹이든 단백질 결핍 문제는 없었다. 오히려 두 그룹 모두 하루 권장량보다 많은 단백질을 섭취하고 있었다. 개발도상국이 아니라면 단백질 결핍보다는 단백질 과잉이 더 심각한 이슈다.

표13 71,751명을 대상으로 한 재림교 건강 연구 2의 1일 총 단백질 섭취량[306]

	육식그룹	비건그룹
총 단백질(g)	74.7	70.7

구체적으로 식물성 식품의 단백질 함량을 보면 대두 콩만 해도 한 컵에 30g의 단백질이 함유되어 있고, 두부 $\frac{1}{2}$컵에는 10g의 단백질이 있다. 견과류나 씨도 괜찮다. 견과류 중 땅콩은 $\frac{2}{3}$컵에 26g, 아몬드는 21g, 캐슈는 18g의 단백질을 각각 제공한다. 야채, 콩과 식물, 견과류로 균형 잡힌 자연식물식을 하면 단백질 양을 적당하게 채울 수 있다. 반대로 고기는 단백질 과잉 문제의 원흉이다. 특히 요즘처럼 하루 두세 끼 고기를 먹는 게 흔한 시기에는 더더욱 그렇다. 닭다리 1개에 23g의 단백질이 있으니, 닭다리 2개만 먹어도 권장량을 바로 넘긴다. '1인 1닭'을 외치는 요즘 사람들에게 단백질은 차고도 넘친다. 소고기 패티 하나에만도 23g의 단백질이 들어 있다. 〈표14〉에서 볼 수 있듯이 동물성 단백질의 양도 문제지만, 더 큰 문제는 동물성 단백질이 유발하는 부작용이다. 바로 앞 장에

서 살펴봤듯이 지나친 동물성 단백질 섭취는 암세포 성장을 돕는 IGF 1 호르몬을 생성할 뿐 아니라 메티오닌methionine, 콜린choline, 카르니틴carnitine 등 여러 가지 질병과 관련된 성분을 몸 안에 상대적으로 많이 만든다.

표14 식품별 단백질 비교[307]

식물성 식품		동물성 식품	
대두 콩 1컵	30g	스테이크 1조각(251g)	62g
땅콩 ⅔컵	26g	햄 1컵(140g)	29g
두부 ½컵	10g	체다 치즈 ⅔컵	25g
오트밀 1컵	6g	닭다리 1개	23g
현미 1컵	5g	우유 1컵	8g
시금치 1컵	1g	삶은 계란 1개	6g

단백질을 얻기 위한 여러 방법 중에서도 식물성 식품을 섭취하는 방법이 가장 안전하다. 여기서 한 가지 주의해야 할 점이 있다. 잎채소와 뿌리채소(우엉, 연근, 무, 당근 등)는 수분을 많이 포함하고 있기 때문에 콩과 식물, 견과류, 통곡물에 비해 단백질 농축도가 떨어진다는 점이다. 단백질 농축도가 낮다는 건 그만큼 많은 양을 섭취해야 단백질을 얻을 수 있다는 말이다. 예를 들면 잎채소 중에서도 시금치는 한 컵에 약

1g의 단백질만을 가지고 있으니, 익히지 않은 시금치로만 20g의 단백질을 얻으려면 20컵을 먹어줘야 한다. 물론 시금치야 칼로리 밀도calorie density가 워낙 낮아서 20컵을 먹어도 살은 안 찌겠지만, 20컵을 먹기도 전에 질려버릴 것이다.

간혹 '풀떼기'만 먹어서 기운이 없다는 사람이 있는데, 이렇게 단백질 농축도가 낮은 채소류만 먹어서 단백질이 부족해진 것일 수도 있다. 이는 자연식물식의 문제가 아니라 단백질 20g이 잘 농축돼 있는 두부 한 컵이면 해결될 문제다. 인간의 몸은 토끼처럼 작지 않으니까 일일 권장 칼로리에 상응하는 단백질을 얻으려면 통곡물, 견과류, 콩과 식물처럼 단백질이 더 농축되어 있는 식품과 잎채소, 뿌리채소처럼 덜 농축되어 있는 식품을 잘 섞어서 섭취해야 한다.

단백질에 대한 대표적인 오해가 하나 더 있다. 바로 '고기의 단백질이 식물성 식품이 가지고 있는 단백질보다 질적으로 낫다'는 것이다. 고기 속에 필수 아미노산이 더 꽉 차게 들어 있다는 얘기인데, 이는 한번 짚어볼 필요가 있다. 단백질을 만드는 데 필요한 아미노산 20개 중 11개는 우리 몸 안에서 만들어지고 나머지 9개는 음식을 통해 섭취해야 한다. 이 9개의 아미노산을 필수 아미노산이라고 부른다. 많은 사람들이 고기에만 필수 아미노산이 들어가 있다고 생각한다. 그러나 식물성 식품에도 필수 아미노산이 모두 포함되어 있다. 각 식품마다 들어 있는 필수 아미노산 9개의 비율만 다를 뿐이다. 한때는 어떤 음식에 특정 필수 아미노산이 덜 들어가 있으면 해당 필수 아미노산이 더 들어 있는 다른 음식으로 매끼마다 보충을 해야 한다는 말도 있었다. 그러나 이 역시 사실이 아니다.[308] 필수 아미노산이 더 들어 있고 덜 들어 있고는 크게 신경 쓸 필요가 없다. 필수 아미노산 비율이 높든 낮든 우리 몸, 그중에서도 주로 간은 아미노산과 재사용되는 단백질을 통해 부족한 필수 아미노산을 채우는 시스템을 갖추었다.[309] 필수 아미노산이 더 많이 들어가 있다고 좋은 게 아니라는 건 이미 동물성 단백질이 일으킬 수 있는 부작용들을 살펴보면서 확인했다.

애당초 고기가 가지고 있는 필수 아미노산이 '동물이 먹은 식물'에서 연유했다는 것도 우리가 놓치는 부분이다. 식물만이 공기의 질소를 분해해 필수 아미노산으로 합성할 수 있다. 결국 소와 닭도 식물을 먹은 다음에 그 식물의 필수 아미노산을 가지고 단백질을 만들어낸다. 식물성 식품은 이미 원료로서 작용하기 때문에 식물성 식품의 단백질보다 동물성 식품의 단백질이 더 우월하다고 말하는 건 앞뒤가 맞지 않는다. 물론 동물성 식품의 단백질이 식물성 식품에 비해 우리 몸에 더 빠르게 흡수되는 조합을 가지고 있어서 단백질 효과인 생물가biological value가 높기는 하다. 하지만 계란과 유제품의 생물가 지수가 90~100일 때, 소고기는 80, 콩 제품은 74로 그렇게 큰 차이가 있다고 보기도 어렵다. 또 어차피 다양한 식물성 식품을 섞어서 먹으면 동물성 식품만큼의 생물가가 나온다.[310] 굳이 여러 질병을 유발할 수 있는 동물성 식품을 통해 단백질을 얻어야 할 이유가 없다.

단백질 권장량이나 단백질의 질에 대한 오해 외에도 근육을 키우거나 운동을 전문적으로 하는 경우, 고기 중에서도 특히 닭고기를 먹어야 한다는 주장은 이미 많은 이들에게 퍼져 있는 '미신'이다. 닭가슴살을 챙겨 먹는 보디빌더들을 많이 보았을 것이다. 긴 설명보다는 오래도록 우리를 지배한 이 관념을 깨기 위해서 다큐멘터리를 하나 추천하고 싶다. 2018년에 넷플릭스에서 공개된 「더 게임 체인저스The Game Changers」는 '상식'인 줄 믿어왔던 이 미신을 쉽게 깨준다. 이 다큐멘터리에서 내레이션을 맡은 제임스 윌크스James Wilks는 육상 선수, UFC 선수, 복싱 선수, 사이클 선수 등 식물식을 하는 여러 선수들을 소개하면서, 정상급 퍼포먼스를 유지하려면 동물성 단백질이 반드시 필요하다는 통념을 전면적으로 반박한다. 각종 리프팅 세계기록을 보유한 패트릭 바부미안Patrik

Baboumian도 등장하며 UFC 선수인 제임스 윌크스 자신도 다큐멘터리에서 체험담을 공유한다. 이 다큐멘터리가 나온 후 제임스 윌크스는 조 로건Joe Rogan의 라디오 쇼에 나왔다. 코미디언 조 로건의 팟캐스트는 2019년에 아이튠즈에서 팟캐스트 부문 1위를 차지할 정도로 인기가 있는데, 육식주의자인 크리스 크레서Chris Kresser와 제임스 윌크스는 이 쇼에서 4시간에 걸쳐 토론했다.[311] 토론은 제임스 윌크스의 완승이었다.

게임 체인저스나 자연식물식 전문가들이 말하려고 하는 건 '단백질이 필요하지 않다'가 아니라, '단백질을 동물성 식품이 아닌 식물성 식품에서 구할 수 있다'는 것이다. 식물식을 하더라도 운동선수나 근육을 전문적으로 키우는 보디빌더라면 일반인보다 단백질을 더 섭취해야 한다. 국제보디빌딩연맹International Federation of Bodybuilding and Fitness, IFBB 소속 프로이면서 비건 보디빌더로 유명한 니마이 델가도Nimai Delgado는 체지방량을 제외한 실질체중lean body mass에 2배를 곱한 단백질 계산 공식을 따른다. 이 공식에 의하면, 그는 자신의 체중이 82kg였을 때 매일 150g 정도의 단백질을 섭취한다고 했다.[312] 이는 일반인들에게 권장되는 단백질 양의 3배 가까이 된다. 150g의 단백질을 두부나 템페에서 얻는 그의 식단에서 특히 눈이 가는 것은 전체 식단의 50~60%가 양배추, 감자, 렌틸 같은 탄수화물, 20~25%는 지방으로 구성됐다는 점이다. 많은 보디빌더들이 탄수화물을 아예 끊는 것과는 상반된 모습이다. 다른 보디빌더들에 비해 상대적으로 간소한 그의 보충제 리스트 역시 주목을 받았다. 그가 챙기는 보충제는 프로틴파우더, 분지화체인 아미노산 BCAABranched-Chain Amino Acids, 크레아틴creatine, 비타민 D3, 비타민 B12, 오메가-3 지방산뿐이었다. 앞의 3가지만 근육과 관련되어 있으며 나머지는 보통 사람들도 일반적으로 챙겨 먹는 영양제들이다.

솔직히 그가 추가적으로 보충제를 더 먹는지 혹은 스테로이드제를 뒤에서 몰래 투여하고 있는지는 알 길이 없지만, 그의 식단 자체는 이상적이다. 운동 전에는 에너지를 얻고, 운동 후에는 근육 회복을 위해 탄수화물로 근육 글리코겐muscle glycogen을 채워주는 것이 중요한데[313] 그는 좋은 탄수화물을 부족하지 않게 먹는다. 단백질 양도 150g이면 다른 선수들에 비해서는 적게 먹는 편이다. 보통 자기 체중에 1.6배를 곱한 것 이상으로 단백질을 먹는 것이 근육량을 늘리는 데에 실질적인 효과가 없다고 하니[314] 82kg에 단백질 150g 정도면 적당하다. 니마이 델가도뿐만 아니라 비슷한 식단을 가진 비건 보디빌더들은 식물식이 근육 훈련 이후 회복 시간을 단축하는 데 큰 효과가 있다고 입을 모아 말한다. 혹 근육을 키우기 위해 운동하는 중이라면, 니마이 델가도의 웹사이트[315]를 통해 그가 추천하는 구체적인 식단과 운동루틴을 공유하고 있으니 찾아보기를 권한다. 또 유명한 비건 보디빌더들이 하루 동안 무엇을 먹는지를 보여주는 'WHAT I EAT IN A DAY: Vegan Bodybuilders'라는 유튜브 비디오도 참조하면 좋겠다.[316]

'닭고기를 먹어야만 근육과 힘을 키울 수 있다'는 게 어불성설인 것은 보디빌더들을 보지 않더라도 힘이 센 고릴라, 코끼리, 코뿔소, 소 등이 모두 초식동물인 것만 봐도 알 수 있다. 이들은 역도선수보다도 힘이 세다. 이렇게 간단한 사실을 왜 지나쳤을까? 단백질이 부족하면 어쩌나 했던 걱정들은 괜한 우려였다. 일반인이든 운동선수이든 어느 정도 칼로리를 먹으면 걱정할 필요가 없는 게 단백질이다. 그리고 이는 부작용이 전혀 없는 식물성 식품을 통해 하루 단백질 권장량을 채우면 될 일이다. 내가 완벽하게 생선과 계란, 유제품을 끊은 지는 3~4년 정도 되었다. 나는 오늘도 부작용 걱정 없는 식사를 한다.

18장 세 번째 그리고 네 번째 변화, 계란, 생선, 유제품과의 결별. 그리고 기름에 안녕을 고하다

과거의 나는 동물성 식품을 추종했다. 내가 어쩌다가 동물성 식품을 맹신하게 됐는지는 모르겠지만, 이제는 동물성 식품이 굳이 필요하지 않은 것도 알았고 나아가 동물성 식품이 우리 몸에 맞지 않는다는 것도 알았다. 그리고 한편으로는 고기나 유제품이 왜 이렇게까지 몸 안에서 문제를 일으키는지 근본적인 이유가 궁금해지기도 했다. 여러 가지 가설이 있겠지만, 나는 우리 인간 종이 애초부터 육식에 맞지 않게 창조된 건 아닐까, 생각하곤 한다. 결국 우리는 잡식동물이 아니라 초식동물이기 때문에 동물성 식품을 섭취했을 때 몸이 받아들이지 못하는 게 아닐까? 인간이 잡식동물이냐 초식동물이냐는 다른 차원의 주제지만, 밀턴 밀스Milton Mills 박사가 만든 〈표15〉만 봐도 인간은 초식동물에 더 가깝다. 그는 다큐멘터리 「왓 더 헬스」에도 출연하고, 미국인을 위한 식생활 지침Dietary Guidelines for Americans을 바꾸기 위해 앞장섰다. 그가 만든 표에서 육식동물, 잡식동물, 초식동물, 인간의 치아, 침, 간, 소장, 소변, 장 pH 농도를 비교해봐도 그렇고 표가 없이 상상만으로도 어느 정도 유추가 가능한 부분도 있다. 만약 인간이 정녕 잡식동물이라면, 어느 날 갑자기 세렝게티 초원에 뚝 하고 떨어졌을 때 풀을 뜯어 먹으면서 동시에 사냥도 해가며 육류도 먹어야 한다. 그런데 이는 말이 되지 않는다. 인간의 몸으로 사자와 경쟁해서 먹이를 쟁취하는 건 불가능에 가깝고, 행여나 남은 고기를 먹는다고 해도 하이에나와 경쟁해야 한다. 피가 뚝뚝 떨어지는 고기를 구했다고 한들 날것 그대로 쉽게 뜯어먹을 수도 없는 노릇이다. 인간의 치아 구조는 여느 육식동물과 다르기 때문이다. 조금 더 쉽게 씹어 먹으려면 불로 익혀 먹어야 하는데, 여러분도 잘 아시다시피 인간이 불을 쓰게 된 것은 혁명에 가까운 일이었다. 인간이 근본적으로 무엇을 먹어야 하는 동물인지에 대한 답 역시도 꽤 분명히 보인다. 이런 명백한 생물학적 증거들이 있지만, 내가 식물식을 한 것은 요 근래의 연구들을 바탕으로 한 결정이었다. 이렇게 나는 2016년부터 완전한 초식동물이 되기로 결정했다.

턱과 치아[317]

초식동물과 인간의 아래턱은 음식을 빻는 역할을 하기 때문에 크지만, 육식동물들은 음식을 빻는 기능이 중요하지 않기 때문에 아래턱, 즉 하악下顎이 작다.

초식동물과 인간은 악관절(턱관절)이 이의 위치보다 위쪽에 있는 반면, 육식동물은 악관절이 어금니와 수평으로 있다. 이는 턱관절 가까이에 있는 날카로운 이빨에 힘을 집중시켜 고기를 쉽게 자르기 위해서다. 펜치의 날 부분이 손잡이와 같은 선상에 놓여 있는 것과 같은 원리다.

표15 **육식, 잡식, 초식 동물과 인간 비교**[318]

	육식동물	잡식동물	초식동물	인간
치아	날카로움	날카로움	평평	평평
침	소화효소 없음	소화효소 없음	탄수화물 소화 효소	탄수화물 소화 효소
간	비타민 A 해독 불가능	비타민 A 해독 불가능	비타민 A 해독 가능	비타민 A 해독 가능
소장	몸길이 3~6배	몸길이 4~6배	몸길이 10~11배	몸길이 10~11배
소변	산성	산성	알칼리성	알칼리성
장 pH 농도	1	1	4-5	4-5

그림8 육식동물과 초식동물, 인간의 두개골 비교

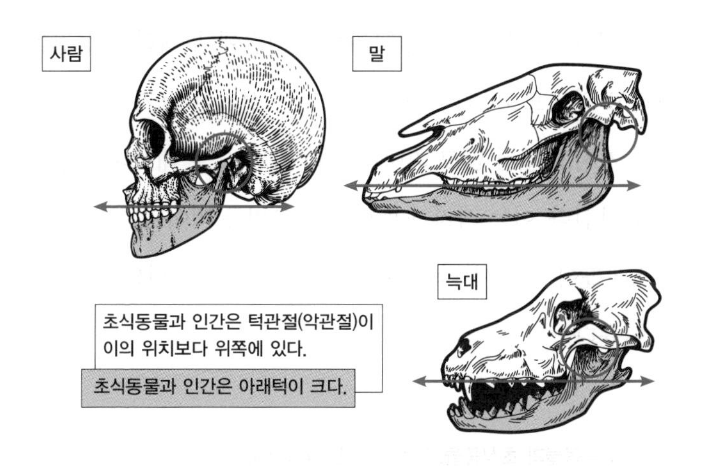

초식동물과 인간의 치아는 넓고 평평하지만, 육식동물의 치아는 날카롭고 따로따로 떨어져 있다. 입을 닫았을 때 초식동물과 인간의 윗니와 아랫니는 맞닿는데, 육식동물은 그 둘이 포개진다.

장 구조[319]

초식동물과 인간의 소장은 몸길이의 10~12배로 육식동물에 비해 훨씬 길다. 육식동물의 소장은 몸길이의 3배 정도에 그친다. 초식동물과 인간의 소장이 더 긴 이유는 섬유질을 소화하는 데 시간이 더 걸리기 때문이다. 장이 길어야 섬유질이 풍부한 식물에서 영양소를 추출할 시간이 충분하고, 길이와 함께 표면 면적이 늘어나야 영양소 흡수가 더 쉽다.

반대로 육식동물의 짧은 소장은 고기를 빠르게 통과시키는 데 최적화되어 있다. 고기는 단시간에 부패하는 성질을 가지고 있으므로 육식 동물의 장기는 섭취한 고기를 체내에 오래 가지고 있지 않고 최대한 빨리 몸 밖으로 내보내려는 성질을 가진다. 이는 사자가 매일같이 고기를 먹어도 혈관에 콜레스테롤이 쌓여서 막히는 죽상동맥경화증이 나타날 수 없는 이유다.

그림9 **육식동물과 초식동물, 인간의 소장 길이 비교**

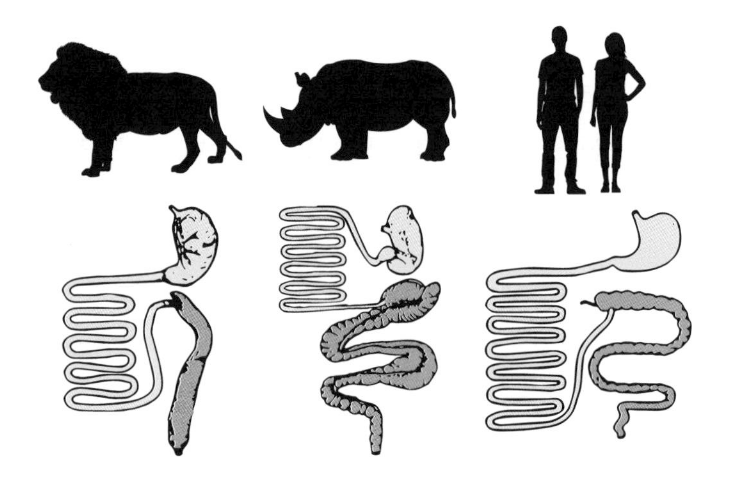

나는 2015년까지 감자, 당근, 브로콜리, 양파, 아스파라거스, 애호박, 버섯 등을 기름에 볶아서 계란, 오이, 토마토, 잎채소와 같이 먹는 식단을 유지했다. 그때만 해도 우유도 마

셨고 생선도 가끔 구워 먹었다. 하지만 자연식물식에 대해 알아갈수록 동물성 식품을 아예 먹지 말아야겠다는 생각이 들면서 이마저도 끊게 됐다. 생각보다 그다지 어렵지는 않았다. 아몬드 우유나 두유로 충분히 우유를 대체할 수 있었고 맛이나 질감이 비슷해서 전혀 이질감이 느껴지지 않았다. 매일유업의 아몬드 브리즈 중에서도 가능하면 언스위트를 고르는 것을 추천하며, 나는 매일 두유 99.89도 종종 구입한다. 특정 회사의 제품이 아니어도 좋다. 무설탕, 무첨가인지 확인하고 고르면 된다. 계란과 생선과의 이별도 마찬가지로 수월했다. 계란과 생선의 맛이 딱히 그립지 않았는데, 이전에 이미 많은 종류의 야채를 기름에 볶아 먹는 과정을 거치며 배불리 먹고 있어서였기 때문인 것 같다.

아무래도 어떤 음식을 식단에서 제외하려면 그 음식이 생각나지 않도록 다른 걸로 배를 채우는 게 가장 좋은 방법이 된다. 그러니까 동물성 식품을 끊을 때는 기존에 먹던 식물성 식품의 양을 늘리거나 새로운 야채, 혹은 아보카도처럼 기름진 야채를 대신 먹는 것도 좋은 방법일 수 있다. 새로운 맛을 찾아 음미하고 즐기며 그렇게 몇 주가 지나면 고기나 계란, 유제품에 대한 욕구가 사라진다.

야채들을 기름에 볶는 방식을 그만둔 건 2017년 언젠가,

우연히 찜기로 야채를 쪄서 먹어 보니 맛이 만족스러워서였다. 군만두와 다른 찐만두의 매력을 생각하면 될 것 같다. 나는 그동안 먹던 재료들을 바꾸지 않고 그대로 사용하되 익히는 방식만 바꾸었기 때문에 기름의 부재에 금방 적응할 수 있었다. 그러나 앞서 언급했듯이 변화는 단계적일 때 받아들이기 쉽다. 기존에 고기를 볶아 먹던 사람이라면, 처음부터 무조건 고기를 전부 다 빼고 야채를 찜기에 쪄서 먹는 건 지속하기 힘들다. 그보다는 기존에 먹던 고기에 야채를 더하는 게 먼저다. 그다음 적응이 되면 순차적으로 고기와 기름을 빼는 방법이 좋다.

기름에 볶는 방식과 비교해 찌는 방식에서 체감하는 절대적인 장점이 있다. 바로 뒤처리가 아주 간단하다는 거다. 기름을 둘러 조리할 경우에는 키친타올로 프라이팬에 남은 기름을 제거한 후에 세제를 사용하여 식기를 닦아야 한다. 기름 때문에 음식이 프라이팬에 눌어붙기라도 하면 불리는 과정도 더해야 한다. 하지만 쪄서 먹으면 대충 물로만 헹궈도 그 흔적을 지우기에 충분하다. 이 간편함 때문에 그냥 찌는 방식에 눌러 앉은 것도 있지만 이전의 방식으로 조리했을 때 소비해야 했던 기름, 키친타올, 세제 사용까지 덩달아 줄였으니 일석이조다.

2017년부터 모든 동물성 식품을 제외하고 어찌보면 '최종적'인 나만의 저녁식단에 정착했다. 지금까지도 이 식단을 유지하고 있으며 하루 2식도 지속 중이다. 아침에는 사과 2개, 견과류 $\frac{1}{2}$ 컵, 치아씨드를 불린 대체 우유에 그래놀라를 넣어서 먹고 그 후 저녁까지 공복 상태를 계속한다. 그래서인지 저녁은 내가 가장 기다리는 시간이 됐다. 배가 고파서이기도 하지만 내가 먹을 음식들에 대한 기대감에도 그렇다. 다음은 나의 저녁시간에 대한 기록이다.

회사가방을 내려놓고 우선 냄비에 물을 조금 담아 불에 올린다. 다음에는 조리 시간을 고려해 오래 익혀야 하는 딱딱한 야채들부터 먼저 준비한다. 무와 감자는 껍질을 깎고 단호박은 어차피 껍질 채 삶으니 조각만 낸다. 단호박 2조각, 무 2조각, 감자 1개와 함께 미리 씻겨진 그린빈 한 움큼을 막 물이 끓기 시작한 냄비 안 스테인레스 찜기에 넣는다. 한 5분 정도가 지나면 다음으로 넣을 야채들을 준비한다. 양파를 자르고, 양배추 1장을 찢어서 흐르는 물에 씻는다. 중간에 배가 고프면 허기를 달래기 위해 배 1개, 오렌지 1개, 포도 몇 알을 먹으면서, 애호박 $\frac{1}{4}$개, 버섯 2~3개, 청경채 1~2장, 브로콜리 한 움큼, 가지 2조각을 마저 준비해놓는다. 양파와 양배추는 나머지 야채들보다 좀 더 익혀줘야 해서 우선 그 둘을 먼저 집어넣고, 유튜브를 보거나 남은 과일을 먹는다. 3~4분 정도 지나면 나머지 애호박, 버섯, 청경채, 브로콜리, 가지를 넣고 5분쯤 기다린다. 기다리는 사이사이 다 쓴 접시들을 씻어 두면 나중에 정리할 거리도 줄어든다. 적당히 시간이 흘렀다 싶으면 찜기에서 야채들을 꺼내 대접에 담는다. 여기까지 대략 15~20분이 걸린다.

저녁 식사 후에는 얼려놓았던 바나나 1개에다가 시리얼이나 스낵바를 곁들여서 간식으로 먹는다. 간식 열량이 150kcal가 넘지 않도록 스낵바 1개나 시리얼 한 움큼 정도에서 자제하려고 한다.

동물성 식품에 기름까지 먹지 않으면서 무엇이 크게 바뀌었냐고 묻는다면 콕 집어 말하기 어렵다. 사실 나는 오랜 기간에 걸쳐 식단을 바꾸었기 때문에 체중도 서서히 내려갔고, 지병도 없었기 때문에 특별한 치료 효과를 본 것도 아니다. 이러이러한 드라마틱한 변화가 있었다고 주장하긴 어렵지만, 지금 생각해보면 분명 이전과 달라진 부분들이 있다. 이를 크게 세 가지 정도로 말할 수 있다. 우선 감기에 잘 안 걸린다. 가장 최근에 감기에 걸렸던 게 2016년 7월이었으니 5년 가까이 감기에 걸리지 않은 셈이고 그마저도 나의 면역력 문제라기보다는 한여름 실내에서 냉방기기로 인해 걸린

감기였던지라 냉방병을 조심하니 해결되었다. 두 번째로는 생리통이 거의 사라졌다는 점이다. 감기에 걸리지 않게 된 것이 그저 나의 면역력이 좋아져서라면, 생리통 완화는 나뿐만 아니라 식물식을 하는 사람들에게서 공통적으로 나타나는 특징이다. 이와 관련된 논문도 있다.[320] 연구를 진행한 닐 버나드 박사는 식물성 식품이 호르몬에 긍정적인 영향을 끼쳐 생리통이 줄어든 것이라고 보았다. 세 번째 변화는 변비가 사라졌다는 것이다. 지난 몇 년간 화장실에 오래 앉아 있어 본 적이 없다. 하루 배변을 건너뛰더라도 조급하게 생각하지 않고 마음 편하게 있다 보면 다음 날에라도 신호가 금세 온다. 이는 자연식물식이 워낙 고섬유질 식단이라서 그런 게 아닐까 싶다.

자연식물식을 하면서 살이 빠지고부터는 확실히 예전과 다르게 겨울이 되면 추위를 많이 탄다. 이는 자연식물식의 부작용이라기보다는 살이 빠져서 체감하는 부분이기 때문에 조금 쌀쌀하다 싶을 때면 그냥 옷을 더 두껍게 입는다.

만약 나처럼 천천히 변화를 주는 게 아니라 기존의 식사를 3~4주에 걸쳐 자연식물식으로 확 바꾼다면 효과는 더욱 극적일 거다. 시중에는 닐 버나드 박사의 『*21-Day Weight Loss Kickstart*』나 립 에셀스틴의 『*The Engine 2 Diet*』[321]처럼 단기간 자연식물식 실천 플랜을 제시하는 책들이 꽤 있다. 립 에셀스틴은 앞서 많이 언급한 콜드웰 에셀스틴 박사의 아들로, 원래는 소방관이었다가 아버지의 영향을 받아서 자연식물식 식단을 개발하고 자연식물식과 병행하면 좋은 운동법을 만들었다. 단기 계획에 있어 닐 버나드 박사는 21일, 립 에셀스틴은 28일 동안 자연식물식에 도전하는 걸 추천하는데, 각 책에는 그 기간 동안 알아두어야 할 정보들이 적혀 있다. 막상 읽어보면 생각보다는 구체적인 방법에 대한 이야기가 부족하지만, 어쨌든 3~4주 동안 식단을 바꿨을 때 어떤 변화들이 생기는지에 대해 나와 있어 잠시 소개해본다.

닐 버나드 박사는 3주 동안 자연식물식을 할 경우 혈압이나 콜레스테롤, 당뇨 관련 수치는 단 며칠만에도 개선될 거고 류마티스 관절염이나 편두통과 같은 통증은 몇 주 안에 완화될 거라고 본다. 체중은 주당 1kg씩 내려가는 게 보통이라고 하는데, 체중 감량이 급한 사람이라면 이 속도가 느리다고 느껴질 수 있을 것 같다. 하지만 이건 자연식물식이 양 제한 없이 마음껏 먹는 식단이란 걸 감안한다면 충분히 좋은 결과라 할 수 있다. 또, 주당 1kg이면 3달에 12kg를 감량하는 셈인데, 요요 없이 이정도로 감량한다면 결코 감량률이 나쁘다고 볼 수 없다.

립 에셀스틴은 4주 동안 성공적으로 자연식물식을 유지했다면 몸무게, 총 콜레스테롤, LDL 콜레스테롤, 중성지방, 공복혈당, 혈압, BMIBody Mass Index, 체지방량 수치 모두 나아질 수 있다고 말한다. 총 콜레스테롤은 150mg/dL, LDL 콜레스테롤은 80mg/dL, 중성지방은 150mg/dL 이하로 낮추는 게 『*The Engine 2 Diet*』 다이어트의 목표다. 체중은 닐 버나드 박사가 말한 것과 마찬가지로 초반에는 감량 속도가 더뎌 보일 수 있다고 한다. 혹 2주 후에도 원하는 만큼 체중이 감량되지 않는다면 칼로리 밀도가 높은 아보카도, 땅콩 버터, 견과류, 스무디, 과일주스류를 줄일 것을 권고한다. 이때 물이나 과일로 배를 채운 후 본 식사를 하는 것도 방법이다. 그러면 평소보다 먹는 양이 자연스레 줄어들어 몸무게가 내려가게 된다.

여기서 '살을 빼려면 스무디나 과일주스를 줄여야 한다'는 말에 다소 오해의 소지가 있다. 우선 여기서 이야기하는 스무디와 과일주스는 액상과당이나 기타 시럽이 들어가지 않은 자연 상태 그대로 갈거나 착즙한 음료를 말한다. 이러한 스무디나 과일주스 자체가 살을 찌운다기보다는 이것들이 액체 상태기 때문에 문제가 된다고 보는 게 맞다. 보통은 액체 상태의 식품일수록 포만감이 덜하다. 실제 한 실험에서는 같은 음식을 고체 혹은 액체 형태로 사람들에게 섭취하게 한 후 포만감을 비교했는데, 액체 형태로 마신 쪽의 80%가 금세 허기를 느꼈다.[322] 결과적으로 스무디나 과일주스를 마시는 경우 계속 뭔가를 더 먹거나 마시게 될 가능성이 커진다는 얘기다. 심리적인 요인도 무시할 수 없는데, 사과를 주스로 마시면 2~3분 안에 목으로 넘겨버리니까 씹어서 먹는 것보다 섭취 속도가 대략 11배나 빠르다.[323] 음식이 금방 사라지고 섭취하는 시간이 줄어든 만큼 아쉬움이 큰 게 당연하다. 여러모로 자연 상태의 과일을 천천히 씹어먹는 게 포만감에도, 혈당조절에도, 체중감량을 위해서도 더 나은 선택이다.

이렇게 내가 정착하게 된 식사법에 대해서 적어봤다. 갖가지 음식의 유혹을 뿌리치고 자연식물식을 하는 것이 얼마나 어려운 일인지 알기 때문에 막상 당장 실천해보라고 권하기에는 망설여지는 것도 사실이다. 매일 어떻게 질리지도 않고 이렇게 먹는지, 회사에서 회식이 있으면 어떻게 하는지, 요리는 아예 안 하는지 이제는 좀 더 개인적인 이야기를 해보려 한다.

평범하지만 평범하지 않은 에피소드

하나

친구가 임신성 당뇨에 걸렸다. 친구네 집에 놀러가서 이 얘기 저 얘기를 하는 동안, 친구 남편이 부엌에서 무언가를 손질하고 있었다. 고기였다. 친구에게 당뇨를 해결하려면 지방을 줄여야 한다고, 고기에는 포화지방이 많으니 조심해야 한다고 말했다. 그러고 나서 당뇨와 관련해 내가 정리한 내용을 이메일로 보냈다. 나중에 친구에게 다 읽었냐고 물어보니, 너무 어려워 보여서 안 읽었다는 거다. '언니, 1장밖에 안 되는데 좀 읽어보지'라고 했지만, 출산을 하고 나면 임신성 당뇨가 없어지려니 하고 잔소리를 멈췄다. 하지만 이 친구는 출산 후에도 2형 당뇨 위험단계에 여전히 머물러 있다. 본문에도 인용한 『*Mastering Diabetes*』라는 책을 보내줬더니, 그제서야 읽고는 '엇, 네 말이 맞네'라고 했다. 한숨이 나왔지만, 이제라도 알았으니 다행이라고 핀잔을 줬다.

둘

어느 날, 친구가 원하는 그릇을 직접 만들어주겠다고 했다. 원래는 가지고 있던 납작한 접시에 삶은 야채를 담아 먹고는 했는데, 나를 위해 디자인된 급식판이라니! 그래서 아무래도 야채들을 살짝 파인 그릇에 담아 먹는 게 더 편할 것 같아 지름 25cm정도로 국수그릇처럼 움푹 파인 그릇을 만들어달라고 했다. 야채들을 납작한 접시에 쌓기보다는 살짝 파인 그릇에 담아 먹는 게 더 편할 것 같았다.

완충재 뽁뽁이에 잘 포장되어 도착한 그릇은 색감과 질감이 파스텔톤의 행성처럼 보였다. 기대했던 대로 갓 찐 야채들을 무심하게 부어넣기 좋았고, 형태에서 오는 안정감도 있었다. 친구가 새로운 행성 시리즈를 만들지 않는 이상, 나는 이 급식판과 앞으로도 쭉 함께할 것 같다.

셋

요리도 어려운 나에게 베이킹은 고난이도 과제였지만, 쿠키 특유의 식감이 그리워 쿠키를 만들어보기로 했다. 밀가루 대신 코코넛 가루를 사용해서 코코넛 오일, 바닐라 시럽, 메이플 시럽, 계란, 소금으로 반죽을 해보았다. 레시피대로 하면 시럽이 너무 많이 들어가는 것 같아 양도 줄였다.

그럴싸해 보이는 쿠키가 완성되어 한 입 먹어보니, 이런. 이렇게 애매한 맛은 처음이었다. 인공적인 당이 생각보다 아주 많이 들어가야 상상했던 쿠키 맛이 나온다는 것을 알았다. '건강한 쿠키'를 만드는 것은 쉬운 일이 아니었다. 나중에서야 바나나와 오트밀로 쿠키를 만들면 괜찮은 대안이 될 수 있다는 걸 알게 되었다. 어쨌든 처음 쿠키를 만들기 위해 샀던 베이킹 재료와 시럽들은 이사를 갈 때 유통기한이 다 지난 채로 발견됐다.

넷

나는 스팸이 싫다. 부대찌개에 들어간 스팸도 싫고, 주먹밥에 들어간 스팸도 싫지만 명절에 주고받는 스팸 선물세트는 정말 제일 싫다. 왜 하필 고기 중에서도 가장 몸에 나쁜 가공육을 남에게 선물로 주는지 모르겠다. 한우세트보다 싸니까 그런 걸까?

귀국 후 코로나 19로 인해 자가격리를 할 때, 구청에서 보내준 박스에는 스팸이 잔뜩 있었다. 물품을 보내준 배려에는 감사했지만, 차라리 햇반이나 김으로 채워주지 싶었다. 엄마에게 '갖다 버리는 게 낫다'라고 얘기하기는 했지만, 아깝

게 선뜻 냅다 버리기란 쉽지 않다. 그렇다고 내가 먹기 싫은 것을 남에게 줄 수도 없는 노릇이다. 자가격리 구호물품을 만들 때 채식이나 자연식물식을 하는 사람을 고려하기는 어렵겠지만, 국가적으로 몸에 해로운 식품을 보급하는 것은 옳지 않다. 2015년, 미국 식품의약국 FDA에서 마가린 같은 트랜스 지방의 사용을 금지한 것처럼 유해성이 입증된 식품에 있어서는 좀 더 엄격한 규제를 하면 좋겠다.

다섯

'식단을 바꾸는 가장 효과적인 방법은 자식의 잔소리다'

어떤 영양학 교수가 지나가는 말로 했던 말이다. 코로나19로 한국에서 원격 근무를 하면서, 이 말이 맞는 말인 것 같다는 생각이 부쩍 든다.

오랜만에 부모님과 함께 지내는 요즈음, 반강제적으로 두 분 모두 하루 중 한끼를 나와 같은 식단으로 드신다. 그러자 변화가 생겼다. 부모님의 체중이 줄었고, 예전에 강박처럼 고기나 생선을 챙겨 드시려던 습관이 사라졌다. 나처럼 여러 야채들을 다 넣어 식사를 준비하는 엄마와는 달리, 아빠는 좋아하는 야채 위주로 조금은 소심하게 담아 드시는 편이다. 문제는 두 분이 가끔씩 뼈 해장국이나 김치찌개를 폭식할 때가 있다는 것이다. 오랜만에 이렇게 드시고 나면 다음 날 속이 더부룩하다며 후회하신다.

이렇게 변화를 체감하면서 과식하고 후회하는 횟수가 줄어들기를 바란다. 물론 그때까지 나의 잔소리는 계속된다.

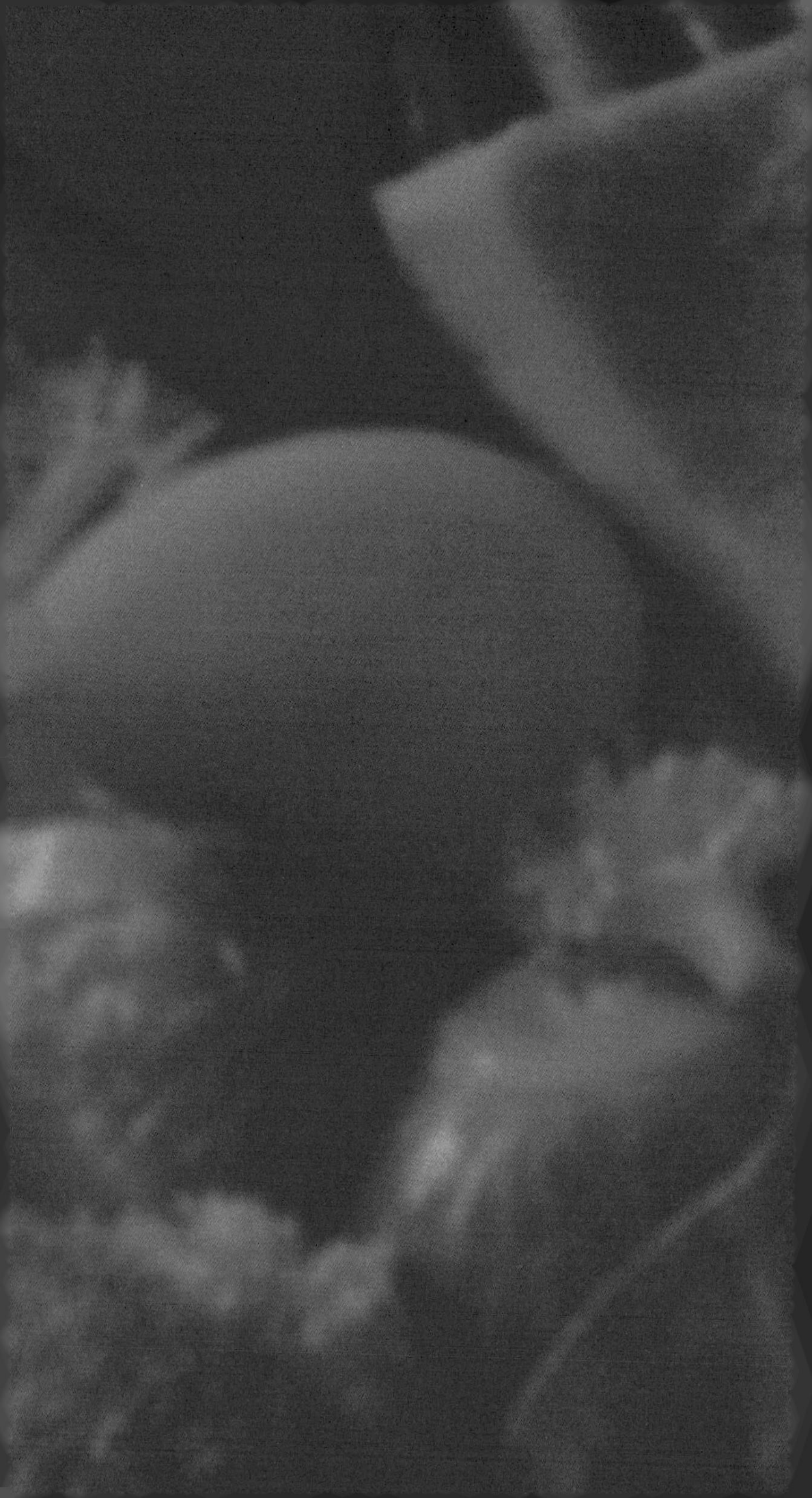

3부

그럼에도 불구하고 선택한 자연식물식

19장 변화의 시작

자극적인 음식과 요리법이 난무하는 세상이다. 사람들이 흔히 '맛있다'고 느끼는 음식은 대개 맵고 짜거나 달다. 이런 맛이 득세인 오늘날 심심한 자연식물식을 선택하기란 결코 쉬운 일이 아니다. 짜고 기름진 음식이 매일 쾌락중추를 자극하는 상태에 익숙해지면, 건강한 음식을 먹었을 때 '맛없다'고 느껴져서 포기하게 되는 경우가 많다.[324] 동물성 식품은 중독성도 매우 강하다. 실제로 치즈 같은 유제품에 함유된 카제인casein은 몸 안에서 마약성분과 비슷한 효과를 가진 카소모르핀casomorphin을 생성하기 때문에, 한번 그 맛에 중독되면 끊기가 어렵다.

어려서부터 동물성 식품에 노출된 경우라면 식단을 바꾸기 더 힘들다. 마이클 클레이퍼 박사의 설명을 들어보자.

인간이 오랫동안 고기를 섭취하면 우리 몸에서 자체적으로 생산 가능한 카르니틴carnitine, 크레아틴creatine과 같은 물질의 양이 점점 줄어든다. 고기 속에 카르니틴과 크레아틴이 존재하기 때문에 몸 스스로 이러한 성분들을 생성하는 작용을 중단해나간다. 그러다가 어느 날 갑자기 자연식물식을 시작하면 더 이상 고기를 통해 섭취하던 카르니틴과 크레아틴이 들어오지 않기 때문에 몸이 조금 놀란다. 그래서 자발적 생산에 돌입하게 되는데, 이때 시간이 필요하다. 이 적응 기간은 최소 몇 주에서 몇 개월도 걸릴 수 있는데, 이때 고기를 먹고 싶은 욕구가 자주 생긴다. 문제는 여기서 고기의 유혹을 떨치지 못하고 고기를 먹어버리는 데서 발생한다. 카르니틴과 크레아틴의 수치가 급격히 뛰면서 에너지가 넘치는 느낌이 들기 때문이다. 그러면서 '역시 건강하려면 고기를 먹어야 해'라는 착각 아래 다시금 동물성 식품을 즐기는 일상으로 돌아간다.[325]

다소 비관적인 이야기들을 먼저 했지만, 자연식물식은 불가능한 일이 아니다. 이미 나를 포함한 많은 사람들이 수없이 시행착오를 겪었고, 어느 정도는 가야 할 길에 대한 해답에 가까워졌다. 그렇다면 이제는 우리가 어떤 부분에서 어떠한 어려움을 겪는지, 어떻게 그 어려움을 극복할 수 있는지 생각해보아야 한다. 그러니까 최소한 4주는 당신의 시간과 노력을 '자연식물식'에 투자해보면 좋겠다. 그 투자가 이어져 6~8주, 그 이상으로 넘어가면 자연식물식은 당신에게 '일상'이 된다.

단기전보다는 장기전에 더 최적화된 식단인 '자연식물식'을 하기 이전, 나는 단기적인 목표 중에서도 특히 '체중 몇 kg 감량하기'를 달성하기 위해 여러 식단을 시도했다. 살이 생각보다 안 빠지면 식단 탓을 했고 왠지 모르는 열패감도 느꼈다. 그렇게 체중 감량에 실패하면 '루저'가 된 기분이 들었다. 아무래도 이런 식의 목표는 성공 아니면 실패라는 두 가지 결론을 낼 수밖에 없으니, 성공하지 못하면 말짱 도루묵이라는 느낌을 준다. 하지만 자연식물식은 목표를 설정하는 방향 자체가 다르다. '수치화된 결과'보다는 '상태', 즉 '몇 kg을 뺀 사람'이 아니라 '건강한 사람'이 되어서 느끼는 만족감에 초점을 맞춘다. 이는 어렵지 않다. 그저 '어제보다 조금 더 나은 상태'를 즐기면 그만이다. 체중감소는 부차적으로 따라온다. 그러니까 이왕 자연식물식을 하기로 마음먹었다면 장기전을 염두에 두고 시작하면 좋겠다.

자연식물식을 시작하면서 참고할 수 있는 레시피들은

유튜브와 블로그에도 많다. 건강한 식단을 만드는 데 도움이 되는 요리 채널들을 참고 문헌에 따로 분류하였다. 그리고 자연식물식을 시작하고자 한다면 무엇을 먹을지도 중요하지만 아무래도 나름의 규칙을 세워두면 좋다. 이와 관련해서는 립 에셀스틴의 'E2 다이어트'가 좋은 예다. 『*The Engine 2 Diet*』라는 책에서 립 에셀스틴은 단계적으로 변화를 주고 싶은 사람들을 위해 〈표16〉처럼 4주간 지켜야 할 규칙을 정해주었다. 1주차에는 유제품과 정제 식품을, 2주차에는 모든 동물성 식품을, 3주차에는 기름을 제외하며 4주차는 앞서 제한했던 1, 2, 3주차의 모든 규칙을 적용한다.

표16 **E2 Diet**[326]

1주: **유제품, 정제 식품 제외**

2주: **모든 고기(소고기, 닭고기, 돼지고기), 계란 제외 + 1주차 규칙 유지**

3주: **기름 제외 + 1, 2주차 규칙 유지**

4주: **유제품, 정제 식품, 모든 고기, 계란, 기름 모두 제외**

***유제품 예시 : 우유, 치즈, 버터, 요거트, 크림, 아이스크림 등**
정제식품 예시: 백미, 밀가루로 만든 빵, 파스타, 케이크, 과자, 탄산음료 등

첫 주부터 백미나 흰 빵을 끊기가 어렵다고 느껴지면 처음에는 정제된 식품은 둘째치고 동물성 식품과 유제품을 식단에서 제외하는 데 집중해도 좋다. 예를 들면 소고기 볶음밥 대신 야채 볶음밥, 카페 라떼 대신 두유 라떼로 바꿔보는 방법이 있다. 버거를 먹고 싶다면 롯데리아나 버거킹에 가서 비건 버거를 선택하고, 샌드위치가 먹고 싶다면 닭고기나 베이컨 대신 고소한 아보카도를 넣는 방법도 있다. 그런 다음 2~3주차에 정제식품과 함께 기름을 제외하는 식이다.

3주차에는 기름을 많이 쓴 음식, 정제된 탄수화물, 가공식품도 모두 제한해야 한다. 사실상 여기서부터는 직접 만들어 먹는 것이 구매한 식품을 선별해서 먹는 것보다 편할 수 있다. 볶음밥을 할 경우 기름 대신 저염 간장을 사용하고, 흰쌀밥은 현미밥으로 바꾸는 방법을 쓸 수 있다. 기름을 굳이 써야 한다면 엑스트라 버진 올리브 오일을 추천한다. 버거를 사 먹는 대신 담백한 샌드위치를 먹고, 흰 빵을 사용하여 만든 샌드위치를 통밀빵 샌드위치로 대체한다. 〈표17〉에 3주차에 활용할 만한 식단표를 만들었으니 참고하길 바란다.

만약 사정이 생기거나 규칙을 지키지 못해 1주차 규칙에 정체되어 있어도 괜찮다. 2주차로 넘어갈 준비가 될 때 까지 1주차 규칙을 계속 유지해도 좋다. 준비가 됐을 때 다음 단계로 가되, 맨 처음으로만 돌아가지 않도록 주의하는 게 핵심

표17 **식단표 예시**

아침	–오트밀 –통곡물 시리얼과 대체 우유 –통밀빵과 아몬드 버터 –대체 우유에 불린 플랙/치아씨드와 그래놀라 –통곡물 팬케이크/와플 (통곡물 팬케이크 믹스는 아이허브에서 구매 가능) 위 메뉴들과 함께 과일 혹은 과일/야채 스무디(과일보다 포만감 부족)
	*우유 대신 대체 우유 *버터 대신 아몬드 혹은 땅콩 버터 *시리얼과 그래놀라는 통곡물 제품 사용
간식	–견과류(한 움큼)나 과일 –음료
점심	–샐러드(샐러드 소스는 홀그레인 머스타드나 발사믹 식초 사용) –통밀빵으로 만든 샌드위치 (포만감을 위해 후무스, 과카몰레 소스나 콩고기 활용) –부족할 시 감자, 고구마, 옥수수 추가
간식	–견과류(한 움큼)나 과일 –음료
저녁	–통곡물 밥과 반찬(콩고기 활용) –통곡물 밥과 비건 커리(야채육수와 코코넛 우유 사용) –통밀 파스타(토마토 소스 혹은 영양효모로 만든 크림 소스) –두부/템페와 버섯, 가지 볶음 –메밀소바 위 메뉴들과 함께 다양한 야채
	*기름 대신 저염간장, 맛술 등 *소금 대신 양파, 마늘, 강황가루, 야채가루, 레몬, 라임주스 등 *설탕 대신 대추설탕date sugar, 당밀molasses(아이허브에서 구매 가능), 과일주스 등 *고기 육수 대신 야채 육수
간식	–얼린 과일(바나나나 베리류) –카카오 70% 다크 초콜릿 한 조각 (단 맛을 조금이나마 더 원한다면 카카오 파우더가 더 나은 선택)
음료	–물이나 대체 우유 –아메리카노나 두유 라떼 –녹차, 홍차, 얼그레이 등 각종 차 –탄산음료 대신 탄산수에 레몬

〈키 포인트〉

유제품(우유, 치즈, 버터, 요거트, 크림, 아이스 크림, 커피 프림) 제외
고기, 계란, 기름 제외
정제된 탄수화물(백미, 밀가루 음식, 케이크, 과자, 단 음료) 제외
섬유질이 제거된 주스 제외
소금, 설탕 줄이거나 끊기

이다. 〈뉴욕타임즈〉의 베스트셀러 작가인 제임스 클리어James Clear는 그의 책 『*Atomic Habits*』를 통해 '6주 동안 5분이라도 매일 헬스장에 가서 운동을 하는 게 좋다'고 했다.[327] 여기서 핵심은 '매일'이다. 운동을 하는 습관을 들이고 싶다면, 헬스장에 가서 몇 분 동안이나 운동을 했는지보다도 빼먹지 않고 헬스장에 가는 게 우선이다. 그러니까 자연식물식의 1주차 규칙을 3주 동안 유지했다면 이미 당신은 값진 습관을 형성하면서 자연식물식에 더 가까워지는 과정에 있다고 볼 수 있다.

음식은 우리 몸에 들어가 소화 작용을 거치면서 흡수되기 때문에 더욱 습관 형성 과정에서 주의해야 한다. 예를 들어 영어 단어를 매일 10개씩 외우기로 했다가 하루 빼먹었다고 치자. 그러면 다음날 10개를 더 외워서 부족한 부분을 메꾸면 된다. 운동도 그렇다. 매일 30분씩 하던 운동을 하루 빼먹었다고 해서 내 몸에 부작용이 생기지는 않는다. 하지만 오늘 먹지 말아야 할 음식을 먹었다면, 이는 위장을 통해 소화 과정을 거치며 우리 몸에 흡수되고 혈관에도 영향을 미치면서 부작용들이 우리 몸 안에 쌓인다. 이미 몸에 들어와 전신에 퍼져버린 음식물의 부작용들은 내가 빼내고 싶다고 해서 뺄 수 있는 게 아니다.

마음의 준비가 되었다면 첫 주부터 립 에셀스틴의 3주차 규칙으로 바로 넘어가도 된다. 립 에셀스틴 역시 규칙을 단계별로 정해주면서도 가급적이면 첫 주부터 유제품, 정제식품, 고기, 기름을 제외하도록 권유한다. 쇠뿔도 단김에 빼라! 이 방법은 의외로 쉬울 수 있다. 자연식물식은 섭취해야 하는 칼로리 제한이 없으며 배부를 때까지 먹어도 된다. 또 야채, 과일, 통곡물을 먹어보면 알겠지만 조금만 먹어도 포만감이 상당하고 먹을 수 있는 음식의 종류가 다양하기 때문에 입에서 느끼는 만족감도 높다. 다만 고기 위주로 먹다가 바로 100% 자연식물식에 도전할 경우 처음에는 음식 맛이 밍밍하게 느껴질 수도 있다. 이럴 때는 자연식물식에 도전하기 전에 과일식을 하거나 24시간 정도 물만 마시며 금식을 하면 우리 입의 '팔레트'가 백지화하면서 식물성 식품의 맛을 더 잘 느낄 수 있게 된다.

동물성 식품만 먹던 사람이 갑자기 식물성 식품만 먹을 때 몸이 보내는 신호는 한두 가지 정도 더 있다. 일단 섬유질 섭취가 확 늘어나기 때문에 배에 가스가 차기도 하고 콩과 식물이나 브로콜리, 양상추, 당근 같은 야채를 소화시키는 과정에서 방귀가 자주 나오기도 한다. 콩과 식물의 경우 물에 충분히 불리면 소화하기 힘든 라피노스raffinose 같은 당류가 분해되어 배에 가스가 차는 문제를 피할 수 있다. 여기서 방귀가 나오는 문제 때문에 자연식물식을 포기하지는 않았으면 좋겠다. 이는 초반 적응기간에만 나타나는 일시적인 현상이기 때문이다. 기본적으로 동물성 식품을 먹는 사람과 식물성 식품을 먹는 사람의 장내 미생물군microbiome이 다르기 때문에[328] 장이 적응하는 데 약간의 시간이 필요하다. 이때에는 필요에 따라 프로바이오틱스probiotics와 같은 유산균을 먹는 방법도 있다. 가스가 좀 차면 어떠한가, 방귀를 뀌면서 자연식물식에 적응해나가면 그만이다.

'고기를 자연식물식 식단에 조금만 포함하면 안 될까?' 라는 질문에 전문가의 답변은 두 가지로 나뉜다. 먼저, 동물성 식품의 지방과 단백질이 질병을 일으킬 수 있으니 절대 타협하지 말라는 주장이 있다. 1주일에 2번 고기를 먹으면 1년에 100일이나 동물성 식품을 먹게 되니까 위험해질 수 있다는 입장이다. 이는 '담배를 2갑에서 1갑으로 줄여 핀다고 해서 폐암의 위험성도 줄어드는 건 아니다'와 같은 맥락이다. 한 갑이든 두 갑이든 흡연 사실은 부정할 수 없다. 이와는 반대로 팜 포퍼Pam Popper 박사처럼 매일 먹던 동물성 식품을 1주일에 1~2번 먹는 정도로 줄인다면 성공한 거라고 말하는 쪽도 있다. 사람들에게 처음부터 극단적으로 뭔가를 끊으라고 밀어붙이는 것이 도리어 역효과를 낼 거라는 입장이다. 양쪽 다 일리 있는 주장이다. 다만 습관을 형성하는 데에 변동 가능성을 주는 것은 역효과를 낼 수 있다. 보통 무엇인가를 끊을 때는 서서히 끊어나가는 것보다는 한순간에 확 끊는 것이 더 효과적이다. 미국의 모넬 화학감각연구소Monell Chemical Senses Center에서 수행했던 연구에 따르면, 적당한 양의 지방을 섭취한 그룹과 지방을 칼로리의 15% 이하로 제한했던 그룹 중 90일 후 칼로리를 제한한 그룹 구성원들만 지방에 대한 욕구가 사라졌다.[329] 지방을 포기하지 않고 '적당히' 섭취한 그룹은 결국 지방의 유혹을 완벽히 떨쳐내지 못했다. 그러니까 우선은 고기를 완전 제한하는 자연식물식을 한번 시도하여 동물성 식품에 대한 욕구를 잠재운 후에, 그 시점에서 다시 고기를 추가할지 말지 결정하는 방법이 좋지 않을까 싶다. 6~8주 정도 고기 없는 자연식물식을 끝낸 후 '그래도 나는 고기를 먹어야겠다'는 생각이 들면, 〈그림8〉에 나와 있는 조엘 푸르만Joel Fuhrman 박사의 피라미드 식단을 참고해서 고기를 먹기를 권한다. 그는 생선은 1주일에 2번 이하, 닭고기, 계란, 기름은 1번 이하로 섭취하며 소고기는 가급적 제외할 것을 권한다.

그림8 **조엘 푸르만 박사의 피라미드 식단**[330]

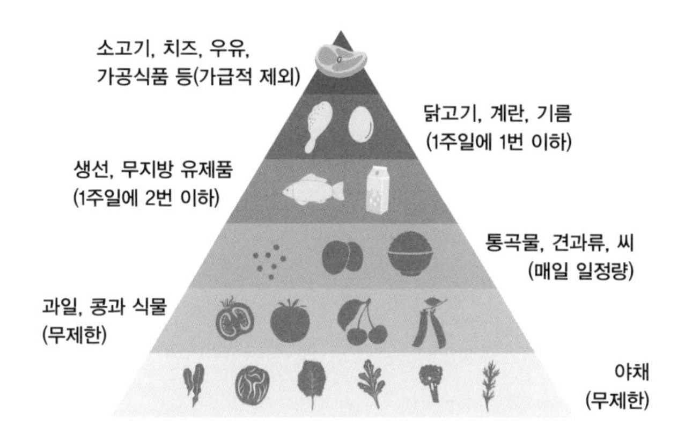

어떤 방법을 선택하든 혼자서 스스로 식단을 바꾸고 유지하기란 쉽지 않다. 그래서 미국에는 히포크라테스 건강센터Hippocrates health institute나 트루노스 건강센터Truenorth health center처럼 합숙을 통해 식단 변화를 돕는 기관들이 있다. 하지만 이런 기관들을 이용하려면 비용이 발생된다. 그러니 자연식물식을 같이 하는 소모임이나 온라인 커뮤니티를 이용하는 방법이 좋은 대안이 될 수 있다. 자연식물식을 오롯이 혼자 도전한다면 이 식단에 입맛을 맞추는 과정을 고독하게 참아내는 수밖에 없다. 하지만 같은 목적과 목표를 가진 사람들이 모여 어려움을 토로하고 달래가며 응원한다면 한결 외롭지 않을 것이다.

처음에 내가 1일 2식에 적응하던 시기에는 배가 고프면 '물배'를 채웠다. 이와 마찬가지로 동물성 식품이 그리울 때는 식물성 식품으로 배를 채우고 버텨야 한다. 고기가 당길 때 과일 1개를 먹으면 적당한 포만감을 줄 거고, 상큼한 맛이 고기를 잊게 해줄 것이다. 과일은 칼로리 밀도calorie density가 낮으니까 여러 개를 먹어도 좋다.

되도록 이 기간에는 집에 유제품, 정제식품, 고기, 계란, 기름을 두지 말아야 한다. 눈에 보이면 손이 가는 게 인지상정이다. 이와 관련해서 내가 사지 않는 게 하나 있다. 바로 '껌'이다. 내가 얼마나 껌에 중독되어 있었냐면, 흡연을 하는 친구들에게 '나한테는 껌이 담배 같은 존재야'라고 얘기할 정도였다. 내가 한창 살을 빼던 7년 전, 밥을 먹었는데도 음식 생각이 날 때면 껌으로 아쉬운 마음을 달래곤 했다. 이때부터 나의 껌 중독이 시작됐다. 껌을 씹으면 입 안에 껌이 있으니 음식을 더 집어먹지 않게 되는 장점이 있었고, 계속 껌을 씹다 보면 음식물을 씹고자 하는 욕구도 어느정도는 해소되었다. 그러다 이게 습관이 되니 껌을 사면 한 통을 다 씹어버리는 껌 중독자가 됐다. 사실 지금도 만약 집에 껌을 몇 통 사다 놓고 계속 눈에 보이면 금방 해치울 수 있을 거다. 그래서 애초에 껌을 아예 사놓지 않으려고 한다. 무엇을 끊고 싶은데 자꾸 먹고 싶은 마음이 드는가? 그렇다면, 당장 눈앞에서 치우는 걸로 반은 해결할 수 있다. 대개는 그걸 사러 나가야 하는 귀찮음이 먹고 싶은 욕구를 누를 테니까 말이다.

6주에서 8주 정도 식단에 적응하는 기간을 지나면 식재료에서 정말 새로운 맛이 느껴져 고기가 그립지 않게 된다. 이는 내가 보장한다. 지나가다 고기 굽는 냄새가 나면 내심 '맛있겠다'라는 생각은 들지만, 고기를 꼭 먹어야겠다는 욕구만큼은 사라진다. 이 단계에 진입하면 미각이 바뀌어 인공적인 맛이 아닌 야채나 과일 본연의 맛에 만족할 수 있게 된다. 음식 고유의 맛이 충분히 느껴지니 소금이나 설탕 같은 양념을 가미할 이유도 없다. 고구마를 먹으면 상대적으로 단맛, 양파에서는 짠 맛이 나는 등 오묘한 맛의 차이를 감지하는 게 가능해진다. 여러 가지 조미료가 첨가된 시판 토마토 소스보다는, 살짝 데쳐낸 토마토 특유의 맛을 더 찾게 된다.

'매일 똑같은 것을 먹는데 지겹지 않냐'는 질문을 많이 듣는다. 극심한 스트레스로 식욕이 떨어지는 날이 아닌 이상 재료 본연의 맛은 지겨운 때가 없다. 단순하게 이 맛이, 자연식물식이 제일 맛있어서 매일 같은 것을 먹고 있는 중이다. 엄마를 모시고 간 미슐랭 레스토랑에서 셰프가 만든 요리를 먹으면서도 자연식물식이 생각이 날 정도니 말 다했다.

처음에는 '건강해지기 위해 맛이 없어도 참고 자연식물식을 먹는다'로 시작했다고 해도 '자연식물식이 가장 맛있다' 단계로 넘어오면 이보다 더 좋은 식단이 없다. 하지만 자연식물식을 하려면 풀어야 하는 문제들이 있다. 자연식물식이라는 선택이 내 인간관계나 사회생활에 애매한 상황을 만들기도 하고, 어쨌든 남들과는 다른 선택이기 때문에 받는 사회적 시선 문제도 존재한다.

20장 딜레마

"왜? 먹는 게 낙이지. 먹는 즐거움은 어떻게 할 거야?"

자연식물식으로 식단을 바꿨다고 하면 다들 '왜'냐고 묻는다. 나는 이미 내가 좋아하는 음식들로 즐겁게 먹고 있는데도 말이다. 아마도 주변에 넘치는 게 맛있는 식당과 음식인 이 세상을 왜 즐기지 않느냐 하는 의미도 있을 것이다. 생각해 보면 이렇게 편하게 사먹을 수 있는 음식들이 많아진 것도 그리 오래된 일이 아니다. 내가 중, 고등학교를 다닐 때만 해도 외식할 때 고를 수 있는 선택지가 많지 않았다. 몇몇 유명한 패밀리 레스토랑 체인점과 고깃집이 대표적인 가족 외식 장소였고, 피자도 집에서 배달해서 먹기보다는 뷔페를 함께 이용할 수 있는 매장에 가서 먹는 사람이 더 많았다. 현재는 반대로 샐러드 뷔페를 이용하기보다는 집에서 배달해서 먹는 사람들이 더 많다. 또, 돈가스는 엄마가 바쁜 시간을 쪼개어 만들어주던 특별한 음식이었지만 이제는 냉동 제품으로 나온 돈가스들을 온라인을 통해서 구매할 수 있고 별의별 음식을 언제 어디서든 배달 앱을 통해 주문할 수 있게 됐다. 브런치부터 치킨, 족발은 물론 디저트류까지 배달이 되지 않는 음식이 없다. 고기는 특별하지 않은 흔한 음식이 되었고, 외식은 이제 산업으로 자리잡았다. 여기엔 다양한 요인이 있다. 소득수준이 높아졌고, 핸드폰과 인터넷을 끼고 자란 세대들은 인터넷을 통해 많은 정보를 접하고, 여행도 많이 다니면서 새로운 경험을 추구한다. 이러한 특성을 가진 탓에 미각을 자극하는 다양한 음식들을 찾을 수밖에 없다. 더 맛있고 다양한 음식을 찾는 수요에 따른 공급이 폭발했다. 이에 더불어 성인병, 비만, 암 발병률도 상승했다.

과학은 고기, 기름, 설탕, 소금이 앞서 언급한 것과 같은 각종 질병을 유발한다는 것을 증명했다. 계란이나 우유와 같은 유제품 섭취가 인간의 몸에 적합하지 않다는 연구들도 충분히 나왔다. 결국 야채, 과일, 통곡물, 콩과 식물, 견과류 위주로, 첨가물이 덜 들어간 식품을 먹는 자연식물식을 해야 한다는 결론에 이른다. 즉 외식을 줄이고 마트에서 육류, 유제품 코너 등을 최대한 이용하지 말라는 건데, 나도 이 의견이 얼마나 터무니없게 들릴지 안다. 요즘 같은 시대에 외식산업과 육류산업을 전면적으로 부정하는 것이 가능하기나 할까?

여러 생산업 중에서도 사람의 건강에 해를 끼치는 가장 대표적인 유형은 담배 산업이다. 그리고 동물성 식품 산업은 담배 산업이 걸어왔던 길과 비슷한 점이 많다. 육류와 유제품의 부작용을 호소하는 논문을 지금 우리가 믿지 않는 것처럼, 예전에는 담배가 건강에 나쁘다는 연구들이 넘쳐났지만 사람들은 금연을 시도조차 하지 않았다. 지금이야 담배가 폐암과 직결된다는 것을 모두가 알지만, 그걸 감추려는 담배회사들의 로비 때문에 여기까지 오는 데만 몇 십 년이 걸렸다. 동물성 식품도 과거의 담배회사들처럼 사람들의 눈을 가리고 있다. 소시지, 요거트, 소고기, 닭고기를 생산하는 기업들이 연구결과를 의도적으로 왜곡하도록 학계를 지원하고 미국 암협회, 심장협회, 당뇨협회 등을 지원한다. 이들은 '육류나 유제품이 특별히 나쁠 건 없다'는 식으로 각종 지침을 통해 포장해서 우리를 혼란스럽게 한다.

여기서 잠깐, 오랜 시간이 걸려서라도 담배처럼 동물성 식품에 대한 인식이 바뀌면 '해피엔딩'이 될까? 갑자기 어떤 계기로 많은 사람들이 담배를 끊는다고 해보자. 담배가 사양

산업이 되면 당연히 담배회사의 이익은 줄어들어 담배회사에서 일하는 관계자들도 타격을 받는다. 그러나 이 경우, 담배회사 관계자들이 받는 피해보다도 담배를 끊음으로써 생기는 건강이라는 공공의 이익이 여전히 더 크다. 여기서 가정을 바꾸어보자. 만일 전 세계적으로 사람들이 자연식물식을 한다고 해보면 어떨까? 일차적으로는 육류, 유제품, 양계 기업이 손해를 본다. 그다음에는 목축업을 하는 사람, 유통업에 종사하는 사람, 식당을 운영하는 사람, 식당 종업원, 배달을 하는 사람까지 연쇄적으로 피해를 볼 것이다. 음식과 관련된 산업은 우리 생활 곳곳에 퍼져 매우 촘촘하게 연결되어 있다. 그만큼 식품산업, 외식업에서 창출되는 부가가치와 경제활동인구는 어마어마하다. 자연식물식을 했을 때 이들 산업이 받을 수 있는 피해보다 건강이라는 공공의 이익이 더 큰지는 솔직히 난 잘 모르겠다.

마트에서 육류, 유제품, 계란, 생선, 양념 코너를 몰아내는 게 가당키나 할까? 이러한 재료들을 쓰지 않는 음식점이 몇 군데나 될까? 그런 음식점이 있다고 해도 양념을 하지 않고 재료 그대로의 맛만을 살린 음식을 사람들이 돈을 주고 사 먹을까?

외식업의 중심에는 사활을 건 자영업자들이 있다. 수많

은 시간과 노력 끝에 개발한 레시피로 만든 음식을 내는 식당이 있다. 그리고 열심히 개발한 레시피는 없을지언정 생계를 위해 우후죽순 생겨났다가 닫는 체인점들 뒤에도 각자의 사연이 존재한다. 나처럼 육류나 유제품 기업들의 식품을 소비하지 않고, 개인이 운영하는 식당조차 가지 않는 것은 자본주의 사회를 살아가는 시민에게 장려되는 일이 아니다. 돈을 써야 경제가 돌아가고, 돈이 있어야 가계가 돌아간다. 순전히 건강 때문에 외식을 끊고 소비를 포기하라고 하고 싶지는 않다. 이는 상생의 길이 아니기 때문이기도 하다.

사람들이 자연식으로 바꾸지 못하는 가장 큰 이유는 무엇일까? 육식이 다른 이들의 생계와 연결되어 있기 때문에 자연식으로 바꾸면 그들의 생활에 어려움을 초래하게 될까 봐 자연식물식으로 바꾸기를 거부하는 걸까? 아니다. 앞서 말한 것처럼 우리 세대의 음식 트렌드가 인류의 역사에 없었던 자극적인 맛을 좇는 게 가장 큰 문제다. 예전에는 진라면 순한맛도 충분히 맛있었고 신라면 정도면 충분히 매웠는데 지금은 '핵'이나 '불'이라는 이름이 붙은 라면들이 인기를 끌고 있다. 어느새 한국은 세계적으로 '매운 맛의 강국'이 되었다. 이는 누구의 탓도 아니다. 사람의 뇌가 자극에 적응이 되면 이후로는 더 강한 자극을 찾는다. 처음 놀이동산에 갔을 때에는 회전목마와 범퍼카만 타도 충분히 재미있었지만, 점차 바이킹도 시시해져 자이로스윙과 티 익스프레스를 찾게 되는 것과 비슷하다고나 할까? 인간의 욕구는 점차 강한 자극에 길들여져 간다.

'삼겹살 랩소디'를 부르며 '슈가 보이'라는 수식어가 붙은 백종원 씨도 이 흐름을 잘 타고 유명세를 얻었다. 그의 식당에서 나오는 음식들은 육류 중심인 것은 기본에 기름, 설탕, 소금 등을 아낌없이 넣었고 적당한 양에 가격까지 괜찮았다. 많은 대중이 그의 음식 장사 철학에 열광했고, 많은 식당들이 일명 '백종원화' 됐다. '먹방'도 이런 트렌드와 같은 선상에 있다. 패스트푸드, 디저트, 배달음식을 폭식하는 먹방은 사람들에게 만족감을 선사하며 '먹는 것'이 '오락'이 되게끔 일종의 문화로 형성되었다. 유튜버가 날마다 먹는 다양한 음식들은 시청자들의 시각을 자극하고, 음식을 먹는 소리 역시 귀를 즐겁게 하여 식욕을 자극한다. 나도 지난 몇 년간 먹방을 봐왔고 바삭거리는 소리가 좋아 특정 음식들을 먹는 콘텐츠들을 찾아서 보기도 했다. 그러나 이제는 먹방의 패턴이 대부분 비슷해져 식상해졌다. 또, 어떤 유튜버는 과한 양을 먹는 방송을 종종 진행하면서 건강에 이상신호가 와 콘텐츠 업로드를 중단하기도 했다. 많은 시청자들도 이에 공감하면서 무작정 자극적인 음식을 많이 먹는 콘텐츠들보다는 적당히 먹더라도 맛있게 먹는 콘텐츠들로 관심이 옮겨가는 추세다. 그럼에도 먹방은 여전히 강력한 대리만족형 콘텐츠이고 먹방 크리에이터들이 사람들의 욕구를 간파했다는 것에 대해서는 누구나 동의한다.

다시 돈이냐 건강이냐의 문제로 돌아와보자. 많은 사람들이 '백종원 님'으로 칭송하는 백종원 씨와 사람들이 즐겨보는 '먹방'은 음식과 건강의 상관관계를 염두에 두지 않는다. 식당 주인들은 백종원 씨의 레시피를 정답처럼 추구하며 간을 세게 하여 사람들의 입맛을 더욱 자극할 음식을 내어놓고 '가성비 좋은' 음식을 제공한다. 먹방 크리에이터들은 조회수를 늘려 수익을 내기 위해 기름진 음식과 가공식품을 마구 쑤셔 넣는다. 이러한 문제들은 사람들이 백종원 씨의 식당에 가지 않고, 먹방을 보되 현혹되지 않고 패스트푸드를 먹지 않으면 해결된다. 하지만 TV 매체를 통해 매일같이 요리 관련 프로그램들과 연예인들의 맛집 탐방, 요리 서바이벌이 이어지고 인터넷에도 먹방과 맛집 후기가 이어진다. 실시간으로 미디어 콘텐츠에 노출된 대중은 음식의 유혹에 저항하기 힘든 게 당연하다.

이러한 인사들이나 인플루언서들을 통해 막대한 부가가치가 창출된 것은 사실이다. 식품산업과 외식업의 발전은 이와 연관된 배달업계는 물론 일회용 포장용기를 제작하는 업계에까지도 영향을 미쳤다. 자본주의 사회에서 이처럼 돈의 순환은 면밀하고 끈끈하게 연결되어 있다. 그러나 이제는 건강에 대해서도 생각해봐야 할 때다. 백종원 씨의 행보는 음식 사업을 하는 사람들에게 귀감이 되고 시청자들에게 많은 즐거움을 주었다. 나 역시 그의 음식사랑에 감탄을 하지만, 그가 음식으로 전 국민의 수명을 줄여놓은 것은 아닌지 점검이 필요하다. 영향력 있는 개인은 더 이상 개인으로만 바라볼 수 없다. 그들에게는 지금의 트렌드에 브레이크를 걸어주어야 할 책임도 있다. 더불어 보통의 사람들도 각자 식생활을 돌아보아야 한다. 사람들에게는 각자 포기하기 힘든 음식 하나쯤 있다. 누군가에게는 빵이, 다른 누군가에는 초콜릿이 또 다른 누군가에는 떡볶이가 그런 존재일 것이다. 하지만 냉정하게 따지면 그 음식들은 우리가 각종 질병에 걸릴 확률만 높일 뿐이다. 그리고 우리는 처음부터 그런 음식들을 먹어야만 하는 생명체로 태어나지 않았다. 모유, 분유와 이유식으로부터 시작된 우리의 입맛 형성에 대해 생각해보자. 어린 아기가 태어나서 처음으로 아이스크림을 먹고 눈이 동그래져 어안이 벙벙해진 영상을 본 적이 있다. 김치를 처음 먹어본 아이는 어떠한가? 아이는 이내 물을 찾고 연신 혀를 내밀며 맵다고 호소한다.

어린 시절, 자녀에게 삼시 세끼 튀김과 함께 기름진 고기를 구워주거나 자극적인 양념으로 범벅된 배달 음식을 먹으라고 한 집이 많을까? 아니면 몇 가지 소소한 반찬과 함께 밥을 차려주며 야채와 콩도 골고루 먹어야 한다며 잔소리 아닌 잔소리를 한 집이 많을까? 그리고 성인이 되어 독립을 한 자녀가 매일 저녁을 편의점 음식이나 배달음식으로 때우다가 오랜만에 찾은 집에서 제일 먼저 찾는 것은 무엇일까? 바로 '집밥'이다. 결국 찾게 되는 것은 본연의 맛이다.

90년대까지는 한 회사에 오래 근속한 사람들이 많았고, 자영업자보다는 직장인이 더 많았던 호시절이었다. 경제가 어려워지고 취업난이 지속되면서 서민들의 목구멍은 포도청이 되어 건강보다는 돈이 우선인 시대가 되었지만 더 늦기 전에 진정한 우선순위가 무엇인지 한번쯤은 생각해봐야 하지 않을까?

21장 사회생활이 가능하냐고요?

자본주의 사회에서 외식을 하지 않는 것만이 정답이라고 할 수만은 없는 그 어려운 딜레마에 대해 이야기했지만, 나도 가끔은 외식을 하고 싶다. 하지만 돈을 쓰고 외식을 하고 싶어도 시장에는 나의 욕구를 충족시키는 상품들이 그다지 없다. 비건 식당과 빵집들이 늘어나는 추세지만, 여전히 식당에서 사 먹는 음식은 나에게 자극적인 맛이다. 간이 세게 되어 있지 않으면 사람들은 '맛이 없다'고 느끼곤 한다. 전보다 샐러드 전문점이 많아지기는 했지만, 막상 샐러드를 매번 사 먹기에는 가격도 비싸고 내가 원하는 재료도 충분히 들어 있지 않다. 결국 야채와 과일, 통곡물을 마음껏 먹으면서 기름이나 소금, 설탕을 피하려면 외식을 포기하는 게 편한 상황이라 회사 점심시간도 그렇고 웬만하면 외식을 하지 않는다. 하지만 내 주변 사람들은 외식을 좋아한다. 외식을 자주 하지 않는 사람이라고 해도 꾸준히 약속이 있거나 외부 일정이 있으면 외식을 한다. 이렇게 대부분이 일상적으로 하는 외식을 혼자 하지 않을 때 미묘한 간극이 생긴다. 이 장은 이런 간극을 어떻게 메우는지에 관한 이야기다. '밖에서 밥을 안 먹으면 친구들이랑은 만나서 뭐하냐?' '그렇게 살면 회사생활이 가능하냐?' '사람들이 이상하게 보지 않냐?'와 같은 질문들에 대한 답이 될 수 있기를 바란다.

나는 발이 넓지는 않지만 주말이면 간간이 친구들을 만난다. 친구들을 만나서는 밥을 먹는 대신 주로 카페에 가서 커피를 마신다. 몇 가지 문제 상황은 커피를 마시지 않을 때 일어난다. 누군가 '얘들아, 오늘 저녁에 영화 보러 가자!'고 할 때가 그런 경우 중 하나다. 보통은 저녁 때 영화를 본다면, 친구들과 미리 만나서 밥을 먹고 수다를 떨다가 영화를 보러 가는 경우가 일반적이다. 여기서 '얘들아, 나는 외식을 원하지 않으니까 너희끼리 저녁 다 먹으면 그때 조인할게'라고 말하면 '이상한' 사람이 된다. 어쩌면 그 관계가 조금은 서먹해질지도 모른다. 먼저 만난 친구들은 식사를 하며 여러 이야기를 할 테고, 영화를 보기 직전에 합류한 나는 그 이야기들에 대해 알 수 없다. 영화를 보는 도중에 이야기를 나눌 수도 없으니 말이다. 같이 영화를 보자고는 했지만, 정말로 만나자마자 영화만 보고 바로 헤어지는 경우는 별로 없다. 이러한 상황이 반복되면 관계가 멀어질 가능성이 다분하다. 그래서 나는 약속 전에 미리 집에서 저녁을 먹고 친구들과 만나기로 한 식당에 가고는 한다. 그러면 친구들은 먹고 싶은 것을 먹고, 나도 배가 고프지 않으니 굳이 음식을 먹지 않아도 친구들과 함께 대화할 수 있다. 간혹 1인 1주문을 반드시 해야 하는 카페나 식당의 경우라면, 커피를 주문하거나 내가 먹을 수 있는 종류의 간식을 시킨다. 기본 샐러드를 주문할 수도 있다.

사람들이 우려하는 것과는 달리, 사실 식당에 가는 것보다 누군가의 집에 저녁 초대를 받는 게 더 난감하다. 이런 경우에는 아무래도 친구들이 나를 배려해서 채식 메뉴를 준비해준다고 해도 100% 자연식물식이 아니기 때문에 속이 더부룩해지는 문제가 발생한다. 최소한 식당에서는 메뉴판을 보고 내가 먹을 수 있는 게 무엇일지 고를 수 있지만 누군가의 집에 초대되었을 때에는 내가 메뉴를 고를 수 있는 결정권이 전혀 없으니 어쩔 수 없는 상황이 되어버린다. 그렇다고 음식을 준비하는 친구에게 나는 이걸 못 먹고 이건 먹을 수 있으니 나를 위해 특별식을 해 달라고 할 수도 없는 노릇이다. 내가 선택한 나의 식단을 위해 친구에게 그런 요구를 하는 건 염치가 없는 일이다. 그래서 집에 사람을 불러 식사 대접하는 걸 좋아하는 친구들에게는 정말 미안하지만, 웬만하면 식사 초대는 거절한다.

나의 친구들이 '내가 같이 먹지 않는 것'에 적응하는 데는 시간이 필요했다. 어떤 친구는 '친구라면 당연히 같이 맛집을 찾아다니고 먹는 재미를 나눠야지!' 하고 핀잔을 준 적도 있다. 친구의 마음도 이해는 한다. 나 같아도 음식을 열심히 먹는데 내 앞 사람이 같이 먹지 않고 물만 마시면서 나를 지켜보면 어색할 것 같다. 양쪽 다 음식을 앞에 두고 입으로 넣고 있으면 계속 이야기를 이어가야 한다는 부담이 없는데, 한쪽이 먹고 있지 않으면 대화가 끊겼을 때 더 어색함을 느껴 이야기가 끊이지 않게 이어가야 할 것 같은 압박도 생길 거다. 그러나 나의 친구들은 결국 나를 이해해줬다. 나의 선택을 존중해주고 이해해주는 사람들이 곁에 있다는 것은 참 고마운 일이다. 그럼에도 불구하고 '함께 먹지 않는 것이 우정에 영향을 줄까?'라는 질문에 선뜻 '아니다'라는 대답은 못하겠다. 같이 음식을 주문해서 나눠먹는 즐거움 또한 크다. 직접 만든 음식을 대접하고 함께 먹는 것도 의미가 깊은 일이다. 내가 나 자신과 타협을 할 수도 있다. 주말 정도는 외식을 하고, 식당에 갔을 때 고기가 아닌 메뉴를 주문해도 된다. 그러나 나는 내가 가장 좋아하는 것을 날마다 먹기로 선택했다. 이게 이기주의적인 선택일까? 잘 모르겠다. 어쨌든 '황소고집'인 건 분명하다.

나의 고집은 회사에서도 이어진다. 내가 다니는 회사에서는 점심을 제공하기 때문에 동료들과 한자리에서 같이 먹는데, 이때도 나는 그냥 앉아서 아무것도 먹지 않고 동료들과 이야기를 한다. 정말 허기가 지면 과일이나 두유를 먹는다. 의외로 회사 동료들은 내가 먹지 않는 상황을 자연스럽게 받아들였다. 물론 처음에는 조금 이상하게 여겼다. 식습관은 숨기려고 해도 숨길 수가 없으니, 내가 점심시간에 아무것도 먹지 않고 가만히 앉아 있으려면 이유를 설명해야 했다. 나랑 처음으로 같은 테이블에 앉은 사람이라면 열이면 열 '왜 아무것도 안 먹어요?'라는 질문을 던졌다. 매번 귀찮긴 했지만 대답을 해줬다. 그렇게 몇 번을 자연식물식에 대해 설명해주면서 답을 하니까 나중에는 새로운 사람이 '왜 안 먹어?'라고 물어보면 '얘는 이러이러해서 처음부터 같이 밥을 안 먹었어'라고 대신 답을 해주는 사람까지 생겼다.

드물게 있는 회식은 안 가는 편인데, 만약 중요한 행사라면 친구들과 만날 때처럼 미리 저녁을 집에서 먹고 간다. 다행히 회사 사람들은 점심시간에 점심을 안 먹는 것과 회식에 빠지는 것에 대해서 누구도 개의치 않는다. 회사에서는 기본적으로 나의 일하는 능력만 제대로 보여주면 된다는 합의가 이루어졌기 때문에 그렇다. 이는 각 회사의 문화마다 차이가 있을 수 있다. 여전히 회식을 회사 업무의 연장선이라고 보는 곳도 많다.

'개인주의의 나라'라고 불리는 미국에서도 다 같이 먹을 때 먹지 않는 행위를 독특하게 여기는 시선이 존재하니, 한국에서는 이를 더 이상하게 여길 수도 있을 거다. 많은 사람들이 하지 않는 행위를 할 때는 눈치가 보이게 마련이다. 또 내가 하는 일은 소프트웨어 디자인이기 때문에 누군가를 식당에서 만나서 비즈니스를 해야 하는 성격의 일이 아닌데, 만약 당신이 영업을 해야 하는 일을 업으로 하고 있다면 외식은 일의 중요한 부분을 차지할 것이다. 내가 다니는 회사만 해도 소프트웨어를 파는 팀, 즉 영업팀은 큰 계약을 따기 전에 관계자들과 만나 근사한 곳에 가서 밥도 먹고 와인도 한 잔 하면서 계약과 관련된 이야기를 나누는 게 다반사다. 거기서 '저는 밥을 밖에서 안 먹으니 그냥 이야기만 나누겠습니다'라고 하면 '얘는 뭐지?'라는 눈초리를 받을 가능성이 크다. 이런 상황에서는 이렇게 대처하라고 상세히 이야기하기는 어렵지만, 사회가 점점 개인의 선택에 대해서 존중하는 분위기로 전환되고 있다는 것에 희망을 걸 수 있다. 혼자 밥을 먹는 '혼밥'만 해도 이전에는 다소 남들의 시선을 받고 눈치를 보아야 하는 일이었지만 지금은 아니다. 몇 년 전만 해도 나 역시 혼자 식당에서 밥을 먹을 때에 괜히 핸드폰을 만지작거리면서 누구와 소통하는 척을 했다. 사실 아무도 관심이 없었을 테지만, '나는 친구가 없어서 혼자 먹는 게 아니야'라고 보여주고 싶은 마음이었다. 왜 그렇게까지 주변을 의식하고 줏대가 없었나 싶긴 한데, 어쨌든 지금은 '혼밥'이 전혀 이상하지 않은 광경이다. 최근에는 여기에 코로나 상황에 따른 영향도 작용했다. 함께 먹고 즐기는 문화가 조금씩 바뀌고 있다. 혼자 먹는 것이 안전하다고 느끼는 사람은 본인이 무엇을 어디에서 먹고 누구와 먹을지, 혼자 먹을지를 자신이 결정하고 선택한다. 그리고 누구도 이를 제지할 수 없다. 각자 누군가에게 보여질 이미지를 위해, 혹은 어디에 소속되기 위해 억지로 뭔가를 먹고 마시고 하는 일도 점차 줄어가고 있다. 몇 년 후에는 남들과 조금 다른 식단을 가진 것도, 다 같이 먹을 때 지켜만 보는 행동도 대수롭지 않게 받아들여질 것이라고 본다.

22장 식사를 위한 시간

외식도 하지 않고 고기와 유제품을 구입, 소비하지 않는다. 이 지점에서 요리를 좋아하는 사람들은 '그러면 요리할 것도 없을 텐데 무슨 재미로 자연식물식을 하지'라고 의문을 제기할 수 있다. 물론 자연식물식이 자연 상태에 가까운 식물성 식품을 먹는 식사법이기는 하지만, 그렇다고 요리를 전혀 하지 않고 날것으로 먹으라는 것은 아니다. 혹자는 그릇에 덩그러니 놓인 야채나 샐러드를 상상할 수도 있겠지만, 야채, 과일, 통곡물, 견과류와 최소한으로 가공된 기타 재료만을 이용해서 여러 가지 음식을 만들 수 있다. 파스타, 피자, 빵, 아이스크림, 케이크 등 웬만한 건 다 된다. 또 동물성 식품인 고기, 버터, 치즈를 기본으로 하는 음식일지라 해도 식물성 식품들로 대체하여 비슷한 맛을 낼 수 있다. 예를 들어 크림 파스타를 만들 때 버터와 크림을 넣어서 소스를 만드는 대신

콜리플라워, 캐슈, 양파, 마늘, 약간의 기름, 레몬, 소금, 영양 효모Nutritional Yeast를 섞어서 특유의 크림 맛을 낼 수 있다.[331] 혹시 베이컨이 당긴다면, 베이컨 대신 얇게 썬 가지에다가 물, 대추야자medjool date, 양파가루onion powder, 파프리카 분말smoked paprika pepper, 아미노산액liquid amino acids을 섞은 소스를 발라 구우면 베이컨 맛이 난다.[332] 'Nutrition Refined'와 'The Whole Food Plant Based Cooking Show' '서정아의 건강 밥상' 같은 유튜브 채널을 보면 이런 레시피들이 많다.[333, 334, 335]

창의적으로 다양한 요리가 가능한 자연식물식이지만, 나는 요리를 못 하고 요리에 취미도 없다. 나의 자연식물식은 요리라고 부르기도 민망할 정도로 조리법이 간단하다. 재료를 찌고 과일을 먹기 좋게 자르면 끝이다. 그러니 나의 식단은 게으른 사람들에게 안성맞춤이다.

1일 3식에서 1일 2식으로 바꾸면서 점심을 건너뛰니 여유 시간이 생겼다. 거기다 저녁에 복잡한 요리를 하지 않으니 남아도는 시간이 더 많아졌다. 이렇게 빈 시간이 생기면서 나는 새삼 깨달았다. 우리가 하루에 상당히 많은 부분을 '먹기 위해' 쓰고 있다는 것을 말이다. 때가 되면 밥을 먹기만 했지, 깊게 생각해본 적이 없었던 주제였다. 사람이 하루에 평균적으로 몇 시간의 미디어 콘텐츠를 보는지, 혹은 잠을 몇 시간자는지 등에 대한 설문조사 결과들은 간간이 봤던 것 같은데, 먹는 데 몇 시간을 쓰는지에 대한 데이터가 있던가? 많은 사람들이 아침을 간단하게 먹는다고 해도 차리고 치우는 시간이 필요하다. 점심은 식당에 가서 외식을 한다고 하면 식당까지 가는 시간, 주문해서 기다리는 시간, 먹고 돌아오는 시간까지 하면 최소 1시간 정도이다. 회사 식당에서 점심을 먹어도 점심시간은 보통 1시간이 주어진다. 저녁도 각자의 사정에 따라 천차만별이겠지만, 집에서 간단한 찌개를 끓여서 먹어도 각종 재료 손질부터 시작해서 양념이 잘 배어들 때까지 졸이려면 최소 1시간은 걸릴 거고, 먹고 나서 설거지 하는 시간까지 하면 더 많은 시간이 소요된다. 음식을 배달하면 이내 온다고 생각할 수도 있겠지만 사람들이 음식을 많이 시키는 시간대에 배달 어플을 보면 배달하기까지 남은 시간이 보통 1시간이다. 그러니 아침, 점심, 저녁을 다 합쳐서 준비하고 먹고 정리하고, 또 장을 보는 시간까지 하면 최소한 하루에 2~3시간 이상은 식사를 위한 시간으로 사용한다.

내가 하루에 먹는 데 쓰는 총 시간은 많아 봤자 1시간에서 1시간 30분 정도다. 아침은 사과 2개, 견과류 한 움큼(대략 간장 종지를 가득 채운 양), 커피 1잔, 그리고 치아씨드를 두유에 불려서 그래놀라와 블루베리를 곁들인다. 그냥 먹을 것을 담고, 붓고, 젓는 게 전부이니 식사를 준비하는 데 걸리는 시간은 사실상 5분도 채 되지 않는다. 크게 냄새가 나서 다른 사람들에게 민폐를 끼칠 음식도 아니고 회사 업무를 하면서 먹기에도 좋은 구성이라 아침을 먹으면서 업무를 보니 추가적으로 시간이 더 들지도 않는다. 점심은 생략하니 0분, 저녁도 마찬가지로 준비하는 시간이 오래 소요되지 않는다. 야채를 썰어 순서에 맞게 삶고, 야채를 삶는 도중에 과일을 깎아 먹는다. 야채가 삶아지면 냄비와 찜기를 바로 헹구는데, 기름을 쓰지 않아서 몇 번만 물로 씻으면 된다. 그러고는 유튜브를 보면서 저녁을 먹고, 간식으로 얼린 바나나와 시리얼, 견과류를 먹은 후 밥그릇, 포크, 바나나를 담았던 그릇을 마저 설거지한다. 저녁은 이렇게 준비 시간과 먹는 시간, 치우는 시간을 다 포함해도 아무리 길어봤자 1시간 내에 마무리할 수 있다.

밥 먹는 데 드는 시간을 줄임으로써 생기는 여유시간을 다른 사람들과 비교하면 최소 2시간은 벌 수 있다. 우선 다른 이들이 점심을 먹는 12시에서 1시 사이, 1시간. 이때 업무를 보면 야근을 할 일도 없어지고, 일이 많지 않으면 보통은 내가 하고 싶은 일들을 하면서 보낸다. 지금 이 글도 점심시간에 적고 있다. 저녁 식사를 빨리 마치고 남는 1시간은 중국어 선생님과 화상수업을 하는 데 쓰거나 사이드 프로젝트를 하는 시간으로 둔다. 빈둥대며 유튜브나 영화를 보기도 한다. 하고 싶은 일을 하면서 소화가 어느 정도 되면 운동을 하러 간다.

처음 이렇게 빈 시간이 생겼을 때에는 조금 우왕좌왕하기도 했다. 밥을 다 먹고 운동을 하러 가기 전까지 시간이 떠서 할 일을 찾아야 했다. 처음에는 누워서 유튜브만 봤는데, 막상 시간이 생겨 유튜브를 보니 영상 몇 개를 봐도 고작 20분밖에 흐르지 않았다. 생각보다 시간이 가지 않았고 영상을 보는 것도 점차 지루해졌다. 변화를 줘야겠다는 생각이 들어 유튜브 시청을 대신할 일들을 찾았다. 중국어 수업을 듣기 시작한 것도 이 무렵이다. 수업을 들으니 확실히 시간이 잘 갔고 붕 뜬 느낌이 사라졌다. 게다가 발전적인 활동을 하니 활력도 생겼다. 계속 다른 활동들을 추가하면서 지금의 스케줄에 익숙해졌지만, 의외로 적응 기간이 필요했다. 월급날을 기다렸지만 막상 돈이 들어오니 어디에 쓸지 모르겠는 것처럼, 막상 시간이 주어졌는데 어떻게 쓸 줄 몰랐던 설레는 고민의 과정이었다.

돌아보면 나도 인생의 많은 시간을 먹는 경험에 썼다. 다 같이 식탁에 앉아서 누군가가 정성 들여 만든 음식을 먹는 경험이나, 음식점에서 이것저것 시켜서 먹는 경험 모두 큰 즐거움이었다. 이 시간들은 몰입이 쉬웠고 금세 지나갔다. 그러나 자연식물식을 하게 되고 아주 간단한 조리법에 안착하게 되면서, 더 이상 먹는 데에는 많은 시간이 들지 않는다. 지난 몇 년간 먹는 시간을 새로운 것들로 채워왔지만 무작정 '먹는 시간에 다른 일을 하는 게 더 가치 있다'고 말하려는 것은 아니다. 이 생활이 나에게 가져온 수많은 변화들 중 하나에 대한 기록이라고 보면 된다.

세상에는 이탈리아처럼 점심시간인 '프란초Pranzo'가 2시간인 나라도 있고, 점심시간이 0분인 나 같은 사람도 있다. 적정 수면시간은 8시간이라는 기준이 있지만, 식사시간에는 정답이 없다. 혹시라도 어딘가에 먹는 시간을 줄이고 싶은 사람이 있다면, '나처럼 간소화된 자연식물식을 하면 다른 것에 집중할 수 있는 시간이 더 생긴다'를 말하고 싶었다.

23장 '여자'와 '요리'

국어사전을 보자. 요리는 '여러 조리 과정을 거쳐 음식을 만듦, 또는 그 음식'을 일컫는다. 역시 나의 조리법은 '요리'라고 부르기 민망하다. 과정도 간단해서 딱히 '조리 과정'이라고 부를 만한 게 없다. 요리를 하지 않으니 조리도구도 간소하다. 냄비, 찜기, 칼, 큰 접시 두 개, 작은 그릇 두 개, 숟가락과 포크가 각각 두 개, 컵도 두 개, 그리고 친구가 만들어준 둥근 대야 같은 크고 넓직한 그릇이 전부다. 이 큰 그릇은 나만의 '급식판'이다. 밥솥이나 후라이팬, 도마도 없다. 큰 접시를 도마로 쓰고 있기 때문이다.

자취를 한 지 오래되었지만 흔히 밥상에 올라가는 찌개, 국, 볶음 등 웬만한 요리는 할 줄 모른다. 또 소금, 설탕, 기름을 전혀 안 쓰기 때문에 요리에서 중요한 '간을 본다'는 개념도 잊은 지 오래다. 유튜브 레시피 비디오를 보면 따라 할 수는 있겠지만, 요리에 대한 취미가 없고 요리를 해야 할 필요성도 느끼지 못한 나로서는 굳이 그래야 할 이유를 찾지 못했다.

내가 자연식물식을 하는 것을 아는 사람들은 묻는다. '너 결혼하면 채식을 그만둘 거냐?' '남편 밥은 따로 해줄 거냐?' '나중에 애 생기면 아이 요리는 따로 해줄 거지?' 등등. 이런 관심 가득한 오지랖같은 질문들에 나는 쿨하게 '왜 여자가 밥을 해줘야 해? 남편이 요리를 잘할 수도 있지! 그러면 남편이 애 밥도 차려주면 되고'라고 대답하고 싶다. 그런데 선뜻 이렇게 답을 하지 못하고 '때가 되면 요리를 배울 거야' 하고 얼버무리며 넘어간다. 이상하게 나는 '여자가 요리를 해야 한다'는 전제가 깔린 이런 질문들에 주눅이 든다. 자연식물식을 하면서 요리를 하지 않기로 선택했지만 '여자라면 유튜브를 안 보고 할 줄 아는 요리가 몇 개는 있어야 하지 않을까' 하는 강박이 무의식중에 있다.

'여자'와 '요리'가 그렇게 뗄 수 없는 관계일까? 돌아보면 이 편견은 내가 살아온 환경에서 기인했다. 대개 한국 가정이 그렇듯 엄마가 아빠보다 요리를 많이 하셨다. 아빠보다 엄마가 요리를 더 잘하시기도 했다. 어렸을 적 아빠가 해주신 밥을 마주하면, 냉장고 속 모든 식재료를 섞어서 볶은 정체불명의 퓨전음식이 나왔다. 제사를 가면 항상 부엌에서는 작은엄마, 큰엄마, 우리 엄마, 할머니가 요리를 했고 여자인 나는 '그녀들'을 도우며 음식을 나르는 역할을 했다. 내가 직장인으로 일하는 지금, 시대는 바뀌었고 고정된 성역할은 사라지고 있다. 나를 비롯한 많은 여자들이 자신의 일을 하고 있고, 퇴근 후에 여자가 저녁상을 차려야 한다는 마인드는 구시대적인 것으로 여겨진다. '성평등'이라는 가치에 익숙해진 우리 시대에는 요리를 잘하는 여자에게 '여성스럽다'고 하거나, 요리를 못하는 여자에게 '곱게 자라셨네요'라는 말을 함부로 할 수 없다. 여전히 제사를 지내며 여자들만 일을 하고 남자들은 절만 하는 문화도 일부 이어지고 있지만, 점차 남자들도 나서서 부엌에 발을 들여놓는 세상이 됐다. 사 먹을 수 있는 음식이 많아진 것도 이런 변화에 분명 영향을 미쳤을 테지만, 이제는 요리 자체가 성별을 떠나 하나의 활동이자 일상으로 자리잡혀가고 있다. 유튜브만 봐도 남녀를 불문하고 다양한 사람들이 요리하는 모습을 찍어서 올리고 레시피를 공유한다. 하지만 여전히 왜 '한식대첩'에는 '어머님'들이 많이 나오고 '냉장고를 부탁해'에 나오는 '전문 셰프'들은 남자들뿐인 걸까? 의문이 들기는 한다.

더군다나 '결혼할 여자가 갖춰야 할 능력 중 하나는 요리'라는 이 틀에 박힌 사회적 편견을 나는 아직 극복하지 못했다. 같은 조건의 여자 A와 B가 있다고 할 때, A가 B보다 요리를 더 잘한다면 내가 남자라고 해도 A에게 더 끌릴 것 같다. 소개팅에 나가서 '저는 맨날 똑같은 걸 먹고요, 요리는 하나도 할 줄 몰라요'라고 이야기를 하는 게 머뭇거려진다.

사회가 아무리 많이 변화했다고 해도 나의 이 편견은 나에게만 남아 있는 게 아니다. TV에서는 여자 연예인이 예쁜 앞치마를 두르고 집밥을 뚝딱 차려내는 모습이나 남편의 도시락을 싸주는 모습이 나오고, 이러한 방송이 나온 다음날이면 '배우 ○○○ 요리, 5성급 호텔 뷔페 수준…남편 기 살리기' '가수 ○○○, 남편 위한 ♥도시락' 같은 기사들이 뒤를 따른다. 기혼 여성의 이미지는 이처럼 '부엌에서 살뜰히 가족을 챙기는' 이미지로 계속 소비되고 있다. 우리는 여전히 여자로서 요리를 잘하는 게 필수는 아니지만, 못하는 게 자랑은 아닌 시대를 살아간다.

만일 내 성별이 남자였다면 어땠을까? 나와 같은 직군에서 일을 하고 있는 30대 중반 남자가 자연식물식을 하고 있고 요리를 하나도 할 줄 모른다고 하자. 과연 그도 나처럼 '너 혹시 결혼하면 요리 배울 거냐?' '너 와이프 밥은 해줄 거냐?' 이런 질문들을 받을까? 도리어 '네 와이프는 밥 간단하게 차려도 되고 편하겠다'고 할지 모르겠다.

나는 이렇게 나의 편견을 다시 한 번 돌아보면서 내가 요리를 잘하지 못하고 또 앞으로도 하고 싶은 마음이 없음을 되새겨본다. 지금으로서 나는 결혼을 하더라도 매일 같은 것을 먹는 현재와 같은 형태의 자연식물식을 유지할 생각이다. 혹 돌봐야 할 아이가 생긴다면 자연식물식을 기반으로 한 요리들을 배워서 해주면 될 일이다. 요리하는 게 귀찮은 것 이상으로, 우리 엄마가 바쁜 와중에도 나를 위해 만들어 주셨던 음식들이 나의 자존감에 끼친 영향을 알고 있기 때문이다. 이는 음식에 들어간 엄마의 정성과 마음 때문이지 단순히 '고기 반찬'이었기 때문은 아니다.

솔직히 남편 밥은 글쎄, 잘 모르겠다. 나는 매번 남편의 밥을 챙겨가며 신경 쓸 여력도 없고, 무조건 아내가 남편에게 밥을 해주어야 할 의무가 없다는 게 나의 생각이다. 이런 고민에 대해 꽤 명쾌한 답을 알려준 사람이 있다. 바로 나탈리 포트만이다. 할리우드 배우 나탈리 포트만은 동물성 식품을 아예 안 먹는 비건으로 유명하다. 나탈리 포트만은 9살 때부터 비건이었고, 그녀의 남편은 그녀가 영화 〈블랙 스완〉을 찍으면서 만난 안무가 벤자민 마일피드로, 그는 채식주의자가 아니다. 나탈리 포트만이 출연했던 토크쇼에서 진행자는 그녀에게 '당신은 채식을 하고 남편은 육식을 하는데, 그러면 아이들은 어떤 스타일로 밥을 먹이는가?'라는 질문을 했다. 생각보다 간단한 답변이 돌아왔다. 그녀는 그녀대로 비건식을 하고 남편은 남편 식단대로 먹고 있으며 아이들은 둘 중 원하는 식단을 선택했는데, 아들은 채식을 선택했다는 거다.[336] 나탈리 포트만 부부에게는 첫째 아들과 둘째 딸이 있다. 아직 어린 둘째가 어떤 선택을 할지는 모르겠지만, 그녀의 답이 내게는 든든한 위로가 되었다.

24장 '여자'와 '몸무게'

요리를 못한다는 콤플렉스만큼 내가 무의식중에 의식하는 것은 몸무게다. 사실 날마다 같은 식단에 비슷한 양을 먹으면 특별히 체중을 체크할 이유가 없는데도 나는 매일 아침 체중계에 올라간다. 어쩌다 몸무게가 평소보다 0.3~0.5kg 정도 불어날 때가 있어서 그걸 확인하려 함이다. 보통 운동을 하루 거르거나 저녁때 고구마를 1개 더 먹거나, 혹 대변을 보는 것이 하루 늦어지거나 하면 이렇게 체중이 잠시 증가할 때가 있다. 또 저녁 식사 후에 먹는 시리얼의 양을 조절하지 못하고 통제가 안 되어 한 움큼에서 멈추지 않고 서너 움큼 먹은 다음 날에도 체중이 늘어 있다. 이제는 과식했다 싶으면 체중계에 올라가지 않아도 '내일은 한 0.3kg 올라 있겠네' 하고 예측할 수 있다. 아무래도 한 식단을 오래 유지하다 보니 몸의 변화에 민감해진 듯하다. 그래도 매일 체중계에 올라가는 게 습관이 되었기 때문에 체중을 재는 것에 대해 남달리 스트레스를 받지는 않는다.

내 키는 168cm이고 몸무게는 51kg 정도로 유지한지 몇 년 되었다. 처음 식단변화를 시작한 7년 전보다 17kg을 감량해서 지금은 상당히 마른 편이다. 이미 살을 많이 뺐는데도 몸무게 숫자에 집착할 필요가 있을까? 나는 그렇다고 대답한다. 하지만 '마른 몸매가 예쁘다'는 강박 때문에 0.1kg이라도 줄이는 데 혈안이었던 7년 전과는 조금 다른 이유로 몸무게에 신경을 쓴다. 지금은 몸무게를 줄이는 것엔 관심이 없고, '가장 가뿐한 느낌을 주는 몸무게'를 유지하는 데 힘쓰고 있다. 그게 내 기준으로는 딱 50.6kg인데, 이 최적화된 몸무게를 찾아내기까지는 시간이 좀 걸렸다.

7년 동안 1일 2식, 외식 끊기, 채식, 자연식물식을 통해 나는 서서히 마른 몸이 됐다. 마른 몸을 만들기 위해 일부러 굶거나 몸을 학대한 적은 없다. 충분히 음식을 먹었고 무엇을 먹는지 신경을 썼을 뿐이다. 처음 2~3년은 앞서 말한 두 가지 방식(야채를 오븐에 굽는 방식, 프라이팬에 볶는 방식)을 병행했고 매끼 양은 엇비슷했다. 계속 정해진 양을 반복해서 먹으니 내가 얼마만큼 먹어야 배가 차는지 감이 잡혔다. 그리고 배

부르게 먹는 것보다 '이 정도면 배는 채웠는데 조금만 더 먹고 싶다' 단계에서 멈출 때 식후 속이 편안하다는 걸 체득했다. 아쉬워서 뭔가를 더 집어 먹으면 더부룩했고 다음 날 꼭 0.3~0.5kg이 늘어 있었다. 건강하게 마른 체형이 될수록 이 차이가 잘 느껴졌고, 이 편한 '느낌적인 느낌'을 유지하기 위해 몸무게를 소수점까지 확인하는 습관이 생겼다. 내가 전날 아쉬울 때 잘 참았는지 못 참았는지는 다음 날 체중계 숫자가 말해줬다. 실제로 0.3kg이 올라간 걸 눈으로 보면 의식적으로라도 과식을 하지 않게끔 행동이 제어가 되는 효과가 있었다.

이제는 '배부를락 말락' 단계에서 더 먹지 않는 게 익숙해졌다. 그래도 여전히 살짝만 더 채우고 싶은 욕구를 억누르는 건 쉽지 않다. 회사나 인간관계에서 짜증나는 일이 있을 때면 무언가 더 먹고 싶은 마음도 든다. 배고프지도 배부르지도 않은 어떤 중간의 느낌보다는 아무래도 배부른 상태가 더 만족감을 주기 때문일 것이다. 이럴 때는 이를 닦아버리고 10분만 기다리면 식욕이 가라앉는데, 이 10분이 생각보다 버티기 어렵다.

여기서 한 가지 오해하지 말아야 할 게 있다. 이건 나의 규칙일 뿐 자연식물식에는 이런 규칙이 없다. 자연식물식은 칼로리를 제한하는 식단이 아니다. 그러니까 나처럼 몸의 가벼운 느낌이 중요하지 않으면, 배가 터질 때까지 먹어도 상관없다. 항산화제antioxidant의 역할을 하는 비타민, 섬유질, 피토케미컬phytochemical 등으로 가득한 식물성 식품은 지나치게 먹어도 독이 아닌 약이다. 무엇보다 앞서 이야기했듯이 어차피 자연식물식으로는 폭식 자체가 어렵다.

와중에 가끔 황당한 건 이렇게 살을 빼고 군살 없는 몸매가 되니 너무 말랐다며 살을 찌우라고 하는 사람들이 있다는 거다. 사실 체중을 더 늘려도 상관은 없는데, 오랫동안 몸무게에 큰 변화가 없다 보니 몸이 몸무게를 기억해서 유지하려는 성질이 생겨버리긴 했다. 몇 년 전까지만 해도 체중을 확인한 후 의식적으로 식욕을 자제해야만 했는데, 지금은 평소보다 많이 먹으면 다음 날에 몸이 무겁게 느껴져 자연적으로 음식을 덜 먹는다. 여기서 굳이 증량을 해야 한다면 야채나 과일을 추가해서 먹는 방법이 있다. 하지만 이미 충분히 채운 배에 이유 없이 먹을 걸 쑤셔 넣어 위장이 불필요한 운동을 하도록 만들고 싶지는 않다. 고로 아직까지는 딱히 이 몸무게 평균선에서 벗어날 생각이 없다.

예상했겠지만 나도 처음에는 이런 '상태'나 '느낌'에는 전혀 관심이 없었다. '여자의 숙명은 다이어트'라는 말이 남성 중심적인 시선임을 알면서도 무조건 살을 빼고 싶었다. 중학교 때부터 그랬던 것 같다. 마른 몸매는 청바지에 캔버스화만 신어도 예쁜데, 살이 찌면 뭘 입든 부해 보였다. 대학교 때까지는 그나마 표준 체중을 유지하다가 대학원을 졸업할 무렵에는 체중이 11kg나 증가해서 68kg이 됐다. 아침에 부리또, 점심은 햄버거, 저녁은 서브웨이 샌드위치, 그것도 반 개 짜리도 아닌 통사이즈를 먹으니 몸무게가 늘어날 수밖에. '(키-100)×0.9'같이 표준체중을 계산하는 여러 공식들에 내 키와 몸무게를 대입해가며 '나는 그래도 아직은 표준 체중 안에 있어'라고 합리화했지만, 지방이 손으로 쉽게 잡히는 상당히 통통한 상태였기에 마른 몸매에 대한 집착이 다시 치솟았다. 그래서 졸업 후 3, 4개월 동안 1일 2식을 하면서 7~8kg를 감량했다. 그때는 한끼로 멕시칸 음식을 파는 패스트푸드점에 가서 닭고기, 야채, 치즈, 사워크림 등을 넣은 보울을 먹었다. 고기나 치즈가 많이 들어 있어서 자연식물식은 아니었지만 절대적인 양을 줄이니 몸무게는 줄어들었다. 그 후에 1일 2식을 유지하면서 샌드위치와 샐러드를 사 먹는 것으로 바꾸니까 체중이 50kg 후반 대로 내려갔다. 아예 외식을 끊고 고기, 생선, 계란, 유제품, 기름을 서서히 식단에서 빼니 51kg대가 됐다. 51kg가 되고 나서는 스키니진이나 딱 붙는 옷을 입었을 때 멋이 나기 시작했다. 이렇게 마른 몸매는 확실히 내게 자신감을 돌려줬다.

체중이나 몸매와 같은 외적 요인들로 자신감을 되찾은 것이 올바른 방법은 아니라는 걸 이제는 안다. 하지만 처음 의도가 어떠했든 지난 몇 년 동안 식단을 바꾸고 일상화하면서, 자연식물식을 하면 결국 마른 몸매를 가질 수밖에 없다는 걸 알게 되었다. 자연식물식 재료들은 마음껏 먹어도 살이 찌지 않고 오히려 빠진다. 굶거나 소식을 하지 않고서도 다이어트가 가능하다.

'탄수화물은 나쁘지 않다'에서 이야기했듯이 야채와 과일은 칼로리 밀도calorie density가 낮기 때문에 많이 먹어도 살찔 걱정이 없고, 정제 탄수화물이 아닌 좋은 탄수화물은 지방으로 저장되는 일이 드물다. 같은 장에서 언급했던 많은 연구들에서 체중감량에 가장 큰 효과를 보였던 그룹은 채식을 한 경우였다. 만약 다이어트가 시급하다면 야채, 과일, 통곡물, 콩과 식물, 견과류 중에 야채와 과일 비율을 높이고, 감자, 고구마 같은 전분성 야채, 통곡물 비율을 조금 줄이기만 하면 된다. 그게 아니라면 저 5가지를 자연 상태로 골고루만 먹어도 몸무게는 반드시 줄어들게 되어 있다.

여기서 가장 중요한 건 자연식물식으로 군살을 덜어낸

몸이 결국 건강으로 이어진다는 점이다. 몸이 말랐다고 해서 건강한 게 아니라는 건 누구나 안다. 단순히 마름을 추구한다면 거식증으로도 마를 수 있다. 하지만 자연식물식으로 감량을 하면 살이 빠지는 데서 끝나지 않고 수많은 만성질환이 개선될 수 있으며 각종 질환을 예방하는 것도 가능하다. 그러니 목표가 나처럼 그저 '날씬한 몸을 만들어서 청바지가 잘 어울리면 좋겠다'일지라도 일단 자연식물식을 해보기를 추천한다. 처음부터 '자연식물식으로 건강해져야지'라고 생각하는 사람은 많지 않지만, 막상 건강하게 다이어트를 하면 마른 몸이 건강과 연결되어 있다는 걸 알게 된다. 단 한 가지 주의할 점은 나이가 고령일 경우다. 노화에 대해 연구를 하는 발터 롱고Valter Longo 박사는 50세에 비만인 것은 문제가 되지만, 80세에는 마른 것보다는 BMIBody Mass Index가 25~26 정도로 살이 조금 쪄 있는 상태가 몸에 더 적합할 수 있다고 말한다.[337] 관심이 있다면 그의 책 『*The Longevity Diet*』을 참조하면 되겠다.

25장 돈

외식을 끊고 자연식물식을 하게 되면 식비는 당연히 줄어든다. 나는 자연식물식을 하는 데다가 1일 2식을 하니 식비를 더 절약할 수 있었다. 흔히들 건강한 식단을 유지하려면 돈, 시간, 노력이 추가적으로 든다고 하지만 이는 오해다. 야채와 과일 위주의 장보기는 생각보다 돈이 덜 든다. 가격이 두 배는 더 비싼 유기농 식품코너나 백화점 식품관에 간다는 전제가 있다면 이야기는 달라지겠지만 말이다. 나라마다, 또 지역별로 물가가 다르긴 하지만 미국이나 유럽, 남미권의 마트들을 여행하며 들렀을 때 야채, 과일, 통곡물의 물가가 터무니없이 비싼 곳은 아직 보지 못했다.

나처럼 매일 같은 것을 먹으면 장보는 시간도 단축된다. 매주 사야 하는 것이 크게 달라지지 않으니 뭘 살까 생각해서 목록을 작성할 필요도 없고 마트에 가면 몸이 이미 동선을 기억하고 있기 때문에 보통은 15분 내외로 장을 다 본다. 나는 트레이더 조Trader Joe's라는 슈퍼마켓과 집 근처 펠리페 마켓Felipe's market이라는 멕시칸 마켓 두 곳으로 장을 보러 다닌다. 트레이더 조에서는 세척 채소 패키지들과 아몬드 우유, 사과, 오렌지, 감자 등을 샀다. 사과나 오렌지 같은 것들이 묶음으로 되어 있는데, 일일이 셀 필요도 없고 가격도 적당하다. 펠리페 마켓에서는 낱개로 살 때 더 싼 야채들을 산다. 펠리페 마켓은 무게에 따라서 가격이 달라지고, 매주 시세에 따라 각 품목별로 무게당 가격이 조금씩 바뀌기 때문에 가격은 일정하지 않다. 한국에서 장을 보는 패턴도 이와 비슷하다. 패키지로 된 식품들은 홈플러스와 같은 대형 마트에서 구매하고 야채와 과일은 농협에서 하는 로컬푸드 직매장이나 동네 '엉아네 야채가게'에서 구매한다. 신선도를 고려하고 제철 식재료를 구매하기에는 농협 매장이나 동네 야채가게가 제격이다. 그리고 감자나 고구마는 쿠팡처럼 인터넷에서 박스로 구매할 때도 있다.

내가 1주일에 한 번 장을 볼 때 정기적으로 사는 야채와 과일들은 다음과 같다. 나는 1주일 안에 이 식품들을 다 먹어 소진한다. 한국에 머물면서 국내 대형마트 기준으로 가격을 다시 조사해보았다. 특별한 차이가 있다면 사과, 배, 바나

야채	
브로콜리 한 팩(0.4kg)	1,500원
그린빈 한 팩(0.5kg)	3,800원
청경채 한 팩(0.2kg)	1,300원
버섯 한 팩(0.2kg)	1,500원
양파 2개(0.2kg)	1,000원
방울 토마토 한 팩(0.5kg)	3,000원
아스파라거스 한 봉지(0.4kg)	5,000원
잎푸른 채소 한 봉지	1,300원
	18,400원

과일	
사과 두 봉지(10~12개, 2kg)	12,000원
바나나 10개	4,000원
배 5~6개 (1.5kg)	8,000원
키위 한 봉지(5~6개, 0.5kg)	5,000원
포도 한 봉지(0.7kg)	5,600원
	34,600원

나, 키위, 메론, 아스파라거스, 방울 토마토는 한국이 2배 가량 비쌌다. 반면 청경채와 같은 잎채소나 버섯, 가지는 반값 정도로 저렴하다. 대략 한국에서 같은 식재료를 산다면, 총 식비가 미국보다 1.5배 정도 더 나오기는 하지만 가격을 떠나 국산 사과와 배는 크기도 크고 맛도 좋기 때문에 단순히 가격만 놓고 식비를 비교할 수는 없다. 가격을 고려하여 다른 과일, 채소로 대체하여 총 식비를 낮추는 방법도 있다. 참고로 그린빈과 아스파라거스는 냉동제품 가격으로 썼다.

과일은 철에 따라 제철 과일을 골라 먹는다. 요즘에는 비닐하우스 재배 기술이 발달하고 수입과 수출이 원활하기 때문에 사시사철 맛볼 수 있는 과일이 많지만, 그래도 제땅에서 나는 제철 과일을 먹는 게 맛과 영양, 가격 모든 면에서 따져봐도 제일 좋은 선택이 된다. 딸기와 체리는 매주 가격변동이 심하기 때문에 가격을 잘 살펴보고 먹는 편이고, 키위나 포도는 매주 사거나 격주로 번갈아 사기도 한다. 여름에는 복숭아나 자두로 다른 과일을 대체한다. 수입 망고는 생산지에서는 저렴하게 판매되지만 아무래도 수입 유통 과정을 거치면서 가격이 비싸져 보통은 사지 않는다. 파인애플의 경우 맛도 가격도 사 먹을 만하지만 자르기가 어려워 어쩌다 한 번 먹고 싶을 때에만 사 먹는다.

내가 격주로 구매하는 품목들은 다음과 같다. 다음의 야채와 과일류는 1주일 안에는 다 먹지 못하고, 1주일 반에서 2주에 걸쳐 소진하는 식재료다. 이 재료들은 양배추나 단호박, 무처럼 큼지막한 야채들이나 망에 담겨 있는 감자처럼 한 묶음 안에 일주일치보다 많은 양이 들어 있어 두고 두고 먹을 수 있는 경우다. 비교적 쉽게 무르지 않아 오래 보관해두고 먹어도 상하지 않는 사과와 배의 경우에도 1.5~2kg정도를 구비해두고 먹는다. 사과 2kg면 하루에 한 개 정도 먹기에 좋고, 배 1.5kg이면 갯수로 5~6개 정도이므로 2주 동안 격일로 먹거나 하루에 반 개 정도를 먹기에 좋다. 포도는 오래 두고 먹기에는 금세 신선도가 떨어질 수 있어 많은 양을 한꺼번에 구매하지는 않는 편이고, 키위도 후숙이 된 상태라면 금방 무르기 때문에 적당히 익은 것으로 대여섯 개 정도씩 구매한다.

야채	
양배추 1개(0.2kg)	1,500원
가지 1개	1,000원
단호박 1개(0.4kg)	2,000원
무 1개(0.3kg)	1,500원
애호박 한 팩(3~4개, 0.4kg)	3,000원
감자 한 망(10~12개, 0.7kg)	3,000원
	12,000원
과일	
귤 한 봉지(10~12개, 1kg)	6,000원
메론 1개	6,000원
	12,000원

여기에 기본적으로 쟁여놓는 물품들이 있다. 항상 구비해놓고 종종 먹는 식품들로 보통 한달에 아몬드 우유는 3통, 치아씨드는 한 봉지, 시리얼은 2개를 비운다.

아몬드 우유 혹은 두유 한 통	2,000원
치아씨드 한 봉지(1kg)	12,000원
시리얼 1개	6,000원
	20,000원

격주에 한 번씩 사는 식품들이 모두 떨어져서 완전히 다 구매해야 하는 주에는 마트 영수증에 77,000원 정도, 그게 아닌 주에는 53,000원 정도가 찍힌다. 한 달에 마트에서 쓰는 돈은 260,000원 선이고, 치아씨드나 아몬드 우유 같은 것들을 추가하면 30,000원 언저리니, 많아 봤자 290,000원이 한 달 식비로 들어간다. 친구들과 주말에 마시는 커피 값까지 넣으면 총 식비가 320,000원까지 갈 때도 있다. 결국 320,000원을 30으로 나누면 하루 10,000원 정도를 먹는 데 쓴다고 보면 된다. 소금, 설탕, 기름을 안 쓰기 때문에 양념이나 기타 재료비는 0원이다. 안타깝게도 코로나 바이러스가 유행하고 재택근무를 시작하면서부터는 회사에서 제공해주던 견과류나 커피를 내 돈으로 사먹어야 해서 식비가 소폭 늘기는 했다.

자연식물식을 한다면 장을 보는 데 시간이 더 걸리지도 않고 음식값이 더 들지도 않는다. 보양식을 만드는 것처럼 정성들여 달이거나 특별한 노력을 할 필요도 없이 그 자체로 충분한 건강식이다. 이미 익숙해져버린 동물성 식품, 기름진 음식, 달달한 음료, 과자, 케이크와 작별하겠다는 '결단력', 그리고 신선한 식품을 먹겠다는 '의지', 이 두 가지만 있으면 된다. 문제는 역시나 우리가 안녕을 고해야 할 음식들이 우리의 바짓자락을 붙들고 쉽게 놓아주지 않는다는 것이다.

조엘 푸르만 박사의 책 『*Fast Food Genocide*』에 따르면, 미국 내에서 저소득층일수록 패스트푸드를 많이 먹는다. 직접 장을 봐서 간단하게 야채와 과일을 조리하는 게 돈과 시간을 크게 더 요구하지 않는데도 불구하고 저소득층이 패스트푸드를 찾는 이유는, 그만큼 삶에 조금의 여유도 없기 때문이다. 일을 하는 부모가 정시에 퇴근해서 아이들에게 요리를 해주는 것 자체가 어려운 상황이다. 선택지는 미리 요리를 해놓거나 패스트푸드를 사다 먹이든가, 둘 중 하나다. 패스트푸드가 워낙 저렴한 가격에 공급되다 보니 삶에 여유가 없는 사람들은 너무나도 쉽게 후자를 고른다. 10,000원을 가지고 여러 가지 야채와 과일의 맛을 즐기며 천천히 배를 채우는 것보다, 자극적인 맛의 햄버거, 감자튀김, 콜라만으로 단숨에 칼로리를 채우고 입맛을 충족시키는 게 더 쉽고 효율적이라고 본 거다. 자연식물식을 하기 위해서는 돈과 시간이 크게 더 들어가지 않는다고 하기는 했지만, 사실 자극이나 효율 면에서 자연식물식은 패스트푸드와 경쟁하기 힘들다. 그리고 이렇게 경쟁에서 지면 다시 이기기도 쉽지 않다. 햄버거에 입맛이 길들여져 자란 아이는 성인이 되어서 패스트푸드를 찾고, 해놓거나 패스트푸드를 사다 먹이든가, 둘 중 하나다. 이 습관은 몸 안에 쉬지 않고 독성물질을 만들고 또 쌓이게 한다.

솔직히 자극과 효율성을 논할 때 자연식물식이 패스트푸드를 이길 방법이 있는지는 잘 모르겠다. 인간의 의지력만이 이 둘에 맞설 수 있는 유일한 무기가 아닐까 싶다. 혹은 자연식물식이 같은 가격에 더 다채로운 맛을 느낄 수 있는 식단이라는 것을 알게 되면 조금은 설득되지 않을까? 나만 해도 10,000원을 가지고 대략 15가지의 야채와 과일을 매일 마음껏 먹는다. 마음만 먹으면 15가지보다 더 준비할 수 있지만, 자제해서 그 정도다. 그러니 만 원으로 배달음식을 시키는 대신 마트의 신선제품 코너에 가서 장을 한번 보기를 권한다. 디저트 카페에서 케이크 한 조각을 먹는 것도 좋지만, 그 값에 비슷한 당도를 가진 신선한 과일을 몇 개나 사서 먹을 수 있다. 자극과 효율성에 의지력과 다양성으로 맞서는 것도 하나의 전략이라면 전략이다. 진심으로 건투를 빈다.

평범하지만 평범하지 않은 에피소드

하나

여행을 다닐 때에는 가급적 부엌이 있는 숙소를 고른다. 그렇지 않을 경우에는 가려는 도시에 있는 샐러드 전문점을 미리 조사해둔다. 요새는 샐러드 재료를 직접 고를 수 있는 곳들이 많고, 야채를 잘 선택하면 고기가 들어간 샐러드보다 더 든든하면서도 저렴하게 먹을 수 있다. 멕시코 시티를 여행할 때였다. 샐러드를 사 먹어야 하는데, 문제는 내가 스페인어를 전혀 할 줄 모른다는 거였다. 우선 '샐러드'라는 단어부터 사이즈와 원하는 채소 재료의 이름을 스페인어로 찾아 종이에 적어 갔다. 하지만 막상 샐러드 가게 직원은 종이에 적힌 야채들을 보며 제조하는 것을 되려 불편해하는 것 같았다. 그래서 다음 날부터는 원하는 재료들을 손짓과 고갯짓으로 요청했다. 샐러드 하나를 주문하는 데 내가 쓸 수 있는 거의 모든 보디랭귀지를 썼던 멕시코 시티의 그린 그래스Green Grass가 기억에 남는다.

여행을 갈 때 필수품은 스테인레스 찜기다. 돔형으로 접었다 펼칠 수 있는 스테인레스 찜기는 내가 가장 애정하는 주방용품이기도 하다. 스테인레스 찜기를 발명한 사람이 누구일까? 야채를 그냥 물에 삶는 것에 반해 찜기를 이용하면 냄비 바닥과 적당히 거리를 두도록 한 다리도 있고, 찐 다음 야채를 꺼내기에도 편리하며, 꽃봉오리처럼 펼쳐지는 디자인까지 부족함이 없는 물건이다. 생활 필수품 찜기는 어느새 여행 필수품이 됐다. 주방을 갖춘 숙소들에 보통 냄비는 있어도 이 스테인레스 찜기까지 갖춘 곳은 없기 때문이다. 공항 엑스레이 검색대에서 옷가지들 사이 스테인레스 찜기가 보이는 여행 가방은 특이한 축에 속할까? 모를 일이다.

둘

2016년 여름, 다른 도시에 사는 친구를 만나러 간 적이 있다. 친구 집에 초대를 받은 나는 친구에게 '나는 야채와 과일만 먹으니 내가 먹을 건 내가 알아서 할게, 내 밥은 전혀 신경 쓰지 않아도 돼!'라고 말했는데, 오랜만에 만난 친구는 내가 부담 갖지 말라고 그냥 하는 말인 줄 알았나 보다. 친구네 집에 도착해 보니 식탁에는 갈비찜이 푸짐하게 놓여 있었다. '언니, 저 이거 정말 못 먹어요'라고 나름대로 간곡하게 이유를 설명했고, '난 정말로 이제 고기를 안 먹는다'라는 걸 이해시키고 싶었다.

지금 돌이켜보면, 1년에 한 번 보기도 힘든 친구인데 정성 가득 차려놓은 밥상 앞에서 굳이 그렇게 내가 고기를 먹지 않는 이유를 늘어놨어야 했나 싶다. 최근, 연락을 주고받으며 코로나종식 이후 만날 날을 기약하면서 그는 '맛있는 거 해주고 싶은데, 너는 싫다고 하겠지? 이번에도 사과 하나 달라고 할 거니?'라고 하는 것을 보며 나의 성질머리를 다시 한 번 반성했다.

셋

사람들에게 식사를 위한 다양한 옵션을 제공하는 곳, 어디가 제일 먼저 떠오르는가? 바로 비행기 안이다. 다국적, 다인종, 다문화 사람들이 워낙 많이 이용하는 비행기 안에서는 별별 채식이 기내식 옵션으로 제공된다. 이슬람교식, 힌두교식, 유대교식 같은 종교식은 물론이다. 대한항공을 기준으로 보면 고기와 생선은 제외하되 계란과 유제품을 포함하는 포함하는 서양채식Vegetarian Lacto-Ovo Meal부터 인도채식Vegetarian Jain Meal, 동양채식Vegetarian Oriental Meal, 생야채식Raw Vegetarian Meal, 과일식Fruit Platter Meal 등 다양한 선택이 가능하다.

나는 그중에서도 계란과 유제품까지도 배제하여 자연식물식에 제일 가까운 엄격한 채식Vegetarian Vegan Meal을 선택한다. 이런 특별 기내식은 옵션 변경을 하는 데에 비용이 들지도 않는 데다가, 미리 신청하면 식사가 시작될 때 일반식을 하는 승객들보다도 먼저 자리로 가져다 주는 장점이 있다. 나는 1일 2식을 하기 때문에 승무원에게 한 끼를 건너뛰고 나중에 2개를 한꺼번에 가져다 달라고 미리 요청해둔다. 착륙 전 두 끼를 먹고 있으면 근처에 앉은 사람들이 '재는 식사를 왜 두 개씩이나 쌓아놓고 먹고 있냐'는 눈빛으로 바라보기는 하지만.

어쨌든 항공사에서는 건강, 종교, 나이에 따라 달라질 수 있는 식사를 단순한 취향 차이로 보지 않고 존중한다는 점이 인상 깊다. 이렇게 곳곳에서 자연식물식이나 채식을 하는 사람이 선택할 수 있는 옵션이 지원되면 좋겠다. 내가 바라는 건 '자연식물식 진수성찬'도 아니요, 기내식 정도면 충분하다. 무슬림이 돼지고기를 먹지 않는 걸 보고 우리가 '한번 먹어봐요'라고 권하지 않듯이, 자연식물식이나 채식도 적당한 무관심과 함께 인정받는 날이 오기를.

마치며_ 우리의 건강 그리고 인간과 동물의 상생을 바라며

몇 년 전, 약과 병원에 의존하지 말고 환자가 주체적으로 여러 가지 치료법을 찾아서 해봐야 한다고 주장하는 책이 나왔다. 어느 정도 맞는 말이라고 여겨져서 미리보기로 책을 좀 읽다가 저자의 웹사이트를 들어가 봤다. 그는 별의별 보충제를 팔고 있었다. 몸이 아파도 의사에게 가지 말고 대신 보충제를 사 먹으라는 결론은 어이가 없었다. 이미 비타민이나 무기질 보충제가 심혈관질환, 암, 사망률 개선에 특별한 효과가 없다고 말한 연구들이 많은 데도 말이다.[338, 339] 물론 임산부나 노인의 경우 보충제가 필요한 경우도 있다. 돈을 벌고 싶어 하는 그 마음이 이해가 가면서도, 그래도 사기꾼은 되지 않았으면 좋았을 텐데 싶은 생각이 들었다.

자연식물식으로는 사기를 칠 수가 없다. 사기를 치려고

해도 딱히 자연식물식에는 사기를 칠 수 있을 만한 요소가 없다. 야채, 과일, 통곡물, 견과류를 많이 먹으면 된다는 결론을 가지고 뭘 팔아먹겠는가? 어찌 보면 도리어 참 돈이 안 되는 분야다. 콜드웰 에셀스틴 박사만 해도 처음 자연식물식을 환자들에게 시도할 때 병원의 반대가 심했다고 한다. 돈이 되는 수술을 하지, 왜 돈도 되지 않는 식단 개선을 하냐는 비아냥이 먼저였다. 이렇게 돈벌이가 시원찮음에도 불구하고 이 분야의 전문가들은 책을 쓰고, 강연을 다니고, 철따라 유행하는 이상한 식단들에 대해 경고하는 역할까지 열심히 해왔다. 어떤 믿음 혹은 책임감이 그들을 버티게 한 건진 모르겠지만, 꽤 오랫동안 지지부진했던 반응에 이제 드디어 조금씩 변화가 나타나고 있다.

이 책의 초고를 마치고 나서, 내 스스로의 자격에 대해 의구심이 종종 들었다. 흔히들 '현실 자각 타임'이라고 말하는 '현타'가 왔다고나 할까. 쓰고 싶은 많은 내용들을 담아 쓰기는 썼지만 막상 써놓고 보니 의사도 학자도 아닌 내가 이래도 되나 싶은 마음이 들었다. 괜히 꼬투리를 잡히면 어떡하나, 걱정도 들었다. 이때 내가 책을 쓴 계기가 무엇이었는지 다시 돌이켜보았다. 처음에는 책을 쓰고 싶다기보다는 그저 자연식물식에 대해 가족이나 가까운 친구들에게 알리고픈 마음이 컸다. 누군가 나중에 아프게 되어 그제야 '내가 진작 자연식물식을 알리고 설득했더라면 상황이 달라졌을까?'라는 후회를 하고 싶지 않았다. 하지만 아무리 내가 관련 정보들을 찾아보고 지식들을 쌓아가며 자연식물식의 이론적 근간을 다져가고 있다고 해도, 엄마에게 자연식물식과 관계된 다큐멘터리를 좀 보라고 해도 보지 않았고, 내가 알고 있는 것들을 친구들에게 설명을 하자니 말이 꼬였다. '내가 하고 싶은 말을 담아낼 수 있는 가장 효과적인 매체가 뭘까?' 생각해보니 결국 '책 1권'이라는 결론에 다다랐다. 이윽고 내 주변 사람들뿐만 아니라 내가 모르는 다른 사람에게도 도움이 되면 좋겠다는 바람이 생기기 시작했다. 이렇게나 '말이 되는' 식단을 사람들이 아직도 모르고 있다는 게 꽤나 신경이 쓰였다. 잊고 있었던 감정이었다.

예전의 나는 분명히 누군가를 돕고 싶어 하는 사람이었다. 봉사활동을 다니기도 하고 어떤 일에 자원해서 나서기도 했다. 하지만 시간이 흐를수록 내가 굉장히 평범한 사람이라는 걸 새삼 깨달으면서 '내 주제에 뭘 한다고 어떻게 바뀌겠냐'는 체념이 머릿속에 박혀버렸다. 누굴 도와봤자 크게 돕지 못한다는 생각에 지레 포기를 한 거였다. 남을 돕는 건 빌 게이츠 같은 사람이 통 크게 해야 하는 거라는 생각이 들기도 했었다. 그런 내게 들녘 출판사는 사람들에게 도움이 되는 책을 함께 만들자고 했다. 한 번도 본 적 없는 내 글을 선택해준 것도 고마웠지만, 그 말이 더 와 닿았던 것 같다. 어떻게 보면 세상은 평범한 사람들이 작은 도움을 주고 받으면서 나아가는 것인데, 내가 상당히 꼬여 있다는 걸 자각했다.

올해는 외할머니가 많이 아프셨다. 취직하고 나서는 할머니가 드시고 싶은 걸 사드렸는데, 그중엔 돈가스도 있었고 고기도 있었다. 할머니한테까지 야채나 과일 위주로 드시라고 잔소리를 하고 싶지는 않았다. 게다가 가끔 보는 내 말을 들으실 것 같지도 않았기 때문에 할머니가 좋아하는 음식을 사드리고 싶었던 마음이었다. 그런데 결국 병이 나셨다. 물론 우리 할머니는 내 책이 있어도 읽지 않으셨을 거니와, 읽으셨어도 아마 식단을 바꾸시지 않았을 거다. 하지만 우리 엄마가, 이모들이 자연식물식에 대해 알았다면 어땠을까 싶다. 할머니의 식단을 바꿀 수도 있지 않았을까? 어떤 앎이 사람에서 사람으로 이어질 때 변화가 생길 수 있는 가능성은 더 높아진다.

살면서 '진리는 무엇인가?'까지는 아니더라도 '이게 과연 옳은가?'라는 질문을 던지며 살아가야 함에도 불구하고, 이상하게도 날이 갈수록 사실이 왜곡되는 일이 많아지고 있다. 엄연한 사실을 아니라고 우기는 건 비단 트럼프 미국 전

대통령 문제가 아니다. 영양 분야에서도 비일비재하다. 고기가 발암물질이라고 하면 그 정도의 발암물질로는 인체에 유해하지 않다고 한다. '그 정도로 나쁘지 않다'를 '먹어도 된다'고 해석한다. 네안데르탈인의 치석 속 미화석microfossil을 분석해서 그들이 주로 식물을 먹었다는 걸 밝혀내도[340] 인간은 사냥을 했던 역사가 있으니 고기를 먹어야 한다고 한다. 뇌는 포도당으로 움직이는데, 그게 키톤으로도 운영이 가능하단다. 물론 가능하다. 하지만 가능하다는 것이 뇌가 좋아하는 최선의 방식을 의미하지는 않는다.

혼란스러운 정보들이 떠다니는 가운데서도 우리 모두 옳음을 갈구하며 살아간다고 믿는다. 완벽하지는 않지만 나는 자연식물식이 정답이라고 생각한다. 비록 내가 대단한 책임감으로 무장하고 이 분야를 지켜온 학자는 아니지만 한 사람의 독자에게라도 작은 도움이 되길 바란다. 자연식물식을 하는 게 쉽지 않다는 것을 누구보다 잘 안다. 하지만 자연식물식은 결과로 효과를 증명할 것이다. 살다 보면 세상에 노력해도 어려운 일이 참 많다. 하지만 자연식물식은 노력하면 된다. 뭔가 되는 게 없는 하루를 보냈어도 오늘 당장 야채와 과일, 통곡물, 견과류를 골고루 먹었다면 그 자체로 내 몸에 큰 의미가 있는 일을 한 것임을 잊지 않으면 좋겠다.

이 책의 원고를 쓰던 중에 코로나 19가 시작됐고, 현재까지 진행 중이다. 이전에 조류독감, 돼지독감, 사스, 메르스 등의 인수人獸 공통 감염병이 유행했지만, 내 피부로 와 닿아 일상에 영향을 끼친 감염병은 코로나 19가 처음이다. 사람이 박쥐를 섭취해서 코로나 바이러스가 옮겨졌다는 설부터 시작해서 여러 가지 음모론이 나돌고 있지만, 이런 인수 공통 감염병의 원인은 우리가 동물이 살아가는 자연을 해쳐서 인간과 동물의 접점이 늘어난 데에 있고, 공장식 육류 농장의 증가도 거기에 기여한 바가 크다.[341] 이미 많은 분들이 문제를 인식하고 동물과 환경을 보호하는 데 힘쓰고 있다. 앞서 적었듯이 나는 깜냥이 부족하여 이 문제에 대한 앎과 행동이 부족했다. 하지만 육식에서 식물식으로의 변화를 설득하는 이 책이 개인의 건강뿐아니라, 우리와 동물의 상생에도 작으나마 보탬이 되기를 바라본다.

마지막으로, 책을 출간하기까지 한 땀 한 땀 노력을 기울여준 김혜민 에디터에게 감사드린다. 출간을 준비하며 책의 의미에 대해 다시 한번 생각해볼 수 있었다. 나의 가족-정선, 혁래, 동윤, 썬더, 두찌-에게도 고마움을 전한다. 나와 나의 식단을 이해해주는 나의 친구들-혜진, 승진, 유경, 보라, 훈, 차수, 혜미, 주희, 홍지-에게도 고맙다. 모두들 건강하자.

미주

1 Chan, J., et al., "Dairy products, calcium, and prostate cancer risk in the Physicians' Health Study", The American Journal of Clinical Nutrition, 2001. 74(4): p.549-554.

2 Levine, M., et al., "Low Protein Intake Is Associated with a Major Reduction in IGF-1, Cancer, and Overall Mortality in the 65 and Younger but Not Older Population", Cell Metabolism, 2014. 19(3): p.407-417.

3 Sinha, R.,et al., "Meat Intake and Mortality. Archives of Internal Medicine", 2009. 169(6): p.562-571..

4 Song, M., et al., "Association of Animal and Plant Protein Intake With All-Cause and Cause-Specific Mortality", JAMA Internal Medicine, 2016. 176(10): p.1453-1463.

5 Song, M., et al., "Association of Animal and Plant Protein Intake With All-Cause and Cause-Specific Mortality", JAMA Internal Medicine, 2016. 176(10): p.1453-1463.

6 Tang, W., et al., "Intestinal Microbial Metabolism of Phosphatidylcholine and Cardiovascular Risk", New England Journal of Medicine, 2013. 368(17): p.1575-1584.

7 Padler-Karavani, V., et al., "Diversity in specificity, abundance, and composition of anti-Neu5Gc antibodies in normal humans: Potential implications for disease", Glycobiology, 2008. 18(10): p.818-830.

8 Sutliffe, J., et al., "C-reactive protein response to a vegan lifestyle intervention", Complementary Therapies in Medicine, 2015. 23(1): p.32-37.

9 Shah, B., et al., "Anti-Inflammatory Effects of a Vegan Diet Versus the American Heart Association-Recommended Diet in Coronary Artery Disease Trial", Journal of the American Heart Association, 2018. 7(23).

10 Doctor Klaper. "Lecture Series: University of Florida College of Medicine", Youtube, 2019. https://youtu.be/ag5wT3A51wo (Accessed at 8 Aug 2020)

11 Key, T., et al., "Cancer in British Vegetarians: Updated Analyses of 4998 Incident Cancers in a Cohort of 32,491 Meat Eaters, 8612 Fish Eaters, 18,298 Vegetarians, and 2246 Vegans", The American Journal of Clinical Nutrition, 2014. Suppl 1(1): p.378-385S.

12 Crowe, F., et al., "Risk of Hospitalization or Death from Ischemic Heart Disease among British Vegetarians and Nonvegetarians: Results from the EPIC-Oxford Cohort Study", The American Journal of Clinical Nutrition, 2013. 97(3): p.597-603.

13 Le, L., et al., "Beyond Meatless, the Health Effects of Vegan Diets: Findings from the Adventist Cohorts", Nutrients, 2014. 6(6): p.2131-2147.

14 Tonstad, S., et al., "Vegetarian diets and incidence of diabetes in the Adventist Health Study-2", Nutrition, Metabolism and Cardiovascular Diseases, 2013. 23(4): p.292-299.

15 Tantamango-Bartley, Y., et al., "Vegetarian Diets and the Incidence of Cancer in a Low-risk Population", Cancer Epidemiology Biomarkers & Prevention, 2012. 22(2): p.286-294

16 .Orlich, M., et al., "Vegetarian Dietary Patterns and Mortality in Adventist Health Study 2", JAMA Internal Medicine, 2013. 173(13): p.1230-1238

17 Huang, T., et al., "Cardiovascular Disease Mortality and Cancer Incidence in Vegetarians: A Meta-Analysis and Systematic Review", Annals of Nutrition and Metabolism, 2012. 60(4): p.233-240.

18 Esselstyn, C., et al., "Updating a 12-year experience with arrest and reversal therapy for coronary heart disease (an overdue requiem for palliative cardiology)", The American Journal of Cardiology, 1999. 84(3): p.339-341.

19 Ornish, D., et al., "Can Lifestyle Changes Reverse Coronary Heart Disease? The Lifestyle Heart Trial", The Journal of Family Medicine, 1990. 336(8608): p.129-133.

20 Ornish, D., et al., "Intensive Lifestyle Changes May Affect The Progression Of Prostate Cancer", Journal of Urology, 2005. 174(3): p.1065-1070.

21 Afshin, A., et al., "Health effects of dietary risks in 195 countries, 1990-2017: a systematic analysis for the Global Burden of Disease Study 2017", The Lancet, 2019. 393(10184): p.1958-1972.

22 Nutrition Refined, YouTube channel. (Accessed at 8 Aug 2020)

23 The Real Truth About Health, YouTube channel. (Accessed at 8 Aug 2020)

24 PLANT BASED NEWS, YouTube channel. (Accessed at 8 Aug 2020)

25 "Facts", WHAT THE HEALTHFILM. (Accessed at 8 Aug 2020)

26 Hartman, A., et al., "Clinical Aspects of the Ketogenic Diet", Epilepsia, 2007. 48(1): p.31-42.

27 Zhang, Y., et al., "Altered gut microbiome composition in children with refractory epilepsy after ketogenic diet", Epilepsy Research, 2018. 145: p.163-168.

28 Noto, H., et al., "Low-Carbohydrate Diets and All-Cause Mortality: A Systematic Review and Meta-Analysis of Observational Studies", PLoS ONE, 2013. 8(1): e55030.

29 Li, S., et al., "Low Carbohydrate Diet From Plant or Animal Sources and Mortality Among Myocardial Infarction Survivors", Journal of the American Heart Association, 2014. 3(5): e001169.

30 Rankin, J., et al., "Low Carbohydrate, High Fat Diet Increases C-Reactive Protein during Weight Loss", Journal of the American College of Nutrition, 2007. 26(2): p.163-169.

31 Mikkelsen, P., et al., "Effect of fat-reduced diets on 24-h energy expenditure: Comparisons between animal protein, vegetable protein, and carbohydrate", The American Journal of Clinical Nutrition, 2000. 72(5): p.1135-1141.

32 Johnston, C., et al., "Ketogenic low-carbohydrate diets have no metabolic advantage over nonketogenic low-carbohydrate diets", The American Journal of Clinical Nutrition, 2006. 83(5): p.1055-1061.

33 Hall, K., et al.,"Energy expenditure and body composition changes after an isocaloric ketogenic diet in overweight and obese men", The American Journal of Clinical Nutrition, 2016. 104(2): p.324-333.

34 Sacks, F., et al., "Comparison of Weight-Loss Diets with Different Compositions of Fat, Protein, and Carbohydrates", New England Journal of Medicine, 2009. 360(9): p.859-873.

35 Gibson, A., et al., "Do ketogenic diets really suppress appetite? A systematic review and meta-analysis", Obesity Reviews, 2014. 16(1): p.64-76.

36 Dattilo, A., et al., "Effects of weight reduction on blood lipids and lipoproteins: A meta-analysis", The American Journal of Clinical Nutrition, 1992. 56(2): p.320-328.

37 Bueno, N., et al., "Very-low-carbohydrate ketogenic diet v. low-fat diet for long-term weight loss: A meta-analysis of randomised controlled trials", British Journal of Nutrition, 2013. 110(7): p.1178-1187.

38 Rosenbaum, M., et al., "Glucose and Lipid Homeostasis and Inflammation in Humans Following an Isocaloric Ketogenic Diet", Obesity, 2019. 27(6): p.971-981.

39 Holt, S., et al., "An insulin index of foods: The insulin demand generated by 1000-kJ portions of common foods", The American Journal of Clinical Nutrition, 1997. 66(5): p.1264-1276. doi:10.1093/ajcn/66.5.1264

40 Seidelmann, B., et al., "Dietary carbohydrate intake and mortality: A prospective cohort study and meta-analysis", The Lancet Public Health, 2018. 3(9): p.e419-428.

41 Mic the Vegan. "The Magic Pill Debunked | Keto Netflix Documentary", Youtube, 2018. https://youtu.be/RFijW8A2Prc (Accessed at 8 Aug 2020)

42 Happy Healthy Vegan. "The Magic Pill" Keto Movie Factually Debunked By A Vegan", Youtube, 2018. https://youtu.be/27pZ2z_-Oo0 (Accessed at 8 Aug 2020)

43 Zhang, X., et al., "High-protein diets increase cardiovascular risk by activating macrophage mTOR to suppress mitophagy", Nature Metabolism,

2020. 2(1): p.110-125.

44 Fontana, L., et al., "Long-term effects of calorie or protein restriction on serum IGF-1 and IGFBP-3 concentration in humans", Aging Cell, 2008. 7(5): p.681-687.

45 Wei, M., et al., "Fasting-mimicking diet and markers/risk factors for aging, diabetes, cancer, and cardiovascular disease", Science Translational Medicine, 2017. 9(377): eaai8700.

46 Rodrigues, L. et al., "The action of β-hydroxybutyrate on the growth, metabolism and global histone H3 acetylation of spontaneous mouse mammary tumours: Evidence of a β-hydroxybutyrate paradox", Cancer & Metabolism, 2017. 5(4).

47 Choi, I., et al., "A Diet Mimicking Fasting Promotes Regeneration and Reduces Autoimmunity and Multiple Sclerosis Symptoms", Cell Reports, 2016. 15(10): p.2136-2146.

48 Newman, J., et al., "Ketogenic Diet Reduces Midlife Mortality and Improves Memory in Aging Mice", Cell Metabolism, 2018. 26(3): p.547-557. / Roberts, M., et al., "A Ketogenic Diet Extends Longevity and Healthspan in Adult Mice", Cell Metabolism, 2018. 26(3): p.530-546.

49 Fraser, G., et al., "Dairy, soy, and risk of breast cancer: Those confounded milks", International Journal of Epidemiology, 2020. dyaa007

50 Cohen, J., et al., "Sequence Variations inPCSK9, Low LDL, and Protection against Coronary Heart Disease", New England Journal of Medicine, 2006. 354(12): p.1264-1272

51 Satija, A., et al., "Healthful and Unhealthful Plant-Based Diets and the Risk of Coronary Heart Disease in U.S. Adults", Journal of the American College of Cardiology, 2017. 70(4): p.411-422.

52 Trichopoulou, A., et al., "Anatomy of health effects of Mediterranean diet: Greek EPIC prospective cohort study", Bmj, 2009. 338: b2337.

53 Martínez-González, M., et al., "A provegetarian food pattern and reduction in total mortality in the Prevención con Dieta Mediterránea (PREDIMED) study", The American Journal of Clinical Nutrition, 2014. 100(1): p.320-328S.

54 Nutritionfacts.org. "Dr. Greger's Daily Dozen Checklist", Youtube, 2018. https://youtu.be/g0UmVKA-4F8 (Accessed at 8 Aug 2020)

55 Wright, N., et al., "The BROAD study: A randomised controlled trial using a whole food plant-based diet in the community for obesity, ischaemic heart disease or diabetes", Nutrition & Diabetes, 2017. 7(3): e256.

56 Fill up on phytochemicals, Harvard Health Publishing, Harvard Medical School. (Accessed at 8 Aug 2020)

57 Liguori, I., et al., "Oxidative stress, aging, and diseases", Clinical Interventions in Aging, 2018. 13: p.757-772.

58 Prior, R., et al., "Plasma Antioxidant Capacity Changes Following a Meal as a Measure of the Ability of a Food to AlterIn VivoAntioxidant Status", Journal of the American College of Nutrition, 2007. 26(2): p.170-181.

59 Carlsen, M., et al., "The total antioxidant content of more than 3100 foods, beverages, spices, herbs and supplements used worldwide", Nutrition Journal, 2010. 9:3. .

60 Thomson, M., et al., "Atherosclerosis and Oxidant Stress: The End of the Road for Antioxidant Vitamin Treatment?", Cardiovascular Drugs and Therapy, 2007. 21(3): p.195-210.

61 Romeu, M., et al., "Diet, iron biomarkers and oxidative stress in a representative sample of Mediterranean population", Nutrition Journal, 2013. 12(102).

62 전유미, 〈[임산과 출산]⑥ 임산부와 철분제〉, 《경향신문》, 2016. (Accessed at 8 Aug 2020)

63 Rautiainen, S., et al., "Total Antioxidant Capacity from Diet and Risk of Myocardial Infarction: A Prospective Cohort of Women", The American Journal of Medicine, 2012. 125(10): p.974-980.

64 Brown, L., et al., "Cholesterol-lowering effects of dietary fiber: A meta-analysis", The American Journal of Clinical Nutrition, 1999. 69(1): p.30-42.

65 Heid, M., "If You Really Want to Optimize Your Diet, Focus on Fiber", Elemental, 2020. (Accessed at 8 Aug 2020))

66 Park, Y., et al., "Dietary Fiber Intake and Mortality in the NIH-AARP Diet and Health Study", Archives of Internal Medicine, 2011. 171(12): p.1061-1068

67 Schulze, M., et al., "Glycemic index, glycemic load, and dietary fiber intake and incidence of type 2 diabetes in younger and middle-aged women", The American Journal of Clinical Nutrition, 2004. 80(2): p.348-356.

68 Rimm, E., et al., "Vegetable, Fruit, and Cereal Fiber Intake and Risk of Coronary Heart Disease Among Men", JAMA: The Journal of the American Medical Association, 1996. 275(6): p.447-451.

69 Aune, D., et al., "Dietary fiber and breast cancer risk: A systematic review and meta-analysis of prospective studies. Annals of Oncology", 2012. 23(6): p.1394-1402.

70 Vipperla, K., et al., " Diet, microbiota, and dysbiosis: A 'recipe' for colorectal cancer. Food & Function", 2016. 7(4): p.1731-1740.

71 Bingham, S., et al., "Dietary fibre in food and protection against colorectal cancer in the European Prospective Investigation into Cancer and Nutrition (EPIC): An observational study", The Lancet, 2013. 361(9368):

p.1496-1501.

72 Young, G., et al., "Resistant Starch and Colorectal Neoplasia. Journal of AOAC INTERNATIONAL", 2004. 87(3): p.775-786.

73 O'keefe S., et al. "Rarity of Colon Cancer in Africans Is Associated With Low Animal Product Consumption, Not Fiber", American Journal of Gastroenterology, 1999. 94(5): p.1373-1380.

74 Chan, D., et al., "Red and Processed Meat and Colorectal Cancer Incidence: Meta-Analysis of Prospective Studies", PLoS ONE, 2011. 6(6): e20456.

75 O'keefe, S., et al., "The association between dietary fibre deficiency and high-income lifestyle-associated diseases: Burkitt's hypothesis revisited", The Lancet Gastroenterology & Hepatology, 2019. 4(12): p.984-996.

76 "Fiber in Foods Chart" https://www.med.umich.edu/mott/pdf/mott-fiber-chart.pdf (Accessed at 8 Aug 2020)

77 Fuhrman, J., "ANDI Food Scores: Rating the Nutrient Density of Foods", Dr. Fuhrman, 2017. (Accessed at 8 Aug 2020)

78 Ye, Y., et al., "Effect of Antioxidant Vitamin Supplementation on Cardiovascular Outcomes: A Meta-Analysis of Randomized Controlled Trials", PLoS ONE, 2013. 8(2): p.e56803.

79 Leenders, M., et al., "Fruit and Vegetable Consumption and Mortality", American Journal of Epidemiology, 2013. 178(4): p.590-602.

80 황성수힐링스쿨. [황성수TV] 현미 대신 감자와 고구마는 어때요?", Youtube, 2016. (Accessed at 8 Aug 2020)

81 Jenkins, D., et al., "Effect of a very-high-fiber vegetable, fruit, and nut diet on serum lipids and colonic function. Metabolism", 2001. 50(4): p.494-503.

82 The Real Truth About Health. "Do You Agree With Brian Clement's Recommendation That Fruit Should Be Limited? What Are Health", Youtube, 2020. (Accessed at 8 Aug 2020)

83 Cyrus, K C & Barbaro, R., "Mastering Diabetes", Avery, 2020.

84 Christensen, A., et al., "Effect of fruit restriction on glycemic control in patients with type 2 diabetes – a randomized trial", Nutrition Journal, 2013. 12(29).

85 Bazzano, L., et la., "Intake of Fruit, Vegetables, and Fruit Juices and Risk of Diabetes in Women", Diabetes Care, 2008. 31(7): p.1311-1317.

86 Törrönen, R., et al., "Postprandial glucose, insulin, and free fatty acid responses to sucrose consumed with blackcurrants and lingonberries in healthy women", The American Journal of Clinical Nutrition, 2012. 96(3): p.527-533.

87 Hagl, S., et al., "Colonic availability of polyphenols and D-(−)-quinic acid after apple smoothie consumption", Molecular Nutrition & Food Research, 2010. 55(3): p.368-377.

88 Törrönen, R., et al., "Postprandial glucose, insulin, and free fatty acid responses to sucrose consumed with blackcurrants and lingonberries in healthy women", The American Journal of Clinical Nutrition, 2012. 96(3): p.527-533.

89 Haber, G., et al., "Depletion And Disruption Of Dietary Fibre", The Lancet, 1977. 310(8040): p.679-682.

90 Aune, D., et al., "Whole grain consumption and risk of cardiovascular disease, cancer, and all cause and cause specific mortality: Systematic review and dose-response meta-analysis of prospective studies", Bmj, 2016. 353: i2716.

91 Hullings, A., et al., "Whole grain and dietary fiber intake and risk of colorectal cancer in the NIH-AARP Diet and Health Study cohort", The American Journal of Clinical Nutrition, 2020. nqaa161.

92 Jamesom, M., "Cleaning up your carb act: Where to begin", LA Times, 2010. (Accessed at 8 Aug 2020)

93 서정아의 건강밥상 SweetPeaPot. "무반죽 100% 통밀빵 | 노오일 노에그 노버터 노슈가 통밀빵 | no knead whole wheat bread in 5 minutes for vegan", Youtube, 2020. (Accessed at 8 Aug 2020))

94 Monte, S., et al., "Mechanisms of Nitrosamine-Mediated Neurodegeneration: Potential Relevance to Sporadic Alzheimer's Disease", Journal of Alzheimer's Disease, 2009. 17(4): p.817-825.

95 Bartsch, H., et al., "Inhibitors of endogenous nitrosation mechanisms and implications in human cancer prevention", Mutation Research/Fundamental and Molecular Mechanisms of Mutagenesis, 1988. 202(2): p.307-324.

96 An, P., et al., "Red Meat Consumption and Mortality", Archives of Internal Medicine, 2012. 172(7): p.555-563.

97 Kaluza, J., et al.,"Processed and Unprocessed Red Meat Consumption and Risk of Heart Failure", Circulation: Heart Failure, 2014. 7(4): p.552-557.

98 Gilsing, A., et al., "Longitudinal Changes in BMI in Older Adults Are Associated with Meat Consumption Differentially, by Type of Meat Consumed", The Journal of Nutrition, 2012. 142(2): p.340-349.

99 Physicians Committee. "Think Chicken Is Healthy? | The Exam Room LIVE", Youtube, 2020. (Accessed at 8 Aug 2020)

100 Nicholls, S., et al., "Consumption of Saturated Fat Impairs the Anti-Inflammatory Properties of High-Density Lipoproteins and Endothelial Function", Journal of the American College of Cardiology, 2006. 48(4): p.715-720.

101 Zong, G., et al., "Intake of individual saturated fatty acids and risk of coronary heart disease in US men and women: Two prospective longitudinal cohort studies", Bmj, 2016. 355: i5796.

102 대한심장학회 혈관연구회, "내피세포 기능장애 Endothelium and Endothelial Dysfunction" (Accessed at 8 Aug 2020)

103 Vogel, R., et al., "Effect of a Single High-Fat Meal on Endothelial Function in Healthy Subjects", The American Journal of Cardiology, 1997. 79(3): p.350-354.

104 Sacks, F., et al.,"Effect of Ingestion of Meat on Plasma Cholesterol of Vegetarians", JAMA: The Journal of the American Medical Association, 2981. 246(6): p.640-644.

105 Wilkins, R., et al., "Life Expectancy in the Inuit-inhabited Areas of Canada, 1989 to 2003", Health Reports, 2008. 19(1): p7-19.

106 Mann, G., et al., "Cardiovascular disease in the masai", Journal of Atherosclerosis Research, 1964. 4(4): p.289-312.

107 Mann, G., et al., "Atherosclerosis In The Masai1", American Journal of Epidemiology, 1972. 95(1): p.26-37.

108 Bjerregaard, P., et al., "Low incidence of cardiovascular disease among the Inuit—what is the evidence?", Atherosclerosis, 2003. 166(2): p.351-357.

109 Plant-based health professionals UK. "Elena Holmes - Alternative meats- a quick fix or potential troublemakers?", Youtube, 2020. (Accessed at 8 Aug 2020)

110 Johns Hopkins Medicine, "Lactose Intolerance", Johns Hopkins University. (Accessed at 8 Aug 2020)

111 Feskanich, D., et al., "Calcium, vitamin D, milk consumption, and hip fractures: A prospective study among postmenopausal women", The American Journal of Clinical Nutrition, 2003. 77(2): p.504-511.

112 Michaelsson, K., et al., "Milk intake and risk of mortality and fractures in women and men: Cohort studies", Bmj, 2014. 349: g6015.

113 Aune, D., et al., "Dairy products, calcium, and prostate cancer risk: A systematic review and meta-analysis of cohort studies", The American Journal of Clinical Nutrition, 2014. 101(1): p.87-117.

114 Maruyama, K., et al., "Exposure to exogenous estrogen through intake of commercial milk produced from pregnant cows", Pediatrics International, 2010. 52(1): p.33-38.

115 Fraser, G., et al., " Dairy, soy, and risk of breast cancer: Those confounded milks". International Journal of Epidemiology. 2020. dyaa007.

116 Chan, J., et al., "Dairy products, calcium, and prostate cancer risk in the Physicians' Health Study", The American Journal of Clinical Nutrition, 2001. 74(4): p.549-554.

117 Park, S., et al., "A Milk Protein, Casein, as a Proliferation Promoting Factor in Prostate Cancer Cells", The World Journal of Men's Health, 2014. 32(2): p.76-82.

118 Aune, D., et al., "Dairy products and colorectal cancer risk: A systematic review and meta-analysis of cohort studies", Annals of Oncology, 2012. 23(1): p.37-45.

119 Melnik, B., et al., "Milk is not just food but most likely a genetic transfection system activating mTORC1 signaling for postnatal growth", Nutr J, 2013. 12(103).

120 Melnik, B., "Evidence for Acne-Promoting Effects of Milk and Other Insulinotropic Dairy Products", Milk and Milk Products in Human Nutrition Nestlé Nutrition Institute Workshop Series: Pediatric Program, 2011. 67: p.131-145.

121 Kroenke, C., et al., "High- and Low-Fat Dairy Intake, Recurrence, and Mortality After Breast Cancer Diagnosis", JNCI Journal of the National Cancer Institute, 2013. 105(9): p.616-623.

122 "How much calcium do you really need?", Harvard Health Publishing, Harvard Medical School. (Accessed at 8 Aug 2020))

123 Reiley, L., "Cholesterol studies promoted the sunny side of eggs, but the research was hatched out of industry funding?", The Washington Post, 2019. (Accessed at 8 Aug 2020)

124 제시카 브라운, 〈달걀 섭취: 우리에게 이상적인 식품일까, 해로운 식품일까?〉, 《BBC News 코리아》, 2019. (Accessed at 8 Aug 2020)

125 Vincent, M., et al., "Meta-regression analysis of the effects of dietary cholesterol intake on LDL and HDL cholesterol", The American Journal of Clinical Nutrition, 2018. 109(1): p.7-16.

126 Sacks, F., et al., "Ingestion Of Egg Raises Plasma Low Density Lipoproteins In Free-Living Subjects", The Lancet, 1984. 323(8378): p.647-649.

127 "Ask the Expert with Dr. Walter Willett: Cholesterol" Harvard T.H. Chan, School of Public Health (Accessed at 8 Aug 2020)

128 Weggemans, R., et al., "Dietary cholesterol from eggs increases the ratio of total cholesterol to high-density lipoprotein cholesterol in humans: A meta-analysis", The American Journal of Clinical Nutrition, 2001. 73(5): p. 885-891.

129 Voight, B., et al., "Plasma HDL cholesterol and risk of myocardial infarction: A mendelian randomisation study", The Lancet, 2012. 380(9841): p.572-580.

130 Barter, P., et al., "Effects of Torcetrapib in Patients at High Risk for Coronary Events", New England Journal of Medicine, 2007. 357(21): p.2109-

2122.

131 Levy, Y., et al., "Consumption of Eggs with Meals Increases the Susceptibility of Human Plasma and Low-Density Lipoprotein to Lipid Peroxidation", Annals of Nutrition and Metabolism, 1996. 40(5): p.243-251.

132 Jones, P., et al., "Dietary Cholesterol Feeding Suppresses Human Cholesterol Synthesis Measured by Deuterium Incorporation and Urinary Mevalonic Acid Levels", Arteriosclerosis, Thrombosis, and Vascular Biology, 1996. 16(10): p.1222-1228.

133 Zhong, V., et al., "Associations of Dietary Cholesterol or Egg Consumption With Incident Cardiovascular Disease and Mortality", Jama, 2019. 321(11): p.1081-1095.

134 Li, Y., et al., "Egg consumption and risk of cardiovascular diseases and diabetes: A meta-analysis", Atherosclerosis, 2013. 229(2): p.524-530.

135 Djousse, L., et al., "Egg Consumption and Risk of Type 2 Diabetes in Men and Women", Diabetes Care, 2008. 32(2): p.295-300.

136 Tang, W., et al., "Intestinal Microbial Metabolism of Phosphatidylcholine and Cardiovascular Risk", New England Journal of Medicine, 2013. 368(17): p.1575-1584.

137 Richman, E., et al., "Choline intake and risk of lethal prostate cancer: Incidence and survival", The American Journal of Clinical Nutrition, 2012. 96(4): p.855-863.

138 59 Chan C, et al., "Trimethylamine-N-oxide as One Hypothetical Link for the Relationship between Intestinal Microbiota and Cancer - Where We Are and Where Shall We Go?.", Journal of Cancer. 2019. 10(23): p.5874-5882.

139 Keum, N., et al., "Egg intake and cancers of the breast, ovary and prostate: A dose–response meta-analysis of prospective observational studies", British Journal of Nutrition, 2015. 114(7): p.1099-1107.

140 Richman, E., et al., "Egg, Red Meat, and Poultry Intake and Risk of Lethal Prostate Cancer in the Prostate-Specific Antigen-Era: Incidence and Survival", Cancer Prevention Research, 2011. 4(12): p.2110-2121.

141 Koeth, R., et al., "Intestinal microbiota metabolism of l-carnitine, a nutrient in red meat, promotes atherosclerosis", Nature Medicine, 2013. 19(5): p.576-585.

142 "FoodData Central" U.S. DEPARTMENT OF AGRICULTURE (Accessed at 8 Aug 2020)

143 "Blue Zones" Blue Zones, LLC. (Accessed at 8 Aug 2020)

144 Darmadi-Blackberry I., et al., "Legumes: the most important dietary predictor of survival in older people of different ethnicities", Asia Pacific Journal of Clinical Nutrition, 2004.13(2): p.217-220.

145 Wu, A., et al., "Epidemiology of soy exposures and breast cancer risk", British Journal of Cancer, 2008. 98(1): p.9-14.

146 Shu, X., et al., "Soy Food Intake and Breast Cancer Survival", Jama, 2009. 302(22): p.2437-2443.

147 Yan, L., et al., "Soy consumption and prostate cancer risk in men: A revisit of a meta-analysis", The American Journal of Clinical Nutrition, 2009. 89(4): p.1155-1163.

148 제시카 브라운, 〈이소플라본: 콩이 여성의 건강을 해친다는 속설은 진 실일까?〉, 《BBC News 코리아》, 2019. (Accessed at 8 Aug 2020)

149 "Nuts" Nutritionfacts.org (Accessed at 8 Aug 2020)

150 Tharrey, M., et al., "Patterns of plant and animal protein intake are strongly associated with cardiovascular mortality: The Adventist Health Study-2 cohort", International Journal of Epidemiology, 2018. 47(5): p.1603-1612.

151 Fraser, G,, et al., "Ten Years of Life", Archives of Internal Medicine, 2001. 161(13): p.1645-1652.

152 Bao, Y., et al., "Association of Nut Consumption with Total and Cause-Specific Mortality", New England Journal of Medicine, 2013. 369(21): p.2001-2011.

153 Guasch-Ferré, M., et al., "Frequency of nut consumption and mortality risk in the PREDIMED nutrition intervention trial", BMC Medicine, 2013. 11(164).

154 Yang, Q., et al., "Added Sugar Intake and Cardiovascular Diseases Mortality Among US Adults", JAMA Internal Medicine, 2014. 174(4): p.516-524.

155 Cook, N., et al., "Long term effects of dietary sodium reduction on cardiovascular disease outcomes: Observational follow-up of the trials of hypertension prevention (TOHP)", Bmj, 2007. 334(7599): p.885.

156 Fuhrman, J., "High Salt Diet Is Risky, Even if Your Blood Pressure Is Normal", Huffington Post Blog, 2011. (Accessed at 8 Aug 2020)

157 Rueda-Clausen, C., et al., "Olive, soybean and palm oils intake have a similar acute detrimental effect over the endothelial function in healthy young subjects. Nutrition", Metabolism and Cardiovascular Diseases, 2007. 17(1): p.50-57.

158 Vogel, R., et al., "The postprandial effect of components of the mediterranean diet on endothelial function", Journal of the American College of Cardiology, 2000. 36(5): p.1455-1460.

159 Bogani, P., et al., "Postprandial anti-inflammatory and antioxidant effects of extra virgin olive oil", Atherosclerosis, 2007. 190(1): p.181-186.

160 Tentolouris, N., et al., "Differential Effects of Two Isoenergetic Meals

Rich in Saturated or Monounsaturated Fat on Endothelial Function in Subjects With Type 2 Diabetes", Diabetes Care, 2008. 31(12): p.2276-2278.

161 Roden, M., et al., "Mechanism of free fatty acid-induced insulin resistance in humans", Journal of Clinical Investigation, 1996. 97(12): p.2859-2865.

162 The Real Truth About Health. "Unleashing the Power of Plant-Based Diets by Brenda Davis, R.D.", Youtube, 2019. https://youtu.be/5kiRA7QidBQ (Accessed at 8 Aug 2020)

163 Wang, D., et al., "Association of Specific Dietary Fats With Total and Cause-Specific Mortality", JAMA Internal Medicine, 2016. 176(8): p.1134-1145.

164 Wang, D., et al., "Association of Specific Dietary Fats With Total and Cause-Specific Mortality", JAMA Internal Medicine, 2016. 176(8): p.1134-1145.

165 Campbell, TC., "Fat and Plant-Based Diets", T. Colin Campbell Center for Nutrition Studies, 2009. (Accessed at 8 Aug 2020)

166 Brouns, F., et al., "Does wheat make us fat and sick?", Journal of Cereal Science, 2013. 58(2): p.209-215.

167 Hunt, K., "Probiotics don't do much for most people's gut health despite the hype, review finds", CNN, 2020. (Accessed at 8 Aug 2020)

168 Farmer, B., et al., "A Vegetarian Dietary Pattern as a Nutrient-Dense Approach to Weight Management: An Analysis of the National Health and Nutrition Examination Survey 1999-2004", Journal of the American Dietetic Association, 2011. 111(6): p.819-827.

169 The Real Truth About Health. "Are, Meat, Fish and Milk Nutritional Necessities? by Brenda Davis, R.D.", Youtube, 2019. (Accessed at 8 Aug 2020)

170 Turner-Mcgrievy, G., et al., "Changes in Nutrient Intake and Dietary Quality among Participants with Type 2 Diabetes Following a Low-Fat Vegan Diet or a Conventional Diabetes Diet for 22 Weeks", Journal of the American Dietetic Association, 2008. 108(10): p.1636-1645.

171 "Vitmain B12" Nutritionfacts.org (Accessed at 8 Aug 2020)

172 Cyrus, K & Barbaro, R., "Mastering Diabetes", Avery, 2020.

173 황성수힐링스쿨. "[황성수TV] 커피, 건강을 생각한다면 한 번쯤 생각해 볼 문제", Youtube, 2017. (Accessed at 8 Aug 2020)

174 NutritionFacts.org. "Dr. Greger's Daily Dozen Checklist", Youtube, 2017. (Accessed at 8 Aug 2020)

175 NutritionFacts.org. "Dr. Greger's Daily Dozen Checklist", Youtube, 2017. (Accessed at 8 Aug 2020)

176 Fuhrman, J., et al., "Changing perceptions of hunger on a high nutrient density diet", Nutrition Journal, 2010. 9(51).

177 Clean & Delicious, YouTube channel. (Accessed at 8 Aug 2020)

178 Davis B & Melina, V., "Becoming Vegan", Book Publishing Company, 2000

179 Ornish, D., et al., "Can lifestyle changes reverse coronary heart disease?", The Lancet, 1990. 336(8708): p.129-133.

180 Dehghan, M., et al., "Associations of fats and carbohydrate intake with cardiovascular disease and mortality in 18 countries from five continents (PURE): A prospective cohort study", The Lancet, 2017. 390(10107): p.2050-2062.

181 Gan Y., et al., "Consumption of fruit and vegetable and risk of coronary heart disease: a meta-analysis of prospective cohort studies", Int J Cardiol, 2015.183: p.129-137.

182 Live Longer, Better, Blue Zones, LLC. (Accessed at 8 Aug 2020)

183 Wright, N., et al., "The BROAD study: A randomised controlled trial using a whole food plant-based diet in the community for obesity, ischaemic heart disease or diabetes", Nutrition & Diabetes, 2017. 7: e256.

184 Turner-Mcgrievy, G., et al., "Comparative effectiveness of plant-based diets for weight loss: A randomized controlled trial of five different diets", Nutrition, 2015. 31(2): p.350-358.

185 Rosell, M., et al., "Weight gain over 5 years in 21966 meat-eating, fish-eating, vegetarian, and vegan men and women in EPIC-Oxford", International Journal of Obesity, 2006. 30(9): p.1389-1396.

186 Esselstyn, R., "The Engine 2 Diet", Grand Central Life & Style, 2009.

187 Hall, K., et al., "Calorie for Calorie, Dietary Fat Restriction Results in More Body Fat Loss than Carbohydrate Restriction in People with Obesity", Cell Metabolism, 2015. 22(3): p.427-436.

188 Minehira, K., et al., "Effect of Carbohydrate Overfeeding on Whole Body and Adipose Tissue Metabolism in Humans", Obesity Research, 2012. 11(9): p.1096-1103.

189 Burley V., et al., "Influence of a high-fibre food (myco-protein) on appetite: effects on satiation (within meals) and satiety (following meals)", Eur J Clin Nutr, 1993. 47(6): p.409-418.

190 Wang, Y., et al., "Meat consumption is associated with obesity and central obesity among US adults", International Journal of Obesity, 2009. 33(6): p.621-628.

191 Greger, M., "How Not to Diet", Bluebird, 2019.

192 Losing Weight on a Vegan Diet, Plant-Based Dietitain, Julieanna.

(Accessed at 8 Aug 2020)

193 Sacks, F., et al., "Comparison of Weight-Loss Diets with Different Compositions of Fat, Protein, and Carbohydrates", New England Journal of Medicine, 2009. 360(9): p.859-873.

194 Mozaffarian, D., et al., "Changes in Diet and Lifestyle and Long-Term Weight Gain in Women and Men", New England Journal of Medicine, 2011. 364(25): p.2392-2404.

195 Mozaffarian, D., et al., "Changes in Diet and Lifestyle and Long-Term Weight Gain in Women and Men", New England Journal of Medicine, 2011. 364(25): p.2392-2404.

196 Tonstad, S., et al., "Type of Vegetarian Diet, Body Weight, and Prevalence of Type 2", Diabetes. Diabetes Care, 2009. 32(5): p.791-796.

197 Tonstad, S., et al., "Type of Vegetarian Diet, Body Weight, and Prevalence of Type 2", Diabetes. Diabetes Care, 2009. 32(5): p.791-796.

198 Barnard, N., et al., "A Low-Fat Vegan Diet Improves Glycemic Control and Cardiovascular Risk Factors in a Randomized Clinical Trial in Individuals With Type 2 Diabetes", Diabetes Care, 2006. 29(8): p.1777-1783.

199 Soare, A., et al., "The effect of the macrobiotic Ma-Pi 2 diet vs. the recommended diet in the management of type 2 diabetes: The randomized controlled MADIAB trial", Nutrition & Metabolism, 2014. 11(1): 39.

200 Yokoyama, Y., et al., "Vegetarian diets and glycemic control in diabetes: a systematic review and meta-analysis", Cardiovascular diagnosis and therapy, 2014. 4(5): p.373-382.

201 Rich Roll. "The Shocking Truth About Carbs & Diabetes | Rich Roll Podcast", Youtube, 2020. (Accessed at 8 Aug 2020)

202 Feskens, E., et al., "Dietary Factors Determining Diabetes and Impaired Glucose Tolerance: A 20-year follow-up of the Finnish and Dutch cohorts of the Seven Countries Study", Diabetes Care, 1995. 18(8): p.1104-1112.

203 Cyrus, K & Barbaro, R., "Mastering Diabetes", Avery, 2020.

204 Schrauwen-Hinderling, V., et al., "Intramyocellular Lipid Content and Molecular Adaptations in Response to a 1-Week High-Fat Diet", Obesity Research, 2015. 13(12): p.2088-2094.

205 Goff, L., et al., "Veganism and its relationship with insulin resistance and intramyocellular lipid", European Journal of Clinical Nutrition, 2004. 59(2): p.291-298.

206 Kahleova, H., et al., "Vegetarian diet improves insulin resistance and oxidative stress markers more than conventional diet in subjects with Type 2 diabetes", Diabetic Medicine, 2011. 28(5): p.549-559.

207 Fontana, L., et al., "Decreased Consumption of Branched-Chain Amino Acids Improves Metabolic Health. Cell Reports", 2016. 16(2): p.520-530.

208 Ahmadi-Abhari, S., et al., "Dietary intake of carbohydrates and risk of type 2 diabetes: The European Prospective Investigation into Cancer-Norfolk study", British Journal of Nutrition, 2013. 111(2): p.342-352.

209 Cooper, A., et al., "The association between a biomarker score for fruit and vegetable intake and incident type 2 diabetes: The EPIC-Norfolk study", European Journal of Clinical Nutrition, 2015. 69(4): p.449-454.

210 Mozaffarian, D., et al., "Changes in Diet and Lifestyle and Long-Term Weight Gain in Women and Men", New England Journal of Medicine, 2011. 364(25): p.2392-2404.

211 Muraki, I., et al., "Fruit consumption and risk of type 2 diabetes: Results from three prospective longitudinal cohort studies", Bmj, 2013. 347: f5001.

212 Stanhope, K., et al, "Consuming fructose-sweetened, not glucose-sweetened, beverages increases visceral adiposity and lipids and decreases insulin sensitivity in overweight/obese humans", The Journal of clinical investigation, 2009. 119(5): p.1322-1334.

213 Ouyang, X., et al., "Fructose consumption as a risk factor for non-alcoholic fatty liver disease", Journal of Hepatology, 2008. 48(6): p.993-999.

214 Phillips, K., et al., "Total Antioxidant Content of Alternatives to Refined Sugar", Journal of the American Dietetic Association, 2009. 109(1): p.64-71.

215 Hu, E., et al., "White rice consumption and risk of type 2 diabetes: Meta-analysis and systematic review", Bmj, 2012. 344: e1454.

216 Campbell, T. C., et al., "Diet and chronic degenerative diseases: Perspectives from China", The American Journal of Clinical Nutrition, 1994. 59(5): p.1153-1161S.

217 Gulliford, M., et al., "Differential effect of protein and fat ingestion on blood glucose responses to high- and low-glycemic-index carbohydrates in noninsulin-dependent diabetic subjects", The American Journal of Clinical Nutrition, 1989. 50(4): p.773-777.

218 Kempner, W., et al., "Treatment of hypertensive vascular disease with rice diet. The American Journal of Medicine, 1948. 4(4): p.545-577.

219 Shimabukuro, M., et al., "Effects of the brown rice diet on visceral obesity and endothelial function: The BRAVO study", British Journal of Nutrition, 2013. 111(2): p.310-320.

220 Cyrus, K., "Potato Nutrition – 5 Common Potato Myths Debunked", Mastering Diabetes, 2017. (Accessed at 8 Aug 2020)

221 Cyrus, K C & Barbaro, R., "Mastering Diabetes", Avery, 2020.

222 Sample, I., "Coconut oil is 'pure poison', says Harvard professor", The Guardian, 2018. (Accessed at 8 Aug 2020)

223 Mensink, R., et al., "Effects of dietary fatty acids and carbohydrates

on the ratio of serum total to HDL cholesterol and on serum lipids and apolipoproteins: A meta-analysis of 60 controlled trials", The American Journal of Clinical Nutrition, 2003. 77(5): p.1146-1155.

224 Neelakantan, N., et al., "The Effect of Coconut Oil Consumption on Cardiovascular Risk Factors A Systematic Review and Meta-Analysis of Clinical Trials", Circulation, 2020. 141(10): p.803-814.

225 Freeman, A., et al., "Trending Cardiovascular Nutrition Controversies", Journal of the American College of Cardiology, 2017. 69(9): p.1172-1187.

226 Steele, C. et al., "Vital Signs: Trends in Incidence of Cancers Associated with Overweight and Obesity — United States, 2005-2014", MMWR. Morbidity and Mortality Weekly Report, 2017. 66(39): p.1052-1058.

227 Ornish, D., et al., "Intensive Lifestyle Changes May Affect The Progression Of Prostate Cancer", Journal of Urology, 2005. 174(3): p.1065-1070.

228 Ornish, D., et al., "Can lifestyle changes reverse coronary heart disease?", The Lancet, 1990. 336(8708): p.129-133.

229 Wright, N., et al., "The BROAD study: A randomised controlled trial using a whole food plant-based diet in the community for obesity, ischaemic heart disease or diabetes", Nutrition & Diabetes, 2017. 7(3): e256.

230 Esselstyn C, et al., "A way to reverse CAD?", J Fam Pract, 2014. 63(7): p.356-364b.

231 Gugiu, P., et al., "A Critical Appraisal of Standard Guidelines for Grading Levels of Evidence.", Evaluation & the Health Professions, 201. 33(3): p.233-255.

232 Clinton, P., "The famous study that convinced us fat is good wasn't very good science", The Counter, 2017. (Accessed at 8 Aug 2020)

233 Chowdhury, R., et al., "Association of Dietary, Circulating, and Supplement Fatty Acids With Coronary Risk", Annals of Internal Medicine, 2014. 160(6): p.398-406.

234 Walsh, B., "Ending the War on Fat", TIME.com, 2014. (Accessed at 8 Aug 2020)

235 Kupferschmidt, K., "Scientists Fix Errors in Controversial Paper About Saturated Fats", Science, 2014. (Accessed at 8 Aug 2020)

236 "Dietary fat and heart disease study is seriously misleading", Harvard T.H. Chan, School of Public Health, (Accessed at 8 Aug 2020)

237 Katz, D., "Will Procrastinate for Pastrami", Huffington Post Blog, 2014. (Accessed at 8 Aug 2020)

238 Hooper, L., et al., "Reduction in saturated fat intake for cardiovascular disease", Cochrane Database of Systematic Reviews, 2020. CD011737.

239 Souza, R. et al., "Intake of saturated and trans unsaturated fatty acids and risk of all cause mortality, cardiovascular disease, and type 2 diabetes: Systematic review and meta-analysis of observational studies", Bmj. 2015. 351: h3978.

240 Pimpin, L., et al., "Is Butter Back? A Systematic Review and Meta-Analysis of Butter Consumption and Risk of Cardiovascular Disease, Diabetes, and Total Mortality", Plos One, 2016. 11(6): e0158118.

241 Sifferlin, A., "We Repeat: Butter is Not Back", TIME.com, (Accessed at 8 Aug 2020)

242 Sifferlin, A., "The Case for Eating Butter Just Got Stronger", TIME.com, 2016. (Accessed at 8 Aug 2020)

243 Chen, M.,et al., "Dairy fat and risk of cardiovascular disease in 3 cohorts of US adults", The American Journal of Clinical Nutrition, 2016. 104(5): p.1209-1217.

244 Njike, V., et al., "Daily egg consumption in hyperlipidemic adults - Effects on endothelial function and cardiovascular risk", Nutrition Journal, 2010. 9:28.

245 Hopkins, P., "Effects of dietary cholesterol on serum cholesterol: A meta-analysis and review", The American Journal of Clinical Nutrition, 1992. 55(6): p.1060-1070.

246 O'Keefe J, et al., "Optimal low-density lipoprotein is 50 to 70 mg/dl: lower is better and physiologically normal." Journal of the American College of Cardiology, 2004. 43(11): p.2142-2146.

247 Esselstyn, C., "Updating a 12-year experience with arrest and reversal therapy for coronary heart disease (an overdue requiem for palliative cardiology)", The American Journal of Cardiology, 2004. 84(3): p.339-341.

248 Madhavan T, et al., "The effect of dietary protein on carcinogenesis of aflatoxin", Arch Pathol, 1968. 85(2): p.133-137.

249 Campbell, T. C., et al., "Diet and chronic degenerative diseases: Perspectives from China", The American Journal of Clinical Nutrition, 1994. 59(5): p.1153-1161S.

250 Campbell, T., et al., "Diet, lifestyle, and the etiology of coronary artery disease: The Cornell China Study", The American Journal of Cardiology, 1998. 82(10):p.18-21.

251 Brody, J., "Huge Study Of Diet Indicts Fat And Meat", The New York Times, 1990. (Accessed at 8 Aug 2020)

252 Levine M., et al., "Low protein intake is associated with a major reduction in IGF-1, cancer, and overall mortality in the 65 and younger but not older population". Cell Metab, 2014. 19(3): p.407-417.

253 Naomi, A., et al., "The Associations of Diet with Serum Insulin-like

Growth Factor I and Its Main Binding Proteins in 292 Women Meat-Eaters, Vegetarians, and Vegans", Cancer Epidemiol Biomarkers Prev, 2002.11(11): p.1441-1448;

254 Allen, N., et al., "Hormones and diet: Low insulin-like growth factor-I but normal bioavailable androgens in vegan men", British Journal of Cancer, 2000. 83(1): p.95-97.

255 Mccarty, M., et al., "MTORC1 activity as a determinant of cancer risk - Rationalizing the cancer-preventive effects of adiponectin, metformin, rapamycin, and low-protein vegan diets", Medical Hypotheses, 2011. 77(4): p.642-648.

256 Johnson, S., et al., "MTOR is a key modulator of ageing and age-related disease", Nature, 2013. 493(7432): p.338-345.

257 Gallinetti, J., et al., "Amino acid sensing in dietary-restriction-mediated longevity: Roles of signal-transducing kinases GCN2 and TOR", Biochemical Journal, 2013. 449(1): p.1-10.

258 Jung, C., et al., "Fisetin regulates obesity by targeting mTORC1 signaling". The Journal of Nutritional Biochemistry, 2013. 24(8): p.1547-1554.

259 Cavuoto, P., et al., "A review of methionine dependency and the role of methionine restriction in cancer growth control and life-span extension", Cancer Treatment Reviews, 2012. 38(6): p. 726-736.

260 Gao, X., et al., "Dietary methionine influences therapy in mouse cancer models and alters human metabolism", Nature, 2019. 572(7769): p.397-401.

261 Mccarty, M, et al., "The low-methionine content of vegan diets may make methionine restriction feasible as a life extension strategy", Medical Hypotheses, 2009. 72(2): p.125-128.

262 Mccarty, M, et al., "The low-methionine content of vegan diets may make methionine restriction feasible as a life extension strategy", Medical Hypotheses, 2009. 72(2): p.125-128.

263 Kolata, G., "Culprit in Heart Disease Goes Beyond Meat's Fat", The New York Times. (Accessed at 8 Aug 2020)

264 Richman, E., et al., "Choline intake and risk of lethal prostate cancer: Incidence and survival", The American Journal of Clinical Nutrition, 2012. 96(4): p.855-863.

265 Davis, G., "Proteinaholic", HarperOne, 2015.

266 Padler-Karavani, V., et al., "Diversity in specificity, abundance, and composition of anti-Neu5Gc antibodies in normal humans: Potential implications for disease", Glycobiology, 2008. 18(10): p.818-830.

267 "Understanding acute and chronic inflammation" Harvard Health Publishing, Harvard Medical School. (Accessed at 8 Aug 2020)

268 Kontessis, P., et al., "Renal, metabolic and hormonal responses to ingestion of animal and vegetable proteins", Kidney International, 1990. 38(1): p.136-144.

269 Banerjee, T., et al., "Dietary acid load and chronic kidney disease among adults in the United States", BMC Nephrology, 2014. 15(137).

270 Tracy C., et al., "Animal protein and the risk of kidney stones: a comparative metabolic study of animal protein sources", J Urol, 2014. 192(1): p.137-141.

271 Turney, B., et al., "Diet and risk of kidney stones in the Oxford cohort of the European Prospective Investigation into Cancer and Nutrition (EPIC)", European Journal of Epidemiology, 2014. 29(5): p.363-369.

272 Nielen, M., et al., "Dietary Protein Intake and Incidence of Type 2 Diabetes in Europe: The EPIC-InterAct Case-Cohort Study", Diabetes Care, 2014. 37(7): p.1854-1862.

273 Malik, V., et al., "Dietary Protein Intake and Risk of Type 2 Diabetes in US Men and Women. American Journal of Epidemiology", 2016. 183(8): p.715-728.

274 Vang, A., et al., "Meats, Processed Meats, Obesity, Weight Gain and Occurrence of Diabetes among Adults: Findings from Adventist Health Studies". Annals of Nutrition and Metabolism, 2008. 52(2): p.96-104.

275 Lauber, S., et al., "The cooked food derived carcinogen 2-amino-1-methyl-6-phenylimidazo[4,5-b] pyridine is a potent oestrogen: A mechanistic basis for its tissue-specific carcinogenicity", Carcinogenesis, 2004. 25(12): p.2509-2517.

276 Semba, R., et al., "Does Accumulation of Advanced Glycation End Products Contribute to the Aging Phenotype?", The Journals of Gerontology Series A: Biological Sciences and Medical Sciences, 2010. 65A(9): p.963-975.

277 Uribarri, J., et al., "Advanced Glycation End Products in Foods and a Practical Guide to Their Reduction in the Diet", Journal of the American Dietetic Association, 2010. 110(6): p.911-916.

278 Hu F., et al., "Dietary fat intake and the risk of coronary heart disease in women", New England Journal of Medicine, 1997. 337(21): p.1491-1499.

279 National Cholesterol Education Program (NCEP) Expert Panel on Detection, Evaluation, and Treatment of High Blood Cholesterol in Adults (Adult Treatment Panel III)., "Third Report of the National Cholesterol Education Program (NCEP) Expert Panel on Detection, Evaluation, and Treatment of High Blood Cholesterol in Adults (Adult Treatment Panel III) final report", Circulation, 2002.106(25): p.3143-3421.

280 Abdullah, S., et al., "Long-Term Association of Low-Density Lipoprotein Cholesterol With Cardiovascular Mortality in Individuals at Low 10-Year Risk of Atherosclerotic Cardiovascular Disease", Circulation, 2018. 138(21):

p.2315-2325.

281 Reed, B., et al., "Associations Between Serum Cholesterol Levels and Cerebral Amyloidosis", JAMA Neurology, 2014. 71(2): p.195-200.

282 Solomon, A., et al., "Midlife Serum Cholesterol and Increased Risk of Alzheimer's and Vascular Dementia Three Decades Later", Dementia and Geriatric Cognitive Disorders, 2009. 28(1): p.75-80.

283 Jenkins, D., et al., "Effects of a Dietary Portfolio of Cholesterol-Lowering Foods vs Lovastatin on Serum Lipids and C-Reactive Protein", Jama, 2003. 290(4): p.502-510.

284 Zhong, V., et al., "Associations of Dietary Cholesterol or Egg Consumption With Incident Cardiovascular Disease and Mortality", Jama, 2019. 321(11): p.1081-1095.

285 Hu, J., et al., "Dietary cholesterol intake and cancer", Annals of Oncology, 2012. 23(2): p.491-500.

286 Doctor Klaper. "Beyond Cholesterol - Freeing Yourself from the Tyranny of your Cholesterol Numbers (updated)", Youtube, 2019. https://youtu.be/z9YjjEQNIFI (Accessed at 8 Aug 2020)

287 Cunha D., et al., "Death protein 5 and p53-upregulated modulator of apoptosis mediate the endoplasmic reticulum stress-mitochondrial dialog triggering lipotoxic rodent and human β-cell apoptosis", Diabetes, 2012. 61(11): p.2763-2775.

288 Fradet, Y., et al., "Dietary Fat and Prostate Cancer Progression and Survival", European Urology, 1999. 35(5-6): p.388-391.

289 Brennan, S., et al., "Dietary fat and breast cancer mortality: A systematic review and meta-analysis", Critical Reviews in Food Science and Nutrition, 2015. 57(10): p.1999-2008.

290 Thiebaut, A., et al., "Dietary Fat and Postmenopausal Invasive Breast Cancer in the National Institutes of Health-AARP Diet and Health Study Cohort", JNCI Journal of the National Cancer Institute, 2007. 99(6): p.451-462.

291 Eskelinen, M., et al., "Fat intake at midlife and cognitive impairment later in life: A population-based CAIDE study", International Journal of Geriatric Psychiatry, 2008. 23(7): p.741-747.

292 Etemadi, A., et al., "Mortality from different causes associated with meat, heme iron, nitrates, and nitrites in the NIH-AARP Diet and Health Study: Population based cohort study", Bmj. 2017. 357: j1957.

293 Yang, W., et al., "Is heme iron intake associated with risk of coronary heart disease? A meta-analysis of prospective studies", Eur J Nutr, 2014. 53: p.395-400.

294 Bao, W., et al., "Dietary iron intake, body iron stores, and the risk of type 2 diabetes: a systematic review and meta-analysis", BMC, 2012. 119.

295 Fonseca-Nunes, A., et al., "Iron and Cancer Risk--A Systematic Review and Meta-analysis of the Epidemiological Evidence", Cancer Epidemiology Biomarkers & Prevention, 2013. 23(1): p.12-31.

296 The Real Truth About Health. "Are, Meat, Fish and Milk Nutritional Necessities? by Brenda Davis, R.D.", Youtube, 2019. https://youtu.be/bu5ss8URwmM (Accessed at 8 Aug 2020)

297 Kim, M., et al., "Strict vegetarian diet improves the risk factors associated with metabolic diseases by modulating gut microbiota and reducing intestinal inflammation", Environmental Microbiology Reports, 2013. 5(5): p.765-775.

298 David L., et al., "Diet rapidly and reproducibly alters the human gut microbiome", Nature, 2014. 505(7484): p.559-563.

299 Tuohy, K, et al., "'The way to a man's heart is through his gut microbiota' – dietary pro- and prebiotics for the management of cardiovascular risk", Proceedings of the Nutrition Society, 2013. 73(2): p.172-185.

300 Elliott, P., et al., "Association Between Protein Intake and Blood Pressure", Archives of Internal Medicine, 2006. 166(1): p.79-87.

301 Wang Y., et al., "The relationship between dietary protein intake and blood pressure: results from the PREMIER study", J Hum Hypertens. 2008. 22(11): p.745-754.

302 Pettersen, B., et al., "Vegetarian diets and blood pressure among white subjects: Results from the Adventist Health Study-2 (AHS-2)", Public Health Nutrition, 2012. 15(10): p.1909-1916.

303 Yokoyama, Y., et al., "Vegetarian Diets and Blood Pressure", JAMA Internal Medicine, 2013. 174(4): p.577-587.

304 Goladhamer, A., "Where Do You Get Your Protein?", T. Colin Campbell Center for Nutrition Studies, 2010. (Accessed at 8 Aug 2020)

305 Melina, V., et al., "Position of the Academy of Nutrition and Dietetics: Vegetarian Diets", Journal of the Academy of Nutrition and Dietetics, 2016. 116(12): p.1970-1980.

306 Rizzo, N., et al., "Nutrient Profiles of Vegetarian and Nonvegetarian Dietary Patterns", Journal of the Academy of Nutrition and Dietetics, 2013. 113(12): p.1610-1619.

307 USDA, United States Department of Agriculture.

308 Young, V., et al., "Plant proteins in relation to human protein and amino acid nutrition", The American Journal of Clinical Nutrition, 1994. 59(5): p.1203-1212s

309 Aiken, K., "Vegetarian Protein Is Just As 'Complete' As Meat, Despite What We've Been Taught", Huffington Post, 2018. (Accessed at 8 Aug 2020)

310 Hoffman, J., et al., " Protein - Which is Best?", Journal of sports science & medicine, 2004. 3(3): p.118-130.

311 PowerfulJRE. "James Wilks & Chris Kesser - The Game Changer Debate", Youtube, 2019. (Accessed at 8 Aug 2020)

312 Rich Roll. "Where Does He Get His Protein? | Rich Roll Podcast", Youtube, 2018.. (Accessed at 8 Aug 2020)

313 Ivy J., "Regulation of muscle glycogen repletion, muscle protein synthesis and repair following exercise", J Sports Sci Med. 2004. 3(3): p.131-138.

314 Morton, R., et al., "A systematic review, meta-analysis and meta-regression of the effect of protein supplementation on resistance training-induced gains in muscle mass and strength in healthy adults", British Journal of Sports Medicine, 2017. 52(6): p.376-384.

315 VeganFitness.com

316 PLANT BASED NEWS. "WHAT I EAT IN A DAY: Vegan Bodybuilders", Youtube, 2018. (Accessed at 8 Aug 2020)

317 The Real Truth About Health. "Are We Meant To Eat Meat, By Author: Milton Mills, M.D.", Youtube, 2020. (Accessed at 8 Aug 2020)

318 mercyforanimals. "Meet Dr Milton Mills", Youtube, 2018. (Accessed at 8 Aug 2020)

319 The Real Truth About Health. "Are We Meant To Eat Meat, By Author: Milton Mills, M.D.", Youtube, 2020. (Accessed at 8 Aug 2020)

320 Barnard, N., et al., "Diet and sex-hormone binding globulin, dysmenorrhea, and premenstrual symptoms", Obstetrics & Gynecology, 2000. 95(2): p.245-250.

321 2016년 4월 1일, 「배고픈 다이어트는 실패한다」라는 이름으로 사이몬북스에서 한국어판으로 소개하였음

322 Martens, M, et al., "Mode of Consumption Plays a Role in Alleviating Hunger and Thirst. Obesity", 2011. 20(3): p.517-524.

323 Haber, G., et al., "Depletion And Disruption Of Dietary Fibre", The Lancet, 1977. 310(8040): p.679-682.

324 Lisle, D & Goldhamer, A., "The Pleasure Trap", Healthy Living Publications, 2006.

325 PLANT BASED NEWS. "WHEN VEGAN DIETS DON'T WORK #1: Dr. Klaper", Youtube, 2019. (Accessed at 8 Aug 2020)

326 Esselstyn, R., "The Engine 2 Diet", Grand Central Life & Style, 2009.

327 Rich Roll. "How To Build Awesome Habits: James Clear | Rich Roll Podcast", Youtube, 2018. (Accessed at 8 Aug 2020)

328 David, L., et al., "Diet rapidly and reproducibly alters the human gut microbiome", Nature, 2013. 505(7484): p.559-563.

329 Esselstyn, C., et al., "A strategy to arrest and reverse coronary artery disease: a 5-year longitudinal study of a single physician's practice", J Fam Pract, 1995. 41(6): p.560-568.

330 Smart Nutrition, Superior Health. | DrFuhrman.com. https://www.drfuhrman.com/ (Accessed at 8 Aug 2020)

331 NutritionRefined. "Fettuccine Alfredo | Vegan, Gluten-Free", Youtube, 2018. (Accessed at 8 Aug 2020)

332 The Whole Food Plant Based Cooking Show. "Plant Based Vegan BLAT: Whole Food Plant Based Recipes", Youtube, 2018. (Accessed at 8 Aug 2020)

333 NutritionRefined, YouTube channel. (Accessed at 8 Aug 2020)

334 The Whole Food Plant Based Cooking Show, YouTube channel. (Accessed at 8 Aug 2020)

335 서정아의 건강밥상 SweetPeaPot, YouTube channel. (Accessed at 8 Aug 2020)

336 SiriusXM. "Nikki Glaser and Natalie Portman Discuss Being Vegan", Youtube, 2018. (Accessed at 8 Aug 2020)

337 Rich Roll. "Live to 100: Valter Longo, PhD | Rich Roll Podcast", Youtube, 2018. (Accessed at 8 Aug 2020)

338 Macpherson, H., et al., "Multivitamin-multimineral supplementation and mortality: A meta-analysis of randomized controlled trials", The American Journal of Clinical Nutrition, 2012. 97(2): p.437-444.

339 Fortmann, S. et al., "Vitamin and Mineral Supplements in the Primary Prevention of Cardiovascular Disease and Cancer: An Updated Systematic Evidence Review for the U.S. Preventive Services Task Force", Annals of Internal Medicine, 2013. 159(12): p.824-834.

340 Henry, A., et al., "Microfossils in calculus demonstrate consumption of plants and cooked foods in Neanderthal diets (Shanidar III, Iraq; Spy I and II, Belgium)", Proceedings of the National Academy of Sciences, 2010. 108(2): p.486-491.

341 장채원, 〈코로나 확산, '박쥐'만 비난해선 안되는 이유〉, 《한국일보》, 2020. (Accessed at 8 Aug 2020)

참고도서

캠벨, 콜린 『당신이 병드는 이유』 이의철 옮김, 열린과학 2016.

캠벨, 콜린·캠벨, 토마스 『무엇을 먹을 것인가』 유지화 옮김, 열린과학 2012.

버나드, 닐 『약 없이 당뇨병 이겨내기』 이미영 옮김, 조윤커뮤니케이션 2009.

맥두걸, 존 『맥두걸 박사의 자연식물식』 강신원 옮김, 사이몬북스 2018.

에셀스틴, 콜드웰 『지방이 범인』 강신원 옮김, 사이몬북스 2018.

에셀스틴, 콜드웰 『당신이 몰랐던 지방의 진실』 강신원 옮김, 사이몬북스 2015.

에셀스틴, 콜드웰 『의사들의 120세 건강 비결은 따로 있다. 2』 홍영준 옮김, 진성북스 2017.

참고 사이트

– 기관 운영 유튜브 채널

Plant Based News

The Real Truth About Health

Physicians Committee

Plant Based Science London

– 전문가 운영 유튜브 채널

NutritionFacts.org

Doctor Klaper

황성수 힐링스쿨

– 개인 운영 유튜브 채널

Mic The Vegan

Rich Roll

Happy Healthy Vegan

Chrisbeatcancer

이레네오

NutirionRefind

The Whole Food Plan Based Cooking Show

서정아의 건강밥상 SweetPeaPot

CalBap 캘리포니아 건강밥상

요리하는 유리 YORIYURI

- 웹사이트

T. Colin Campbell's Center for Nutrition.org

Dr Esselstyn's Prevent and Reverse Heart Disease Program

Dr. Michael Greger's Nutritionfacts.org

Dr. Fuhrman's website

Michael Klaper, M.D.

Ornish Lifestyle Medicine

Brenda Davis R.D.

Dr. Joel Kahn: America's Healthy Heart Doc

Forks Over Knives

What The Health